Fantastic
Oriental Heroes

鐵人 절인

철인 6

김대산 퓨전 무협 소설

초판 1쇄 찍은 날 § 2005년 7월 27일
초판 1쇄 펴낸 날 § 2005년 8월 7일

지은이 § 김대산
펴낸이 § 서경석

편집장 § 문혜영
편집책임 § 감율
편집 § 서지현 · 최하나

펴낸곳 § 도서출판 청어람
등록번호 § 제1081-1-89호
등록일자 § 1999. 5. 31
어람번호 § 제2-0662호

주소 § 경기도 부천시 원미구 심곡1동 350-1 남성B/D 3F (우) 420-011
전화 § 032-656-4452 팩스 § 032-656-4453
E-mail § eoram99@chollian.net

ⓒ 김대산, 2005

ISBN 89-5831-653-5 04810
ISBN 89-5831-469-9 (세트)

鐵人

Fantastic
Oriental Heroes

철인

6 완결

김대산 퓨전 무협 소설

"남자는 빌지 않아!
그냥 책임을 지는 거지."
"나는 대협(大俠)이고
당신은 무복(武福)이야!
우리 둘이 승부를 낸다!"
"승부에 공짜는 없어
나는 목을 건다!"
"나는 철대산(鐵大山)이야!"

도서출판

청어람

第一章

일존(一尊)

일존(一尊)

흙먼지가 가라앉은 곳에 오 장의 거리를 두고 미동도 없이 우뚝 서
있는 두 사람이 있었다.

철대산과 한 사람의 노인이었다.

그런데,

아아!

노인의 그 특이한 모습을, 아니, 그 엄청난 기도를 뭐라고 표현해야
할까.

백발백염(白髮白髥), 아니, 은발은염(銀髮銀髥)이다.

단순히 희다고 하기에는 너무나 탄력있어 보이고 신비스러운 윤기
가 흐르는 은색의 수염과 머리를 길게 기른 노인이었다.

고요히 철대산에게 시선을 맞추고 있는 노인의 기세는 가히 태산의
장중함을 담고 있었다.

그런가 하면 가끔씩 번갯불처럼 번쩍이는 눈빛은 감히 바라볼 수조차 없는 날카로운 위엄을 뿜어내고 있었다.

그가 바로 일존 임환(林桓)이다.

일존의 뒤로는 처음 그를 추종해 왔던 삼백의 기마가 도열해 있었는데, 그 웅장한 기세라는 것은 가히 백리평을 채우고 있는 녹림과 백두회의 오만여에 이르는 군웅을 오히려 압도할 정도로 대단하였다.

그도 그럴 것이, 그들이야말로 바로 마교 교주의 친위 전위대이며, 마교의 단위조직 중에서는 최정예라는 흑풍사신대인 것이다.

한편 새롭게 나타난 기마가 백리평의 한가운데로 자리를 잡자, 원래 그곳을 차지하고 있던 태백산맥과 녹림영웅단의 자리가 묘한 재배치를 이루었다.

바로 철대산의 뒤로 자리를 잡고 도열을 한 것이다.

태백산맥의 수라고 해봐야 철대산을 빼고 기껏 일곱에 불과하니 그들이 철대산의 바로 뒤에 횡 일 열로 버티고 서고, 그 뒤로 다시 일백 녹림영웅단이 도열한 형태로 된 것이다.

물론 녹림영웅단이 자의로 그런 배치를 택한 것은 아니겠지만, 어쨌든 모양새로는 마치 녹림영웅단이 마교의 흑풍사신대의 기세에 대항하여 철대산을 호위하는 형태를 취하고 있는 것처럼 보였다.

일왕과 함께 천하십강을 대표하는 일존의 이름만으로도 백리평의 수만 군중은 여전히 숨죽인 정적에서 벗어나지 못하고 있었다.

그러나 그의 앞에 있는 한 사람만은 예외였다.

천하를 떨어 울리는 일존의 위엄과 신위에 적어도 겉보기에는 조금도 영향을 받지 않은 것 같아 보이는 그는 바로 일괴 철대산이었다.

좀 전의 그 거창한 격돌에도 불구하고 철대산은 멀쩡한 모습이었다.

뿐만 아니라 그를 태우고 있는 적토 또한 멀쩡한 것을 보면 적토가 타고난 강골(强骨)은 강골인 모양이었다.

물론 방금의 그 엄청난 충돌이 단순한 충돌이 아니라 거대한 내력끼리의 충돌이었고, 그리하여 그 충돌 후의 여파만 하더라도 한낱 말이 견딜 수 있는 정도가 아니었는데, 아무리 적토가 강골이라 해도 이처럼 멀쩡한 모습을 하고 있다는 것은 이해할 수 없는 일이기는 하였다.

인마(人馬)가 천하를 오시하기라도 하듯 우뚝 미동도 없이 서 있더니, 문득 철대산이 가볍게 적토의 배를 찼다.

적토가 천천히 걸어서 일존을 향해 앞으로 나아갔다.

적토의 네 다리가 한 걸음씩을 내디딜 때마다 그 광경을 지켜보는 수많은 인물들의 눈에는 참을 수 없는 관심과 호기심이 점점 더 그 농도를 더해가고 있었다.

'이제 과연 어떻게 될 것인가?

"허, 참! 연세 지긋하신 영감님께서 남의 잔칫집에 와서 다짜고짜 이 무슨 행팹니까?"

철대산의 그 한마디에 순간 주변이 얼어붙었다.

천하에 누가 있어 일존에게 감히 이 같은 망발을 할 수가 있을까? 일괴 철대산이 아니라면 말이다.

일존 임환의 번뜩이는 눈빛에 짙은 노기가 물들어가는 가운데 미미하게나마 한 가닥 묘한 호기심이 녹아들었다.

손자뻘, 아니, 증손자뻘 나이의 새파란 젊은이였다.

그러나 수십 년 만에 운용해 보는 자신의 팔성 공력을 아무것도 아니라는 듯 멀쩡하게 받아넘긴 상대였다.

처음 홀로 쇠사슬을 휘두르며 일백의 녹림영웅단을 일방적으로 몰아붙이는 일괴를 보고 초반에 기세도 좀 꺾어놓을 겸, 또 그가 허공에다 만들어놓은 거대한 내력의 공간을 보고 오랫동안 잊고 있던 한 가닥 호승심이 솟아올랐다.

그 바람에 겸사겸사 하여 대뜸 팔성의 내력을 끌어올려 부딪쳐 간 것이다.

그러나 한편으로는 일괴가 자신의 욕심(?)을 잘 받아낼 수 있을까 하는 일말의 우려를 가진 것도 사실이었다. 일괴라는 존재에 대해 이미 노여움을 가지고 온 터이긴 하지만, 호기심과 기대를 가지고 있음도 사실이기 때문이었다.

그러나 일괴는 그의 상상을 훌쩍 뛰어넘을 만큼 충분히 강했다. 만약 임환 자신이 처음부터 목적한 바가 달리 없었더라면, 만사를 제쳐놓고라도 수십 년 만의 호기를 마음껏 한번 부려보고 싶을 정도로.

비록 단 일 수의 겨룸에 불과했지만 일괴는 자신으로서도 감히 함부로 낮추어 볼 수 없는 무공을 지니고 있었다.

아니, 좀 더 솔직히는, 적어도 내력 하나만을 놓고 보았을 때는 불가사의하게도 결코 자신의 아래가 아니라는 느낌을 받았다.

표시를 내지는 않았지만 놀라움이 휩쓸고 지나간 일존의 가슴에 흐뭇한 생각 한 자락이 슬며시 떠오르고 있었다.

'이 녀석 봐라! 천방지축 터무니없는 짓이나 벌이고 쏘다니는 줄 알았더니, 녀석이 그래도 인물 하나는 제대로 본 게로구나. 암! 그래야지. 헐헐헐!'

그러나 마음속의 흐뭇함과는 달리 임환의 입에서는 서슬 퍼런 호통이 터져 나오고 있었다.

"갈(喝)! 당장에 말에서 내리지 못할까!"

그 일갈에 천하에 거리낄 것이 없을 듯하던 철대산도 그만 움찔하고 말았다.

그도 이미 노인이 일존이라는 것을 알고 있었다.

그러나 상대의 신분 때문에 지금 상대의 호된 호통을 듣고도 당장 성질을 돋워내지 못하고 있는 것은 아니었다.

바로 상대의 나이 때문이었다. 대인 관계에 있어 철대산이 유일하게 인정해 주고, 또 일단 한발을 양보해 주고 보는 것이 바로 나이가 아니었던가.

비록 호호백발의 모습이기는 했지만, 그 장대한 체구와 서리서리 뻗어 나오는 엄정한 기도는 아무리 철대산이라 해도 결코 함부로 대할 것이 아니었다.

위엄과 기도만으로도 그 연륜과 경륜을 짐작하게 하는 유형의 사람이 있는 법이다. 지금 눈앞의 임환이 바로 그런 사람이었다.

일왕일존의 대명에 대해 귀가 따가울 정도로 많이 듣기는 했지만, 막상 그들의 신상에 대해서 철대산이 아는 바는 많지 않았다.

다만 지금 철대산의 느낌에 와 닿는 일존은 결코 만만치 않은 연륜으로 다가오는 것이었다.

사실 근래에는 그 스스로 일괴라는 별호에 익숙해져 가고 있는 터인데, 그냥 미친 척하고 안면몰수로 맞받아친다고 해도 보는 사람들이야 그냥 그러려니 할 것이다. 오히려 일괴답다고 할 것이다.

그러나 다른 사람들이 뭐라고 하든 별 신경을 쓰지 않지만, 다만 스스로의 마음에 거리끼는 것이 있다면 오히려 섣불리 본성질을 부려내지 못하는 유형이 바로 철대산과 같은 인물들이다.

철대산의 인상이 마치 쓸개라도 씹은 듯 잔뜩 찡그려졌다.

그러나 상대가 하란 대로 순순히 따를 철대산은 아니었다.

말에서 내리는 대신 철대산의 눈길이 복립과 기완을 찾았다.

백두회의 머리 하면 어쨌거나 복립과 기완이었다.

그들 중에 머리나 생각의 깊이로 보자면 복립이 단연 뛰어나다고 할 것이나, 그때그때 사람을 다루고 순간적인 위기를 모면하고 상황의 국면을 전환시키는 기계(奇計)라는 측면에서의 순발력이나 재치를 보자면 단연 기완이 뛰어났다.

철대산의 입장에서는 지금이야말로 기완의 그런 재주가 필요한 때였다.

그런데 막 기완을 부르려던 철대산의 눈빛이 묘하게 변했다.

기완은 지금 누가 보더라도 확연하게 안절부절못하고 있는 모습이었다.

사실 기완은 마교의 흑영사신대가 모습을 드러낼 때부터 눈에 띄게 당황해하고 있었다.

그러나 워낙 사태가 긴박하게 흐른 탓으로 주위에서 그의 그런 기색을 눈여겨본 사람은 없었다.

철대산이 고개를 외로 꼬며 기완의 이상한 기색을 지켜보고 있는 중에 기완이 주춤주춤 걸음을 옮겨 앞으로 나오고 있었다.

그런데 그의 걸음이 향하는 곳은 철대산이 아닌 일존과 마교의 인물들이 서 있는 쪽이었다.

"이봐, 기완."

철대산의 심드렁한 부름에 마침 일존에게로만 온 신경을 집중해 놓고서 힘겹게 걸음을 옮겨가고 있던 기완이 화들짝 놀라며 거의 반사적으로 몸을 돌렸다.

"예! 대형!"

그 무의식적인 반응에 우선은 기완 스스로가 움찔하며 놀랐고, 그런 기완을 보는 일존의 표정으로도 묘한 기색이 스쳤다.

일존이 기완을 향해 뭔가를 말하려 하다가 이내 무슨 생각을 하였는지 그냥 철대산과 기완이 하는 양을 지켜만 보았다.

철대산이 슬쩍 눈짓으로 일존을 한 번 가리키고 나서 두 손바닥을 펴 보이며 어깨를 으쓱하였다.

기완이 철대산의 그 몸짓이 뜻하는 바를 모를 리 없었다.

철대산 자신이 좀 곤란한 지경에 처했으니 기완더러 뭘 좀 어떻게 해보라는 의미였다.

그리고서 철대산 자신은 마치 커다란 부담이라도 벗은 사람처럼 적토를 몰아 슬쩍 자리를 비켜 버렸다.

지켜보고 있던 일존의 얼굴로 어이없다는 기색이 스쳤다.

그러나 그는 미꾸라지처럼 빠져나가는 철대산보다는 기완에게로 복잡한 감정이 실린 눈길을 주고 있었다.

잠시 고개를 푹 숙이고 있던 기완이 아주 조심스럽게 일존에게로 다가섰다.

그리고 또 한참을 망설이다가 기어들어 가는 목소리로 겨우 내놓는 말.

"할아버지."

누가 들었으면 펄쩍 뛰고도 남았을 말이지만, 마침 기완의 목소리를 누르고 들려오는 괴이한 부르짖음 일성에 기완의 말은 일존에게만 들리는 것으로 그치고 말았다.

"녹림은……!"

철대산이었다.

철대산이 적토 위에서 허리를 꼿꼿이 펴고 길게 목을 뽑아 소리를 질러대고 있었다.

하긴 그 말고 또 누가 있어 지금 이런 상황에서 목청껏 소리를 질러대겠는가.

"녹림은……!"

계속 같은 말을 벌써 대여섯 차례나 반복하고 있는 철대산이었다.

고함을 쳐보았다가 또 굵은 저음으로 깔아도 보았다가 이리저리 목소리를 바꾸는 것으로 보아, 사람들은 곧 그가 무엇을 하려는지를 짐작하게 되었다.

철대산은 지금 무턱대고 심술을 부리려 고함을 내지르는 것이 아니라, 녹림 쪽 진영의 이만 군중을 향해 무언가 자신의 말을 전달하려는 모습이었다.

난데없는 일장 연설이라도 하려는 것일까.

그러나 아무리 목청이 크고 좋아도 그렇지, 순수한 목소리만으로 자그마치 이만 군중을 상대로 소리를 전달하는 것이 가당키나 한 노릇이겠는가.

그러나 그는 다름 아닌 일괴였다.

바로 일괴이기에 그가 하는 행동이라면 아무리 돌발적이고 터무니없는 행동일지라도 사람들은 관심과 호기심을 가지고 지켜보게 되는 것이다.

또 무슨 일을 벌이려는 것인가?

녹림과 백두회의 오만 군중의 이목이 누가 시키는 것도 아닌데 저절로 철대산 한 사람에게로 집중되었다.

"녹림은……!"

얼굴 하나 붉히지 않고 되풀이하는 그 소리가 열두세 번쯤에 이르렀을 때였다.

사실 그때까지만 해도 멀리 백리평의 끝단쯤에 있는 군중은 적토의 거구 위에 우뚝 올라타 있는 철대산의 희미한 모습을 보고 그가 무슨 소리인가를 내지르고 있다는 것만 알았지, 막상 무슨 소리를 그리도 열심히 지르고 있는지는 전혀 알지 못하였다.

그런데 그 끝단으로부터 작은 웅성거림이 시작되고 있었다.

그리고 그 웅성거림은 마치 심해(深海)로부터 해변가로 밀려 나오는 파도처럼 군중의 소리를 담고 앞으로 번져 나왔다.

"들린다."

"그 다음은 뭐요?"

"도대체 녹림이 어쨌다는 거요?"

그리고 마침내 철대산이 온 얼굴로 활짝 웃으며 소리를 내질렀다.

"됐다! 목소리에 내력이 실렸다!"

일존과 흑풍사신대, 그리고 두시형과 녹림영웅단의 인물들 속에서 또 다른 형태의 웅성거림과 작은 소요가 일었다.

일존과 당당히 일장을 겨룰 정도의 절대고수가 겨우 목소리에 내력을 싣기 위해 그처럼 황당한 시도를 하고 있었단 말인가?

그러나 그런 속에서도 태백산맥의 인물들만큼은 태연했다.

그들은 철대산이 할 줄 모르는 여러 가지를 알고 있었다.

철대산이 얼마 전까지만 해도 무공의 기초 중의 기초인 신법이나 보법에 대해서 전혀 문외한이었다고 한다면, 천하의 어느 누가 그 말을 믿겠는가?

그러나 사실이었다.

바로 얼마 전까지만 해도 철대산은 신법에 대해서 전혀 문외한이었고, 사실은 지금도 그저 빠르게 몸을 튕겨낼 줄밖에 모르는 절름발이 신법을 겨우 익히고 있을 뿐이었다.

하긴 무지하게 힘(?)이 세다는 것만 제외해 놓고 보면 무공이라는 측면에서 철대산이 제대로 할 줄 아는 게 뭐가 있겠는가?

철대산의 무공 기초가 그처럼 빈약하다는 것은 태백산맥 내에서는 이미 비밀이 아니었다. 물론 태백산맥을 벗어나 외부로 흘러나간다면 특급으로 분류될 기밀 사항이 되겠지만.

어쨌든 필요는 보다 효과적으로 성공이라는 결과를 일구어내는 법이다.

그 짧은 순간에 필요하다는 생각 하나로 철대산은 목소리에 내력을 실어 퍼뜨리는, 결코 쉽지 않은 방법을 터득한 것이다.

하긴 이미 진기의 공간 운용 개념을 터득한 그에게 그쯤은 별로 어려운 일이 아닌 단순한 응용일 수도 있었다.

철대산의 목소리가 굉량한 울림으로 멀리 퍼져 나가고 있었다.

처음에 군중은 철대산의 목소리가 백리평 전체를 뒤덮고도 남을 정도로 멀리 퍼져 나가고 있다는 사실에만 주목하였지만, 그러나 그들은 곧 철대산이 전하고 있는 말이 하나의 돌발적인 선언이라는 것을 깨닫게 되었다.

"녹림은 이제 백두회의 식구다!"

철대산이 비록 그의 기억 속에서였지만, 청중을 앞에 두고 연설이라는 것을 처음 해보는 입장은 아니었다.

최소한 군중의 주의를 어떻게 이끌어내는지에 대한 요령은 익히 알고 있었다.

모두의 관심이 자신의 말이 의미하는 바에 집중될 수 있도록 잠깐의 시간을 기다린 후에 철대산의 목소리가 이어졌다.

"백두회는 여러 조직의 연합체다. 백두회에 속하는 모든 조직들은 평등하다. 녹림 또한 백두회의 기존 조직들과 모든 점에서 완전히 평등하다. 다만 백두회에 소속됨으로써 반드시 따라야 할 하나의 약속이 있다. 바로 위협 앞에서 백두회의 모든 조직이 공동 대처를 한다는 것이다."

백리평이 조용해졌다.

철대산이 처음 말을 시작하였을 때만 해도 군데군데에서 웅성거림이 일고 있었으나, 느릿느릿, 그러나 한 구절 한 구절을 묘한 간격으로 분명히 끊어서 말해 나가는 철대산의 말이 채 몇 마디 이어지지 않아서 백리평 사방에서 유일하게 들리는 소리는 오직 철대산의 목소리뿐이었다.

철대산의 말에는 앞뒤가 없었다.

재치도 없었고, 어떠한 감동도 없었다.

그저 전하고자 하는 알짜배기 결론만 있는 말이었다.

진실과 진심이 담긴 말은 결코 화려하지 않다. 미사여구로 화려하게 장식된 말에는 진실이 없다.

철대산의 말이 이만의 녹림도와 그리고 삼만의 백두회도를 하나로 이끌어들이고 있었다.

"우리는… 우리는 이제 마교라는 첫 번째 위협을 눈앞에 두고 있다. 어떻게 할 것인가? 나는 백두회의 회주로서 여기에 모인 모든 백두회

도들에게 이 위험에 공동으로 맞설 것을 명령한다!'

그것으로 철대산은 자신이 할 말을 모두 끝냈다.

그리고 그는 묵묵히 군중의 반응을 기다리고 있었다.

그러나 군중은 여전히 침묵만을 지키고 있었다.

일존과 마교 사대호법신의 얼굴로 각기 씁쓰름하거나 혹은 허탈한 웃음기가 떠올랐다.

여기까지 오는 동안 일괴의 기행을 듣지 못한 바 아니고, 또 방금 전에도 그의 특별한 면모를 보지 않은 바가 아니지만, 그러나 보면 볼수록 참으로 감당하기 어려울 만큼 돌발적이고도 돌출적인 인물이 아닌가.

황당하기는 두시형과 녹림영웅단, 그리고 녹림의 열여덟 채주(寨主)도 마찬가지였다.

그러나 어느 한순간 군중의 한쪽에서 작은 소리들이 일기 시작하더니, 그것은 금세 백리평을 떨어 울리는 거대한 함성으로 번져 갔다.

"와아아아아아! 백두회 만세!"

백두회였다.

백두회의 삼만 대군중 사이에서 흙먼지가 운해(雲海)처럼 생겨나며 대이동이 시작되고 있었다.

아아! 사람의 물결이었다.

한 번의 물결이 밀려오고, 그 뒤를 따라 또다시 물결이 밀려오고……

사람들의 물결이 끊임없이 중첩되는 가운데, 그들은 어느 사이에 거대한 원형을 이루며 백리평의 가운데를 포위해 들고 있었다.

그들이 내지르는 함성은 점점 한목소리로 커지며 백리평의 넓은 평원을 진동시켰다. 그들의 함성은 마치 누군가 지휘라도 하듯 통일되어 갔다.

"와아아아아! 백두회 만세!"

"와아아아! 녹림 만세!"

"백두회와 녹림은 하나다!"

그리고 마침내 녹림이 움직이고 있었다.

그것은 누구의 지휘 통솔을 따르는 움직임이 아니었다.

그들의 총표파자인 두시형의 명령도 없었고, 열여덟 개 산채 채주가 지휘를 하는 것도 아니었다.

그저 백두회와 녹림이라는 군중 자체가, 그 군중의 심리와 한데 모인 힘이 그들 스스로를 그렇게 움직이게 하고 있었다.

얼마 지나지 않아 백리평에는 하나의 거대한 포위망이 완성되어 있었다.

열 겹, 스무 겹으로 이루어진 거대한 포위망이었다.

자그마치 오만의 포위망이다.

그야말로 인산인해로 이루어진 거대한 육진(肉陣)이었다.

일존이 아무리 천하무적의 무공을 가지고 있다 해도 그 역시 결국은 하나의 인간일 뿐이었다. 그리고 신이 아닌 인간인 이상에는 인간으로서의 한계를 가질 수밖에 없는 것이다.

막상 오만으로 이루어진 거대한 포위망 안에 갇히게 되자 일존은 일시 아득함을 느껴야 했다.

삼국 시대 때 맹장 장비가 장판교에서 홀로 조조의 수십만 대군을 막아섰다 하고, 또 조자룡이 조조의 수십만 대군 속을 필기단마로 누비고 다녔다고 하나, 그것은 필시 지어낸 영웅담이기 쉽다.

혹은 사실이었다고 하더라도 단순히 그들의 무용이 뛰어나서라기보다는 그럴 만한 천시(天時)와 인시(人時)와 제반 상황들이 맞아떨어졌기 때문일 것이다.

일존은 마교라는 거대한 집단을 거느리고 있는 인물이다.

그런 그가 군중의 힘을 모를 리 없었다.

군중이란 묘하면서도 종잡을 수 없는 집단이다.

때에 따라서는 제아무리 많이 모였다 하더라도 단 일고의 가치도 없는, 그저 한 번 내갈기는 벽력후(霹靂吼) 일성(一聲)에 오줌을 지리며 흩어지고 말 오합지졸이 되고 마는 게 바로 군중이다.

반대로 아무리 보잘것없는 오합지졸을 모아놓았다고 하더라도, 일단 한번 흐름을 탔다 하면 말 그대로 천군만마(千軍萬馬)가 휘몰아쳐가듯 거역 불가의 위력을 발휘하기도 하는 것이 또한 군중이라는 존재다.

일존은 지금의 이 군중, 자그마치 오만에 이르는 이 군중이 어떤 성격의 군중인지에 대해 아직까지 확실한 정의를 내리지 못하고 있었다.

그러나 한 가지 분명한 것은 지금은 그들을 자극할 때가 아니라는 것이었다.

그들은 지금 극도로 흥분하여 있는 데다 서로의 감정을 교감하고 있는 중이었다.

그리고 그들 사이에 어떤 식으로든 감정의 교감이 이어지고 있는 한, 그들은 오합지졸이 아니라 어느 순간에 터져 버릴지 모르는 지극히 위험한 존재들인 것이다.

이 열기가 가라앉을 때까지만이라도 일단은 기다려 볼 일이었다.

적토 위에 버티고 앉아서 사방을 둘러보는 철대산은 자못 의기양양해 보였다. 철대산의 그런 모습은 제법 이야기 속의 영웅의 풍모를 닮아 있는 듯도 했다.

아닌 게 아니라 많은 사람들이 철대산의 그 모습을 보고 감탄을 금치 못하고 있었다.

복립도 그런 사람들 중에 속했다.

다만 그는 머리가 좋다는 소리를 듣는 사람인만큼 남들보다는 조금 더 깊은 생각을 하고 있었다.

방금 전 철대산의 그 어수룩한 목소리의 몇 마디가 지금 어떤 결과를 이루어내고 있는지에 대해 복립은 놀라고 또 감탄하고 있었다.

눈에 보이는 것 이상으로 그 결과는 엄청난 것이었다.

처음에 철대산이 단신으로 일백의 녹림영웅단을 압도하였을 때만 하더라도 비록 상상 이상의 엄청난 그 무위에 감탄하기는 하였다. 하지만 녹림과 백두회의 대통합은 정작 이제부터라는, 그리고 만만치 않은 시간과 노력이 필요할 것이라는 각오를 다진 바 있었다.

녹림의 총표파자가, 그리고 그들의 최정예 조직이 백두회주 단 일인에게 꺾여 버린 상황과 분위기에서 녹림이 일단 고개를 숙이지 않을 수는 없을 것이었다.

그러나 다만 수뇌부를 무공으로 굴복시켰다고 해서 녹림을 완벽하게 손아귀에 틀어쥔 것은 결코 아니었다.

설혹 두시형이 녹림을 대표하여 백두회와의 대통합을 선언한다고 해도, 막상 그 각각이 이해 단체라고 해야 할 십팔채 채주들의 생각은 다를 수 있는 것이다.

보다 근본적인 것은 흑도와 크게 다르지 않게 녹림 또한 잡초라는 사실이다. 아니, 그들이야말로 오히려 흑도보다 더욱 거칠고 질긴 야성의 잡초인 것이다.

우선은 강한 힘 앞에 머리를 숙일 것이나, 그들은 곧 다시 일어설 것이고, 그리하여 그들을 품 안에 두게 될 백두회는 오랫동안 외부가 아닌 내부의 저항에 내홍(內訌)을 겪게 될 것이었다.

형식의 통합이 아닌, 녹림과 흑도의 진정한 통합을 위해서는 수만 녹림도 각각의 인식의 전환이 필요한 것이고, 그것은 결코 하루아침에 이루어질 일이 아니었다. 길게는 십 년 이상이 걸릴지도 모를 일이었다.

그러나 복립이 알고 있는 한, 철대산은 그런 모든 걱정에서 철저하게 자유로울 사람이었다.

일단 시작을 하였고, 그가 잘 하는 표현대로 상대의 대가리를 꺾는 데까지 진행이 되었으면, 그것으로 자신의 역할은 충분하다는 생각을 할 사람이었다.

나머지 일에 대해서는 아래의 다른 사람들이 어떻게든 알아서 할 것이라고, 당연히 아랫사람들의 할 일이라고 여길 사람이 바로 그인 것이다.

그런데 방금의 철대산은 복립이 알던 그 철대산이 아니었다.

방금의 그는 누구도 생각지 못했던 방법으로 복립 자신이 십 년 이상의 시간과 노력을 각오했던 녹림과 백두회의 대통합의 과정에 급물살을 만들어낸 것이다.

한순간에 녹림도들의 마음을 휘어잡아 버린 것이다.

자신에 대한, 백두회에 대한 수만 녹림도들의 인식을 바꾼 것이 아니라 순간의 극적인 상황을 연출하고 또 함께 공유함으로써 아예 그들의 마음속에 하나의 새로운 인식을 만들어내 버린 것이다.

보라!

좀 전까지 두 개의 전혀 다른 집단으로 대치하고 있던 녹림과 백두회가 지금은 하나의 원진을 만들고 있지 않은가.

함께 진형을 이루고 함성을 질러내는 모습들이 마치 원래부터 하나의 조직이었던 것처럼 자연스럽지 않은가.

이를 두고 다만 일시적인 호응이요, 충동적인 감정의 교감이라고만 할 것인가?

복립은 벅차오르는 가슴을 가만히 진정시켰다.

비록 대통합의 완성은 지금부터의 일이 되겠지만 오만의 대집단이 하나의 감정과 분위기를 공유한 지금의 이 극적인 경험은 그들 모두가 백두회라는 거대한 틀 안에서 하나로 녹아드는 강력한 촉매제가 될 것이고, 또한 앞으로 오랫동안 그들을 서로 질기게 묶어줄 튼튼한 끈이 될 것이었다.

철대산은 어느새 전혀 다른 모습으로, 아니, 본래의 그다운, 전혀 영웅답지 않은 모습으로 되돌아와 있었다.

그가 일존을 향해 싱글거리며 웃었다.

높은 적토의 등에 앉아 내려다보듯 하며, 더구나 오만하고 건방져 보이는 그 웃음이라니…….

기완은 퍼뜩하고 혼란스럽던 정신을 가다듬었다.

자신이 지금 이러고 있을 때가 아닌 것이다.

일존이 어떤 인물인지, 또 일괴가 어떤 인물인지, 그들 둘이 다 얼마나 위험한 인물들인지에 대해서 아는 사람은 천하를 통틀어 자신밖에 없는데, 일단은 상황을 수습하고 나서 다시 당황을 해도 해야만 하는 것이다.

"대형, 말에서 내리십시오."

"……?"

기완의 대찬 말투에 철대산이 멀뚱한 표정이 되고 말았다.

그러나 그는 곧 마지못한 듯 시큰둥한 표정을 지으며 적토의 등에서 땅으로 내려섰다.

대충 뭉개 버리거나 혹은 장난으로 받아치기에는 기완의 얼굴이 너무 정색인데다가 진지하기까지 하였던 것이다.

기완이 속으로 가만히 안도의 한숨을 내쉬었다.

그런 중에도 그의 얼굴로는 알아보기 어려운 작은 희열이 스치고 있었다.

천하에 거칠 것 없고 언제 어디로 튈지 짐작할 수 없는 철대산이지만, 그의 유일한 약점이 바로 그의 친인(親人)들이며, 더욱이 친인들의 진지함에는 꼼짝도 못하는 존재가 바로 철대산이라는 것을 기완은 벌써부터 깨닫고 있는 중이었다.

그리고 지금 철대산이 거칠 것 없던 기세에서 기완 자신의 한마디에 어쨌든 말에서 내렸다는 것은, 그가 자신을 친인으로 여기고 있다는 것이 아니겠는가?

그리고 안도의 한숨은 미미하나마 일존의 기색이 변하는 것을 본 까닭이었다.

비록 발작하지는 않았지만, 일존의 얼굴은 벌써부터 언제라도 폭발할 듯한 촉발의 기세가 잔뜩 서려 있었는데, 방금 철대산이 말에서 내리는 것을 본 때문인지 아주 조금은 풀려서 최악의 심각한 사태는 면하였다는 안도였다.

"이분은 강호에서 일존으로 불리는 분이시며, 또한 대마교(大魔敎)의 교주십니다."

"대마교……?"

기완이 일존을 가리키며 하는 말에 대해 철대산이 시비라도 걸듯 나직하니 말을 되뇌었다.

그러나 기완의 목소리가 미미하게 떨려 나왔던 것과 그의 기색에 여전한 진지함과 왠지 모를 긴장이 가득한 것을 보고는 기세를 꺾는 모습이었다.

"알고 있어! 이봐! 그런데 나한테 말할 게 아니고, 저 영감님과 어떻게 대화를 좀 나눠보라니까?"

철대산의 은근한 불만 토로에도 불구하고 기완은 정색을 풀지 않았다.

"이분은 또한 제게 할아버지가 되십니다."

"뭐? 할아버지?"

"그렇습니다. 제게는 고조부님이 되십니다."

"고조부?"

철대산은 그만 얼떨떨한 표정이 되고 말았다.

어디 철대산만 그러랴?

주위에서 지켜보고 있던 복립이며 소려 등이 모두 놀라움을 감추지 못하고서 기완과 일존의 얼굴을 번갈아 쳐다보고 있었다.

반대로 기완의 목소리는 한층 진정이 되어 있었다.

"할아버지께서는 벌써 오래전에 백수(白壽)를 넘기셨습니다."

철대산이야 그저 멍한 기색으로 기완의 입만 쳐다보고 있는데, 복립은 어느새 놀라움을 거두고 차분한 눈빛으로 돌아와 있었다.

복립이 보기에 기완은 지금 몇 차례나 거듭하여 철대산에게 강수를 두고 있는 중이었다.

그것은 그만큼 기완이 일존에 대한 철대산의 무례를 경계하고 있다는 의미이리라. 한편으로는 철대산의 최대 약점을 제대로 공략하고 있는 것이기도 했다.

철대산에게 있어 기완이 이미 친인이 되었다는 것은 복립뿐만 아니라 태백산맥의 모두가 다 인정하고 있는 바였다.

그런 기완의 고조부라면 철대산의 성격상 감히 함부로 대하지 못할 것은 분명했다.

그러나 그것만으로도 부족한지 기완이 지금 일존의 나이를 다시 언급함으로써 철대산으로 하여금 추호도 망발하지 못하게끔 못을 박아버린 것이다.

지금까지 보아온 바, 철대산은 나름대로 상대의 나이를 존중하는 모습을 보여주곤 했지 않은가. 그 상대가 비록 적일지라도 말이다.

다만 그가 존중해 주는 나이의 기준이 적어도 육십을 넘겨야 한다는 것이 아직까지 이해가 되지 않기는 하지만.

그런데 일존의 나이가 백수를 넘었다고 한다, 그것도 오래전에.

사람으로서 백 년을 넘게 살았다면, 그 자체만으로도 이미 존중받을 만한 이유가 되는 것이다.

그런 이유에다가 이제 철대산의 약점들을 생각할 때, 제아무리 천하의 철대산이라 할지라도 앞으로 일존에 대해서만큼은 꼼짝도 하지 못할 게 아니겠는가.

굳어져 버린 철대산의 표정, 그리고 그런 철대산을 바라보며 언제 당황했느냐는 듯 은근히 미소까지 띠고 있는 기완을 바라보며 복립의 입가로 쓰디쓴 고소 한 자락이 스쳤다.

'과연 기완이다.'

상황을 재고 있던 복립이 드디어 전면에 나섰다.

그야말로 전격적인 등장이었다.

자신을 드러내지 않고 있던 그가 일단 한 번 앞으로 나서더니, 가히 일사천리라고 할 만큼 눈부신 솜씨로 방만하게 벌려져 있는 상황들을 정리하기 시작했다.

백리평의 지금 상황은 굵직굵직한 상황들이 터지고 또 반전되고 하면서 잔뜩 벌여져 있기만 한 상황이라 자칫 얽혀 버릴 지경이었는데, 복립의 상황 수습과 일련의 일을 처리해 나가는 솜씨가 얼마나 눈부시게 빠르고, 또 매끄럽고도 명쾌하던지 기완과 일존의 사이에서 궁지에 몰려 전전긍긍하고 있던 철대산은 '잘되었다' 하고 얼른 뒤로 발을 빼 버렸다.

그리고 그 바람에 기완에 이어 이제 막 철대산을 몰아세우려고 단단히 벼르고 있던 일존도 어쩔 수 없이 멀뚱히 복립의 매끄러운 일 처리를 구경하고 서 있는 수밖에 없었다.

복립은 두시형과 백두회와 녹림의 대통합에 대한 큰 줄기를 마무리 짓는 한편, 곧바로 녹림십팔채의 채주들을 소집하여 몇 가지의 지침을 주었다.

그로부터 얼마 지나지 않아 백리평을 가득 메우고 있던 오만의 인원들이 일제히 움직이기 시작했다.

그러나 그 대규모의 인원이 움직이는데도 그리 눈에 띄는 혼란은 없었다.

비록 왁자지껄한 소음과 뿌연 흙먼지가 피어올라 백리평의 하늘을 가렸지만, 그들 오만의 인원들은 무언가 공통된 일을 해 나가고 있는 중이었다.

양쪽 진영의 뒤쪽으로 처져 있던 천막들이 철거되고 새로이 배치되었다.

진영의 개념 없이 가운데를 중심으로 하여 둥글게 재배치가 된 것이다.

가운데는 방원 오십여 장의 공간이 그대로 비워졌고, 그 공간의 한쪽으로 천막들을 임시로 잇대어 만든 대형 차양이 설치되었다.

언뜻 보면 참으로 무질서하게, 정신없이 움직이는 수많은 사람들의 모습에는, 그러나 자연스러운 섞임이 있었고, 비록 정제되지는 않았지만 연신 터져 나오는 환호와 탄성이 있었다.

재미와 즐거움이 있었고, 신명이 녹아 있었다.

딱히 유흥이라고 할 만한 것이 주어지지 않았고 술도 제공되지 않았지만, 그들은 이미 그들만의 축제를 시작하고 있었다.

대형 차양의 밑으로 대충 어설프게 끼워 맞춘 탁자들이며 의자들이 놓여졌다.

이를테면 귀빈석인 셈이다.

그러나 그 탁자며 의자에 일존과 일괴, 마교의 사대호법신, 녹림 총표파자 두시형, 태백산맥의 인물들, 그리고 복립이 특별히 앞으로 불러낸 녹림십팔채의 채주들이 자리를 하고 앉자, 그 어설픈 자리들은 정말로 어떤 호화로운 자리에 못지않은 귀빈석이 되었다.

결국 자리를 빛내는 것은 자리 그 자체의 호화로움이 아니라, 그 자리에 앉는 사람이 어떤 사람이냐에 달린 것이 아니겠는가?

일존의 표정은 많이 달라져 있었다.

백 년이 넘는 연륜을 지닌 그였고, 마교의 교주로서, 강호제일의 무적고수로서 천하의 온갖 일들을 다 경험해 본 그였지만, 지금과 같이 거대한 대회를 보는 것도, 그럼에도 불구하고 이렇게 초라한 대회를 보는 것도, 또한 이처럼 기이하게 사람의 마음을 들뜨게 하는 분위기에 젖어보는 것도 모두 처음이었다.

오만의 군중이 잠시도 멈추지 않고 움직이는 통에 백리평에는 끊임없이 흙먼지가 피어오르고 있었다.

평원을 지나가는 바람의 방향이 바뀔 때마다 그 흙먼지를 고스란히 뒤집어쓰며, 또한 별 할 일도 없이 그저 우두커니 지켜보는 것만으로 벌써 한 시진을 훌쩍 넘겨가고 있으면서도 일존은 스스로 생각해도 용하다는 느낌이 들 정도로 갑갑증이나 화를 내지 않고 잘 참아 넘기고 있는 중이었다.

볼수록 새로운 면모를 보이고 있는 일괴 철대산이라는 인물과, 그리고 드러나지 않는 듯하면서도 자세히 살피다 보면 누구 하나 독특하지 않은 인물이 없는 철대산 주변의 인물들을 관찰하는 것만으로도 그럭저럭 재미를 느낄 수 있었기 때문이리라.

그중에서도 특이한 것은 소려라는 여인이었다.

다른 인물들과 마찬가지로 그녀 또한 아주 자세히 관찰하고 있지 않으면 그 존재가 잘 드러나지 않는 여인이었다. 그러나 일괴의 주변을 가만히 살피다 보면 항상 보이는 존재가 또한 그녀였다.

그렇게 그녀는 있는 듯 없는 듯 존재감이 없으면서도 늘 일괴 주변의 일정 범위 안에서 존재하는 여인이었다.

그런 점에서 '우리는 일괴의 그림자요!' 하고 대놓고 일괴를 따라다니는 위천이나 조운보다도 소려 그녀가 오히려 더 그림자다운지도 몰랐다.

일존은 소려에 대해 두 번을 놀랐다.

먼저는 막상 그녀의 존재에 의미를 두게 되었을 때 문득 눈에 들어오는 그녀의 미모 때문이었다.

'어허! 가히 절색이라고 할 만하지 않은가? 저런 미모가 어찌 눈에 띄지 않았단 말인가?'

두 번째는 본격적으로 그녀를 살피다가 우연인 듯 그녀와 눈을 마주쳤을 때였다.

그 순간 표시를 내지는 않았지만 내심 움찔하였을 정도로 그는 놀라고 말았다.

그녀의 눈 속 깊숙이 갈무리된 한줄기 기운 때문이었다.

'독이다! 잘 정제된 독기(毒氣)다. 마치 사공 중 암기와 독공의 일절이라는 암공(暗公) 당문종(唐文綜)의 눈을 보았을 때와 비슷한 느낌이다.'

그때부터 일존은 일괴를 제쳐 놓고 소려에게 눈길을 두고서 묵묵히 관찰하기 시작했다.

사실은 그의 신경을 보다 거슬리게 만드는 것은 그녀, 소려와 일괴의 관계가 어떤 것인가에 대한 것이었다.

남과 여로서의 관계 말이다.

백리평은 완연히 축제의 장으로 변해가고 있었다.

대화의 축제다.

소곤소곤 나누는 대화, 침 튀기며 열변을 토하는 대화, 서로의 어깨를 치며 너털웃음을 터뜨려 내는 호쾌한 대화.

백리평은 거대한 대화의 장이 되어 있었다.

철대산은 기완에 의해 다시금 일존의 곁으로 끌려왔다.

일존은 부드럽거나 혹은 간접적인 대화를 할 줄 모르는 사람이었다.

"완아(琓兒)는 내게 단 하나 남은 혈육이다. 앞으로 마교를 이어받을 유일한 후계자이니 천하의 누구에게도 고개를 숙여서는 안 되는 존귀한 신분이라는 얘기다. 더욱이 내 허락 없이는 당금 대명의 천자라고 하더라도 절대로 이 아이를 가질 수 없다."

얘기를 하는 중에 가라앉혀 두었던 노기가 새삼 치솟아오르는지 일존의 은염이 부르르 떨리고 있었다.

그 모습에 철대산은 괜히 움찔하는 모습이 되었다.

물론 두려움 때문은 아니었다.

다만 황당함과 또한 지은 죄도 없이 일방적으로 당하면서도 제대로 억울함을 호소하지 못하는 이 지랄 같은 상황에 울화가 치밀어 오르는 때문이었다.

'가져? 제기랄! 도대체 뭔 소린지… 기완이 물건도 아닌데 가지긴 뭘 가져?'

철대산이 본래 마음속 감정을 얼굴에 그대로 비치고 마는 사람이라 표정이 금세 시큰둥하게 변해 버렸다.

그리고 이제는 마치 엄한 할아비가 잘못을 저지른 손자를 야단치듯이 하고 있던 일존의 얼굴이 시뻘겋게 달아오른 것은 당연하였다.

두 사람의 심상치 않은 기세에 몸이 달아오른 것은 기완이었다.

비록 철대산이 지금 한풀 기세를 꺾고 있기는 하지만, 그는 여전히 위험한 존재였다. 특히나 지금처럼 일존이 무작정 기세로 누르기를 계속 시도한다면 얼마 견디지 못하고 어떤 방향으로든 튀어버릴 인물이 바로 철대산인 것이다.

사실 기완의 그런 예측은 거의 정확한 것이었다.

아닌 게 아니라 철대산은 아직까지 일존이라는 존재에 대해 한 가닥 미련을 버리지 못하고 있는 상태였다.

바로 승부의 상대로서 말이다.

비록 얽힌 관계와 예의상으로 고개를 숙이고는 있지만 다른 사람에게 그가 참을 만큼 참았다는 인정을 받을 정도만 된다면 언제라도 적당한(?) 방법으로 일전을 겨뤄볼 욕심을 가지고 있는 것이다.

상대는 다름 아닌 일존이었다.

일왕일존이라, 비록 일왕이라는 이름을 앞세우기는 하였지만, 어쨌든 천하제일로 인정되는 존재가 아닌가?

좀 전에 겪었던 일존과의 그 한 번의 격돌은 철대산에게 커다란 아쉬움을 남긴 바가 있었다.

다시 한 번 재대로 부딪친다면 그는 지금까지 경험해 보지 못했던 새로운 경지를 엿볼 수 있을 것만 같았다.

바로 자신의 한계에 대해서 말이다.

그의 내부는 급격한 변화를 일으켜 가고 있는 중이었다.

주위에서 보기에는 무모한 시도를 하는 것으로 보여도, 막상 철대산 본인은 내부의 변화를 자신의 것으로 받아들일 수 있는 새로운 자극을 자꾸만 필요로 하고 있는 것이다.

그런 점에서 기완과의 관계로 인해 일존이라는 목표 하나를 잃어버린다는 것은 실로 아쉬운 일이 아닐 수 없었다. 물론 일존을 제외하고도 일왕이라는 최종의 목표가 남아 있기는 하지만 말이다.

철대산이 혹시나 하는 욕심을 버리지 못하고서, 어떻게 하면 예의에 벗어나지 않으면서도 일존을 낚시에 걸어볼 수 있을까 하는 고민을 자못 심각하게 하고 있는 동안, 기완은 마침내 자신이 생각해 두었던 마지막 수단을 동원하기로 마음을 굳혔다.

소려였다.

기완의 최후 수단이란 바로 소려를 이 상황 속으로 끌어들이는 방법이었다.

소려야말로 기완 자신의 보이는 면과 숨겨진 면 모두에 대해서 가장 잘 이해를 하고 있으면서도 무엇보다 철대산이라는 인물에 대해 천하에서 가장 강력한 억제력과 통제력을 발휘해 낼 수 있는 존재인 것이다.

"누님, 인사하십시오. 저의 할아버님입니다."

일시 주위로 어색함이 감돌았다.

난데없이 소려를 일존에게 인사시키려는 기완의 무리(?) 때문이었다.

일존은 일존대로 자신의 장중보옥과도 같은 고손녀가 다른 여인을 누님이라 부르는 해괴망측한 소리를 듣고 있으려니 어색하기는 마찬가지였다.

잠시 머뭇거리던 소려가 공손하게 허리를 숙여 일존에게 절하였고, 이미 그녀의 범상치 않음을 유심히 지켜보았던 일존인지라 어쩔 수 없이 그녀의 인사를 받았다.

소려가 차분한 음색으로 입을 열었다.

"보고 들으신 바와 같이 저희들은 백두회에 소속이 되어 있습니다. 다만 백두회는 다른 방파와 달리 회도를 강제적으로 구속하거나 종속시키지 않아 각자의 의지에 따라 하시(何時)라도 자유로이 진퇴가 가능하니 어르신께서는 완(玩) 동생에 대해 크게 염려하시지 않아도 좋을 것입니다."

"으음……!"

일존이 자신도 모르게 침음성을 흘려내었다.

소려의 말은 공손하고 부드러웠으나 자세하면서도 설득력이 있고, 또한 은은한 기품까지 담고 있어서 말을 듣는 이로 하여금 쉽게 반박이나 반문을 못하도록 하는 묘한 힘이 서려 있었다.

또 한 가지, 소려의 말 중에 '완 동생'이라는 표현이 사뭇 의미 깊게 들렸던 때문이었다.

소려가 잠시 일존의 반응을 기다렸다가 다시 말을 이었다.

"백두회에 있어 지금 이곳에서 벌어지고 있는 일은 지극히 중요합니다. 겉보기에 무질서하고 무계획적인 것 같지만 기실 이 일의 결과가 백두회의 향후 기반과 토대가 될 것이기 때문입니다. 하여 이 일을 위해 그동안 여러 사람들이 많은 노력을 해왔고, 그중에서도 완 동생의 역할과 수고가 컸습니다."

소려가 잠시 말을 멈추고 기완을 바라보았고, 두 사람은 살풋한 미소를 주고받았다.

그 때문에 소려의 미소라면 언제든 끔뻑 넘어가 버리는 철대산은 물론이고, 다른 사람들마저 무의식중에 미소를 지어 올리는 바람에 일시 주위의 분위기가 부드러워졌다.

다만 한 사람, 좀 전부터 유심히 일존의 반응을 살피고 있던 복립만이 조금도 긴장을 풀지 않은 채 눈빛을 빛내고 있었다.

그는 지금 마치 일대 승부를 앞둔 승부사라도 된 듯한 긴박한 긴장 속에 있는 듯했다.

"저의 처지로 긴 말씀을 드릴 입장이 아닌지라, 한말씀만 더 올리겠습니다. 오늘의 일은 지금까지는 성공적인 결과를 내고 있는 듯이 보입니다. 그러나 자칫 어떤 예기치 못한 일로 인해 이 성공이 방해를 받는다면 그 이후의 일은 돌이키기 어려울 것입니다. 특하나 좋게 맺어질 수 있었던 관계들이 오히려 원한의 관계로 변하게 된다면 그야말로 천추의 한이 될 것입니다."

그 말을 끝으로 소려가 살포시 고개를 숙여 보이며 뒤로 한 발을 물러서는데, 일존의 얼굴이 일시 와락 일그러졌다가는 겨우 다시 펴졌다.

'허허! 이건 아주 대놓고 하는 협박이로군.'

사실 소려의 말 중에는 철대산과 기완의 관계에 대한 간접적인 언급이 있었고, 그것은 일존에게 충분히 협박으로 받아들여질 만한 것이었다.

그러나 일존이 대뜸 노갈을 터뜨리지 않고 얼굴을 다시 편 것은 그 말속에 협박 외에 묘한 제안과 건의가 동시에 들어 있었기 때문이다.

소려라는 여인이 방금과 같은 말을 당당히 할 수 있었다는 것에서 일존은 이미 그녀가 철대산의 여인이라는 것을 확신할 수 있었다. 그럼에도 그녀는 기완과 철대산의 관계에 대해 인정하겠다는 의미의 말을 하였다.

그리고 찰나적으로 스쳐 간 일존의 또 하나의 계산.

'상당한 경지에 도달하기는 하였지만, 독인은 독인이다. 정상적인 여인의 구실을 다 할 수는 없다. 그렇다면……!'

그 계산 하나로 일존은 마침내 자신의 마음을 결정하였는데, 그때 마침 철대산을 독촉하는 소려의 목소리가 그로 하여금 편하게 자신의 마음을 드러내 보일 수 있도록 만들어주었다.

"대가, 어서 어르신께 용서를 구하세요."

"왜? 내가 뭘 잘못했다고……?"

"완 동생의 고조부님이세요. 그런 분의 심기를 노여웁게 해드렸다는 것만으로도 큰 죄인걸요."

"허허! 허허, 그것참!"

그리고 일존은 쭈뼛쭈뼛하면서도 자신에게 허리를 굽혀 보이는 일 괴의 모습을 볼 수 있었다.

일존은 과연 짐작이나 하였을까?

철대산이 허리 굽혀 하는 인사를 받는 최초의 인물이 바로 자신이라는 것을.

일존이 무겁게 입을 열었다.

"좋다! 일단은 노부가 양보를 하는 것으로 하지. 그러나 이 늙은이한테는 시간이 많지 않네. 하니 언제까지나 양보를 하라고 한다면 그건 도리가 아닐 것이야."

그러나 아직까지 상황이 어떻게 흘러가는지, 또 자신이 왜 이렇게 일방적으로 당해야만 하는지에 대해 제대로 정리가 되지 않은 철대산의 얼굴은 멀뚱하기만 하였다.

'양보를 한다고? 뭘?'

그사이 잠시 기완에게 시선을 주고 있던 일존이 다시 철대산을 향했다.

"본 교의 흑풍사신대를 남겨두고 가겠네."

더욱 멀뚱해진 철대산이 눈만 끔뻑이고 서 있는데, 일존이 흑풍사신대 쪽을 보며 누군가를 호명했다.

"진강(晋强)!"

"옛! 교주님!"

우렁찬 복명 소리와 함께 갑옷 바깥으로 드러난 부분이 온통 다 구릿빛인 사내 하나가 앞으로 달려나와 일존 앞에 부복했다.

사내는 피부색 탓에 나이를 짐작하기 어려웠으나 적어도 오십은 넘어 보였다.

"너는 지금부터 백두회주의 명을 따른다."

갑작스러운 명령이었음에도 진강은 추호의 망설임도 없이 곧바로 복명하였다.

"존명!"

평상시 그에게 교주의 명이 얼마나 절대적이었는지를 알 수 있게 해주는 모습이었다.

복립의 눈빛은 깊어져 있었고, 두시형의 얼굴에는 놀라움이 가득하였다.

삼백의 철갑기마대인 흑풍사신대는 그 전투력의 막강함을 꼽기 이전에 마교를 상징하는 전위대였다.

따라서 지금 일존이 흑풍사신대를 철대산의 휘하로 남겨두고 가겠다는 것은 곧, 마교가 전적으로 철대산을 지원하겠다는 것을 의미하는 것에 다르지 않았다.

마교는 천하마도의 종통(宗統)이다. 비록 당금 무림에서는 마존맹(魔尊盟)이라는 신흥 마도연합과 마도를 양분(兩分)하고 있지만 마도에 속하는 자라면 강호의 그 누구라도 감히 마교의 권위를 부정하지는 못하였다.

그런 마교가 전격적으로 철대산을 지원하겠다고 한 것이다.

그렇다면 이제 백두회는 흑도와 녹림, 그리고 마교까지를 아우르는 천하제일의 세력으로 거듭나게 되는 것이다.

일존은 사대호법신(四大護法神)과 함께 말에 올랐다.

눈물이 그렁그렁하여 절하는 기완을 그윽한 눈길로 바라보다가 일존이 문득 철대산을 향해 입을 열었다.

"일왕을 꺾을 때까지만 기다려 주겠네."

철대산의 눈빛이 다시 멀뚱해지는데, 일존이 말고삐를 잡아채며 외쳤다.

"가자!"

그리고 일존과 사대호법신을 태운 말들은 뿌연 먼지구름을 일으키면서 백리평을 가로질러 달려가 버렸다.

그들의 뒷모습을 멍하니 바라보다가 철대산이 주위를 돌아보며 중얼거렸다.

"이게 대체 뭔 일이래? 나더러 도대체 뭘 어떻게 하라고? 누가 설명 좀 해줘 봐봐!"

그러나 모두들 묵묵부답이었다.

기완과 소려, 그리고 머리 좋은 복립은 알면서도 막상 설명하기에는 상황이 복잡하고 애매하여 눈길을 다른 곳으로 돌려 버렸고, 다른 사람들은 철대산과 비슷한 머리로 역시나 아직까지 일이 어떻게 된 것인지를 명확히 이해하지 못했으니 감히 철대산과 눈길을 마주치지 못했다.

철대산이 문득 아직까지도 자신의 앞에 무릎을 꿇고 군례(軍禮)를 표하고 있는 진강을 보며 혼잣말을 흘렸다.

"허어! 얼떨결에 떠맡긴 하였으나 삼백이나 되는 새 식구를 앞으로 먹이고 재울 일이 걱정이구나. 게다가 수백 필의 말까지 딸려 있으니… 이거야, 원!"

짐짓 혼잣말이라고 하는 소리였으나, 바로 앞에서 중얼거리는 소리를 듣지 못한다면 마교 전위대 흑풍사신대의 대주 진강이 아니라고 할 것이었다.

진강의 구릿빛 얼굴이 설핏 일그러졌다.

그러나 그는 고개를 더욱 숙여 자신의 표정을 숨겼다.

마교지존에게 한 번 명을 받은 이상, 이제 눈앞에 있는 존재야말로 그의 생사여탈권을 쥐고 있는 인물인 것이다.

온갖 소문과 풍문으로 무성한 곳이 강호다.

그러나 당금 강호에는 다른 만 가지의 소문을 누르고 오직 한 가지의 소문만이 강호인들의 관심사가 되어 있었다.

바로 백두회에 관한 소문이었다.

백리평에서의 오만 군웅의 회합은 언제부터인가 오십만의 회합으로 부풀려져 있었다.

일괴에 대한 소문은 더욱 풍성하였다.

'일괴가 일존과의 대결에서 백중지세를 보였다.'

'아니다. 사실은 일괴가 양보를 해서 일존의 체면을 세워준 것이다. 그 때문에 일존이 흑풍사신대를 일괴에게 넘겨준 것이 아닌가?

얼마 전까지만 해도 한낱 흑도의 조금 별난 인물일 뿐이던 일괴 무적철인은 이제 사람들의 입에서 일약 일왕일존과 같은 반열로 거론되기 시작하였으며, 급기야 천하제일인의 자리를 다투는 인물로 부상하였다.

■第二章

음모

백두회는 더 이상 요주의 대상이 아닌, 너무도 거대한 실질적 위험 요인이 되어버렸다.

천하의 그 누구도 백두회가 그렇게 급작스럽게 천하제일의 세력으로 커질 줄을 짐작하지 못하였다.

녹림과 백두회의 전쟁이라는 단 한 번의 위계(僞計).

지나놓고 보니 단순하기만 한 그 위계에 너무나 쉽게 당해 버린 격이었다.

게다가 마교가 그 와중에 끼어들어 백두회에 동참해 버릴 줄을 누가 어떻게 짐작이라도 했겠는가.

무림의 정세가 숨 가쁘게 움직이고 있었다.

이미 소림을 중심으로 하여 구파일방 간의 무림맹 체제가 재가동되었고, 비록 남궁세가가 물밑으로만 움직여야 하는 제약이 있긴 하였으나 오대세가의 중원맹도 본격적으로 활동을 시작하였다.

그리고 마침내 사상 초유로 무림맹과 중원맹이 통합에 합의하였다.

역대로 무림의 대환란 시마다 누차 논의는 있어왔으나 현실화된 적은 단 한 번도 없었던 정도대연합이 드디어 이루어진 것이다.

그들이 그토록 하찮게 여기던 흑도, 바로 그 흑도로부터 발현한 백두회로 인해 생긴 역사적 대사건이었다.

그러기에 세상 만물의 이치가 결국에는 균형과 조화로 이루어지게 마련인 모양이었다.

백두회가 아무리 거대한 조직을 이루었다고는 하나, 반사적으로 중원무림맹이라는 사상 초유의 정파대연합이 결성되어 백두회를 견제하는 것처럼 말이다.

구파일방과 오대세가의 전격적인 수뇌 회동이 소림에서 있었다.

그 결과 정도대연합의 명칭을 중원무림맹으로, 그 맹주에는 소림 장문 현각(眼覺) 대사가, 총군사(總軍師)에는 제갈세가의 가주 제갈영록(諸葛英祿)이 선출되었다.

또 하나의 주목할 만한 움직임은 바로 마존맹(魔尊盟)이었다.

기존에 마존맹이 마교와 함께 마도를 양분하고 있다고는 해도, 여러 가지 측면에서 마교에 거슬릴 수 없는 제약을 받아왔던 것이 사실이었다.

그러나 마교가 전격적으로 백두회를 지원한다는 입장을 표명하고 난 후 마존맹은 생각지도 않았던 반사 이익을 챙기게 되었다.

기실 마교의 존재는 천 년 그 이전의 오랜 옛날부터 마도의 하늘로서 군림해 오긴 하였으나 그 표방하는 노선이 너무도 뚜렷하여 늘 독자적인 길을 걸었을 뿐 막상 천하마도를 실질적으로 통합하여 지배한 적은 없었다.

그러다 당금에 이르러 천하의 마도들이 하나둘 연합해 마침내 마존 맹이라는 거대한 마파동맹(魔派同盟)을 탄생시켰던 것이다.

그러나 아직까지는 마존맹에 속하지 않은 보다 많은 중소 규모의 마 도방파들이 마교와 마존맹의 눈치를 보면서 나름대로의 중립을 지키고 있었는데, 이제 천하의 정세가 급격하게 재편되면서 위협을 느낀 그들 중소방파들이 마존맹의 그늘로 속속 합류하기 시작한 것이다.

마존맹으로서는 가만히 앉아서 어부지리를 얻은 셈이었다.

그렇게 덩치가 커지자 자연스럽게 마존맹은 중원무림맹과 백두회의 사이에서 균형 추의 역할을 부여받게 되었다.

비록 백두회나 중원무림맹에 비하면 그 규모가 턱없이 모자라지만, 마존맹이 만약 어느 한쪽으로 기울게 된다면 팽팽하던 무림의 균형은 한순간에 깨져 버리고 말 수도 있었다.

그러한 갑작스러운 균형의 파괴는 사실 어느 쪽도 바라지 않는 것이 었다.

그러나 마존맹이 사실상 중원무림맹 쪽으로 그 무게 중심을 두고 있 다는 것은 공공연한 비밀이었다.

마존맹이 마교와 공존할 수 없다는 것이 궁극적인 현실인 이상, 마 교가 이미 백두회의 편에 섰다면 마존맹으로서는 그 반대편에 설 수밖 에 없는 입장인 것이다.

그럼에도 불구하고 천하가 지금 폭풍 전야의 평온함을 유지하고 있 는 것은, 아직 어느 쪽도 엄청난 피를 동반할 사상 초유의 거대 전쟁을 감행할 준비가 되어 있지 않기 때문이었다.

백두회는 평온하였다.

오만 군중은 모두 흩어졌다.

그러나 철대산과 태백산맥은 여전히 백리평에 남아 있었다. 흑풍사 신대와 함께.

흑풍사신대는 삼백이나 되는 기마대였지만, 그들만으로 철대산과 태백산맥을 호위하기에는 백리평이 너무나 넓었다.

거대 조직 백두회의 수뇌부가 넓은 평원의 한가운데에 무방비 상태 라고 해도 과언이 아닐 정도로 대비없이 있다는 것은 너무나 위험한 일이었다.

그러나 막상 그 당사자들은 자신들이 위험한 상태에 있다는 생각을 조금도 하지 않고 있었다.

그들이 있는 곳이 바로 백두회의 중심이었다.

그들은 백리평에 앉아서 천하를 보고 있었고, 유사시 단계별 명령에 따라 백리평을 중심으로 가까운 지역부터 역시 단계적으로 필요한 만 큼의 병력을 동원할 수 있었다.

그 모두가 복립과 기완이 머리를 맞대고서 백두회의 조직 운영 체계 와 정보의 흐름 체계를 보다 효율적으로 재편한 덕분이었다.

일존과의 일이 있은 이후 기완은 감히 혼자서는 철대산과 대면을 하 지 못하였다.

씩씩하고 당찼으며, 특하나 일괴 철대산에게 입바른 소리를 할 수 있는 몇 안 되는 사람들 중 하나라는 점을 자부하던 그가 요즘에 들어 서는 철대산의 스쳐 가는 눈빛 한 번에도 대번에 얼굴이 홍시처럼 붉 어지고, 괜히 가슴 울렁거린다며 몸을 비실거리니, 오히려 철대산이 겁 이 나 눈길을 함부로 주지 못할 정도였다.

기완은 대신 소려와 찰떡 궁합이 되어 붙어 다녔다.

어떨 때 기완이 하는 모양을 보면, 마치 잠시라도 소려와 함께 있지 못한다면 금방이라도 죽고 못살 것처럼 유난을 떠는 것이었다.

물론 이전에도 기완은 유별나게 소려를 챙기고 따랐지만, 이제는 소려를 대하는 기완의 호칭부터 바뀌어 있었다.

누님에서 언니로.

그런 기완을 보며 철대산은 간혹 그답지 않게 걱정스러운 얼굴이 되기도 했지만, 다른 사람들이 알아챌 정도는 아니었다.

그렇게 모두들 평온한 한때를 보내고 있는 듯 보였지만 그들 모두는 변화를 기다리고 있었다. 좋은 쪽이든 나쁜 쪽이든 지금의 이 불완전한 균형을 깨뜨려 줄 어떤 변화의 조짐을.

지금 철대산은 복립의 보고를 받고 있는 중이었고, 태백산맥이 모두 동석하고 있었다.

"이상한 소문이 떠돌고 있습니다."

"소문이란 게 조금씩은 다 이상한 거 아냐?"

철대산이 싱겁게 받아 넘겼으나 오늘따라 복립의 얼굴은 꽤나 심각해져 있었다.

"심상치 않습니다. 소문이 구체적인데다 그 전파 속도가 너무 빠릅니다. 본 회를 겨냥하여 누군가 의도적으로 퍼뜨리고 있는 것이 분명한데, 미처 예상하지 못했던 부분이라 당장에 대처할 방도가 마땅치 않습니다."

그제야 철대산이 정색을 하며 물었다.

"뭔데 그래?"

복립이 잠시 생각을 정리한 후 차분히 입을 열었다.

"천마묵환이 대형께 있다는 것입니다. 그 때문에 강호가 급속히 준동하고 있고, 이미 백리평의 주변으로 강호의 호사가들과 고수들이 속속 출현하고 있습니다. 그들 중에는 오랫동안 강호에 모습을 보이지 않던 은거고수들도 적지 않습니다."

"천마묵환?"

태산이 무너져도 꿈쩍하지 않을 것 같던 철대산의 얼굴로 일시 격동의 기색이 스치고 있었다.

그러나 그는 곧 표정을 굳히고 차분하게 복립의 이어지는 얘기에 귀를 기울였다.

소문은 그 외에도 강호에 얼려지지 않았던 철대산에 관한 사항들을 구체적으로 포함하고 있었는데, 사실과 꾸며진 얘기가 절묘하게 어우러져 있었다.

철대산의 원래 신분은 광무궁의 소공자 유천학인데, 그러나 유천학은 본래 유사청의 친혈육이 아니다.

유천학은 본래 이민족인 동이의 핏줄인데, 날 때부터 천형의 괴질을 타고나 버려진 것을 유사청이 우연히 거두었다. 이후 유사청은 유천학의 천형 괴질을 치료하기 위해 광무궁의 모든 힘을 다하였으나 소용이 없었고, 마지막으로 그가 자신만의 비밀로 가지고 있던 천마묵환을 유천학에게 주었는데, 기적적으로 유천학은 천마묵환의 기연 중 일부를 얻어 자신의 천형을 치료하였다.

그러나 중화의 교화를 받고 자라났다 해도 타고난 오랑캐의 천성은 어찌할 수가 없는 것이던가?

이십 수년간이나 보전하고 있던 병석을 털고 일어난 유천학은 은혜를 오히려 원수로 갚았다. 하늘과 같은 은혜를 베푼 유사청을 해하고 천마묵환을 가지고 광무궁을 도망쳐 나간 것이다.

그로 인해 유천학은 이미 광무궁에서 파궁(破宮)되었고, 그의 정혼녀였던 강남제일미 설지상 소저도 유천학의 그 같은 천인공노할 만행에 파혼을 선언한 바 있다.

그러나 천마묵환이 몰고 올 여파를 염려하여 광무궁에서는 그동안 이 일을 비밀에 붙여왔는데, 이제 유천학, 아니, 일괴 철대산이 천마묵환의 공능을 빌어 백두회라는 흑도 단체를 창설하고 강호의 안위를 위협하고 있는 바, 광무궁의 신임 궁주인 화수사(和修士) 막일한(幕一漢)은 이 같은 철대산의 죄상(罪狀)을 무림에 낱낱이 공표하였다.

"허허허!"

복립으로부터 소문의 전모를 다 듣고 난 철대산이 허허거리며 웃었다.

의외로 그의 표정은 담담하였고, 당혹스러워하거나 노한 기색은 보이지 않았다.

오히려 다른 사람들의 얼굴이 긴장과 분노로 잔뜩 굳어 있었다.

잠시 철대산의 반응을 지켜보고 있던 복립이 굳은 표정으로 입을 열었다.

"소문 속에는 몇 가지 교묘하고도 치밀한 선동이 들어 있습니다. 우선은 천마묵환이 대형께 있다는 사실을 믿게 하기 위하여 사실의 바탕 위에 교묘하게 거짓을 꾸며 넣었습니다. 둘째로는 대형을 천륜을 어긴 무림공적으로 몰아가려는 시도를 하고 있습니다. 그리고 그것만으로도 부족하여 마지막으로는 이민족에 대해 지극히 배타적이면서도 우월적인 한족들의 민족 감정을 부추기고 있습니다."

그러나 철대산은 여전히 웃는 표정으로 말을 받았다.

"뭘 교묘하고 치밀하다고까지나 할 게 있나? 어떤 머리 나쁜 놈이 한 며칠 밤 세워서 겨우 만들어낸 쪼잔하고 유치한 극본에 불과한 짓이지, 안 그래? 만약 자네가 만들었다면 이보다는 훨씬 더 실감나고 감동적인 극본을 만들지 않았겠어?"

철대산의 근거없는 여유와 태연함에 복립이 마침내 굳어 있던 얼굴을 풀고 한 가닥 엷은 웃음을 띠어 올렸다.

"과연 대형다우십니다."

"왜? 또 내가 모자라 보여?"

두 사람의 때 아닌 엉뚱한 대화에 이번에는 기완이 입을 가리고서 작은 웃음소리를 내었다.

"푸홋!"

철대산의 눈길이 기완을 향했다.

"자네는 왜 웃어?"

오랜만에 자신을 지칭하여 하는 말에 기완은 그만 움찔하고 말았다. 그러면서도 불만을 표하는 걸 잊지는 않았다.

"치잇!"

철대산이 아직까지도 '자네'라는 호칭으로 자신을 부르는 것에 대한 불만이다.

그 호칭에서만 본다면 철대산은 아직까지 기완을 여자로 인정하지 않겠다는 태도를 견지하고 있는 것이다.

그러나 철대산이 슬쩍 눈에다 힘을 주자, 기완은 얼른 곁의 소려에게로 안기기라도 할 태세로 몸을 붙였다.

안 그래도 두 여인은 서로 붙어 서 있었는데, 기완이 더욱 몸을 붙여 가자 둘은 아주 찰싹 달라붙은 꼴이 되었다.

그 순간에 뭘 생각했는지 철대산의 입가에는 자못 음흉스러운 미소가 번졌고, 소려는 그런 철대산을 보며 입가에 부드러운 미소를 지어놓고 있었다.

복립이 한결 여유를 되찾은 모습으로 말을 이었다.

"첩보에 의하면 중원무림맹에서는 이미 이 소문과 관련하여 활발한 움직임을 보이고 있습니다."

"무슨 움직임?"

"소문의 진상을 확인하고 있는데, 그것이 너무 공개적이고 대대적이라 오히려 소문의 파급을 확대시키고 부추기는 감이 없지 않습니다."

"음……!"

"만약 이대로 상황이 진전된다면 강호의 판도가 지금까지와는 확연히 다른 양상으로 바뀌게 될 터이니, 중원무림맹으로서는 절호의 호기를 잡은 것이나 마찬가지입니다."

철대산이 남의 일처럼 물었다.

"강호의 판도가 바뀐다?"

"그렇습니다. 지금까지는 본 회와 중원무림맹의 이강(二强)이 강호의 패권을 놓고 다투는 양상이었습니다. 그러나 이제 소문에 대한 진상을 밝혀내지 못한다면 대형은… 음! 본 회는 한순간에 무림의 공적으로 매도당하게 될 것입니다. 그것은 커다란 명분의 변화입니다. 지금껏 중도를 지키고 있던 다수의 군소 세력들은 더 이상 망설이지 않고 중원무림맹의 편을 들게 될 것입니다. 뿐만 아니라, 내부적인 동요도 미리 예측해야만 합니다. 마도나 흑도, 그리고 녹림이라고 해도 무림공적에 대해서만큼은 결코 관대하지 않을 것입니다."

말을 하면서 복립은 자신도 모르게 다시 얼굴이 굳어지고 말았다.

아무리 철대산이 여유있는 모습을 보이고 있다고 해도, 생각할수록 이 일의 심각성이 더해지는 때문이었다.

그 때문인지 철대산의 얼굴에서도 미소가 잠시 사라지는 듯했다.

그러나 철대산의 정색은 오래가지 않았다.

그의 얼굴에는 곧 좀 전보다 훨씬 더 힘있는 미소가 그려지고 있었다.

"좋아! 확대회의를 소집해. 흑도칠세의 수장들과 녹림의 총표파자와 십팔채주 모두를 최대한 빨리 모이라고 해."

복립이 조심스럽게 물었다.

"어떻게 할 작정이십니까?"

"어려울 것 없잖아? 그 자리에서 나에 대한 신임 여부를 물으면 되는 거지."

복립이 펄쩍 뛸듯이 만류하고 나섰다.

"대형! 상황이 비록 심각하게 전개되고 있긴 하지만, 아직까지는 변수들이 많습니다. 그리고 소문의 파급을 막고 진상을 밝히는 일에 회의 총력을 투입한다면, 어쩌면 사태는 생각보다 나쁘지 않은 선에서 수습될 가능성도 배제할 수는 없습니다. 그러니 확대회의는 잠시 유보를 하는 것이……."

복립은 말끝을 흐리고 말았다.

철대산이 빤히 자신의 눈을 응시하고 있었기 때문이다.

철대산의 눈빛에는 이전에 그를 꼼짝도 못하게 만들곤 하던 그 섭혼

술(攝魂術)의 힘이 오랜만에 다시 뿜어지고 있었다.

좌중을 돌아보며 철대산이 특유의 고집과 뚝심을 담아 입을 열었다.

"나는 철대산이야. 있는 그대로의 나를 믿지 못한다면, 누구라도 내게서 등을 돌려도 좋아. 그 정도로 나에 대한 믿음이 약하다면 나 또한 그들을 동지로 인정하지 않을 것이니까."

백두회 수뇌부 긴급확대회의가 소집되었고, 이틀이 지나기 전에 각 단위 조직의 우두머리들이 속속 백리평으로 모여들었다.

중원무림맹과의 대치가 시작되고 나서 각 단위 조직의 장들 또는 그들의 권한을 대행하는 인물들을 백리평에서 이틀 거리를 벗어나지 않는 곳에 머물도록 복립이 조치해 놓았던 덕분이었다.

철대산이 거처로 쓰는 넓은 천막 안에 삼십여 명의 인물이 자리를 하였다.

흑도칠세의 우두머리, 혹은 그 권한을 위임받은 자들과 녹림총표과자 두시형과 십팔채주들, 그리고 태백산맥 등이었다.

그리고 물론 기완이 있기는 하였지만, 그래도 마교의 입장을 고려하여 흑풍사신대의 대주 진강을 배석하게 하였다.

그들은 이 자리에 오기 전에 이미 나름대로 강호의 소문들을 접하였고, 또한 복립으로부터도 미리 소문의 진상에 대한 해명을 들은 뒤였다.

그러나 그들 모두는 한 조직을 거느리고 있는 신분들이었기에 그 소문으로 인해 강호의 정세가 어떻게 변해가고 있는지, 그리고 어떤 수순으로 어떤 결말이 다가올 것인지에 대해서 짐작하지 못할 리가 없었다.

철대산의 말을 기다리면서 좌중에는 묘한 불안감이 감돌고 있었다.

이윽고 철대산이 좌중을 향해 입을 열었다.

"이미 들어서 알고 있을 것이니, 자세한 얘기는 생략하겠소."

의외로 밝은 목소리였다.

그러나 좌중의 공기는 오히려 긴장을 더하였다.

"내가 과거 유천학이었다는 것은 사실이고, 유천학은 유사청의 친혈육이오. 나는 지금까지 누구를 배신해 본 적이 없으나, 철대산인 지금의 내가 중원인이 아닌 고려 민족이라는 것은 사실이오. 천마묵환에 대해서는… 음! 지금의 나는 천마묵환을 가지고 있지 않소. 그러나 모든 방법을 다 동원해서라도 반드시 천마묵환을 가져야만 하는 이유가 내게 있으니, 나는 기필코 천마묵환을 가지고야 말 것이오."

좌중에서 몇 마디 웅성거림이 새어 나왔다.

복립에게서도 사뭇 당혹스럽다는 빛이 비쳤다.

철대산의 말은 복립이나 태백산맥의 인물들에게야 이미 익숙한 것이었지만, 처음 듣는 사람들에게는 도저히 알아듣지 못할 궤변이었다.

아무리 진실이고, 또 스스로 당당하다고 하더라도 말이란 것은 그렇게 해서는 안 되는 것이었다.

그러나 말을 달리 표현한다고 한들, 나아가 복립이 대신 말을 한다고 한들 작금의 상황을 다른 사람들이 능히 이해할 수 있도록 만들 방법이 뚜렷이 있는 것은 아니었다.

어차피 각오한 대로 철대산에게 모든 것을 맡겨두는 수밖에.

"내 말에 대해 더 이상 설명할 방법도 없거니와, 또한 군이 믿어주기를 바라지도 않소. 나는 그것이 크게 중요하다고는 생각하지 않기 때문이오."

그때 무거운 목소리 하나가 좌중으로부터 흘러나왔다.

"회주께서 방금 말씀하신 내용들에 대해서는 솔직히 이해하기 어려운 측면이 많소이다. 그러나 어떻게 하든 이해를 하고 넘어가야만 회의 내부적인 불신을 조기에 불식시킬 수 있을 것인데, 회주께서는 오히려 그런 일들이 중요하지 않다고 하시니, 그럼 회주께서 중요하다고 생각하시는 것은 무엇이오?"

녹림 총표파자 두시형이었다.

두시형의 말은 언뜻 철대산의 말에 대해 반발하는 것으로 들렸지만, 가만히 듣고 보면 장내의 분위기를 그가 대변하여 자칫 중구난방으로 흐트러질 수 있는 좌중의 생각을 정리하여 모으려는 의도를 가진 것이었다.

철대산이 두시형을 향해 싱긋 웃어 보인 다음에 단호한 목소리를 토해냈다.

"중요한 것은 여기에 있는 내가 철대산이라는 사실이오! 여러분들이 알고 있는 그대로, 다른 누구도 아닌 일괴 무적철인 철대산이라는 사실이오. 나는 철대산으로 여러분들과 인연을 맺었고, 앞으로 우리의 관계가 계속 이어진다면 그것 역시 철대산으로서의 관계일 것이오."

철대산이 잠시 말을 끊었다가 다시 이어갔는데, 이번에 그의 말은 다분히 선언적인 것이었다.

"내가 할 수 있는 설명은 여기까지요. 나 일괴 무적철인 철대산은 더 이상 어떤 설명도 하지 않을 것이고, 더더구나 변명 따위는 결코 하지 않겠소. 이제는 여러분들이 판단할 차례요. 나에 대해 여러분들이 아는 대로, 있는 그대로를 두고 판단하시오. 그리고 결정하시오. 여전히 나의 동지로 남을 것인지, 혹은 떠날 것인지. 떠나더라도 원망은 하지 않겠소. 다만 떠나는 이들은 더 이상 나의 동지가 아니오."

좌중의 공기가 한순간에 싸늘하게 얼어붙어 버렸다.

몇몇은 심한 배신감까지 느끼는 듯했다.

그들은 소문의 진상과 그에 대한 철대산의 해명을 듣겠다는 마음으로 이곳에 온 것인데, 철대산은 지금 자신의 억울함을 호소하고 해명하기는커녕 외려 강짜를 부리는 듯한 태도를 보이고 있지 않는가.

제일 먼저 입을 열고 나선 것은 기완이었다.

그녀(?)는 철대산의 앞인데도 더 이상 부끄러움을 타지 않았다.

"마교는 철대산 회주님을 절대적으로 믿고 지지합니다."

그리고 그녀의 시선이 흘깃 진강에게로 향했다.

아무래도 마교를 대표하기에 그녀 자신보다는 상대적으로 강호에 얼굴이 많이 알려진 진강이 훨씬 나은 것이다.

그녀의 눈길을 받고 진강이 잠시 망설였으나 곧 단호하게 입을 열었다.

"우리 흑풍사신대는 철대산 회주님을 위해 목숨을 바칠 것이오."

진강의 선언은 언뜻 철대산에 대해 절대적인 충성을 표하는 것이었지만, 그 속에는 묘한 전제가 있었다.

감히 마교의 입장을 대변할 수 없는 그는, 다만 자신이 할 수 있는 권한 내에서만 입장을 밝힌 것이다.

흑풍사신대의 대주로서 이미 일존으로부터 명령을 받은 바 있으니, 흑풍사신대에 한해서는 목숨까지도 서슴없이 바치겠다는 의미였다.

그러나 진강의 말속에 들어 있는 그 우직하고도 노련한 의미를 복립과 기완 외에 다른 사람들은 눈치채지 못하였다.

하긴 지금의 분위기상 좌중의 각자는 다른 사람들의 말에 신경 쓸 여유가 없었다.

가(可)든 부(不)든 자신들의 입장을 밝혀야만 했으니까.

기완이 표정을 싸늘하게 굳혔다.

좌중의 한 사람 한 사람을 천천히 훑어보는 그녀의 눈빛 속 깊숙이 으스스한 살기가 차갑게 침잠되어 있었다.

그러나 지금 그녀는 철대산과는 등을 지고 있었기에 철대산은 그녀의 그 같은 살벌한 눈빛을 알지 못했다.

그때 흑회 회주 도곡상이 담담한 얼굴로 입을 열었다.

"흑회는 어떠한 경우를 막론하고 절대적으로 철대산 회주를 지지하오."

그러자 도곡상의 바로 곁에 서 있던 죽전당주(竹錢黨主) 여량(呂諒)이 얼떨결에 말을 받았다.

"죽전당도 마찬가지요."

이제 기완의 시선은 녹림 총표파자 두시형에게로 향해 있었다.

사실 두시형의 말 한마디야말로 판세를 가름하는 결정적인 선언이 될 것이었다.

기완의 서슬 퍼런 눈길을 받으면서도 두시형은 빙그레 웃고 있었다.

비록 철대산에게 눌려 백두회의 틀 안에 들어와 있는 처지이긴 하지만, 겨우 스물한둘 먹은 어린 여인이 기세를 세운다고 해서 조금이라도 눌릴 그가 아니었다.

기완의 눈길을 빗겨 철대산의 얼굴에 한참 동안이나 시선을 박아놓고 있던 두시형이 이윽고 기완을 향해 입을 열었다.

"후훗! 기 련주, 이 일은 강압적으로 해서 해결될 일이 아니오. 만약 내가 이 자리의 곤란함을 모면하기 위해 앞에서는 충성을 맹세하고, 뒤 돌아서서는 배신한다면 또 어떻게 하겠소? 지금 회주께서는 더 이상 설명하지 않겠다 하시지만, 역시 이런 일일수록 서로가 공감할 수 있는 최소한의 해명이 필요한 법이오."

순간 기완의 눈에서 마치 섬광이 이는 듯 두시형을 향해 한 무더기의 살기가 와락 뿜어져 나왔다.

두시형이 짐짓 움찔하는 시늉을 해 보이면서 얼른 말을 이었다.

"그러나 회주께서 이미 말씀하신 바가 있으니, 부족하나마 내가 대신하여 소문의 허구 하나를 해명하겠소. 그리고 그 허구야말로 이번 소문이 누군가 악의로 퍼뜨린 헛소문이라는 것을 증거해 주는 것이오."

기완의 표정이 금세 정상으로 회복되었고, 좌중의 눈과 귀는 일제히 두시형에게로 쏠렸다.

"사실 이곳에 오기 전에 나는 이미 이 일에 대한 나름대로의 조사를 한 바가 있소. 결정적인 것은 호골채(虎骨寨) 금활(吟闊) 채주의 증언이었소."

두시형의 말에 따라 좌중의 시선이 자신에게 쏠리는 바람에 다른 녹림십팔채주들과 함께 한쪽에 서 있던 금활은 그만 머쓱한 표정이 되고 말았으나, 마침 마주친 복립의 두 눈이 가만히 웃고 있자 금활은 그를 향해 마주 웃어주었다.

두시형의 말이 계속되었다.

"회주 일행이 처음 여산의 호골채 구역으로 들어설 때만 해도 회주는 전신을 꼼짝도 할 수 없는 처지였소. 소문 그대로 천형의 몸을 지니고 있었던 것이오. 물론 그 얼마 후에 회주는 대단한 신위를 발휘할 정도로 몸이 변하였소. 그것이 천마묵환의 공능 덕분인지는 모르겠소. 그러나 분명한 것은 소문이 틀렸다는 것이오. 최소한 광무궁을 떠날 당시 회주의 몸은 전신을 꼼짝도 할 수 없는 상태였으니, 당연히 소문에서 말하는 대로 유사청을 해하는 파렴치한 짓을 저지르기란 불가능하였다는 것이오."

두시형이 잠시 말을 멈추자 그제야 좌중은 참고 있던 몇 마디의 탄식들을 토해냈다.

"음!"

"으음!"

두시형이 표정을 가다듬고서 목소리에 힘을 실었다.

"그것으로 된 것이오. 우리가 그 이외의 것을 알 필요는 없다고 생각하오. 천륜과 인륜을 어기는 것만 아니라면, 무림의 기보(奇寶)는 힘이 있고 인연이 닿는 자가 차지하는 것은 당연한 이치가 아니겠소? 또 한 가지, 회주의 혈통이 중원이든 고려이든 그것은 문제가 될 수 없는 것이오. 녹림이나 흑도나 어차피 중원의 이방인과 마찬가지로 취급당하는 처지가 아니오? 중화가 어떻고, 이민족이 어쩌고 하는 것보다는 우리에게 진정을 가진 사람이 누구이며, 우리를 멸시하고 해하려 하는 쪽이 어느 쪽인지를 명확히 구분하면 될 일이라고 생각하오."

좌중의 선택은 그것으로 결정되어 버렸다.

혹 두시형의 말에 동의를 하지 않는 사람이 있다고 하여도 소도련의 기완, 흑회의 도곡상, 죽전당의 여량, 그리고 이제 녹림의 두시형까지 철대산에 대한 절대적인 지지를 표명하고 나선 다음인데 달리 선택할 방향이 있겠는가.

복립과 단둘이 남은 자리에서 철대산은 간만에 진지한 안색이 되어 있었다.

"복립."

"예, 대형!"

"자네는 백두회와 태백산맥의 이름에 내가 부여하고 있는 의미를 알고 있나?"

"이전에 나름대로 짐작해 본 적은 있지만, 자신은 없습니다."

"후훗! 자네가 어려워할 정도로 그렇게 깊은 뜻이 있는 것은 아닐세. 어쩌면 나의 작은 욕심일지도 모르지. 그러나 말이야……."

특유의 말투로 말끝을 늘이는 철대산을 위해 복립이 추임새를 넣었다.

"예, 대형!"

"나는 백두와 태백의 이름을 강호천하에 뿌리 깊이 심어놓고 싶네. 후훗. 백두와 태백이라는 이름을 중원인들에게, 그리고 그들의 아들에게, 또 그들의 아들에게… 후손 대대로 이어 가도 결코 잊혀지지 않는 전설로 만들어놓고 싶다는 것이지. 백두와 태백이라는 이름이 그들의 혼(魂) 깊숙한 곳에 은연중 두려워하고 조심해야 하는 그런 존재로, 본능과도 같은 그런 이름으로서 자리잡도록 말이야."

복립의 얼굴로 잠시 감추지 못할 격동이 지나갔다.

그가 애써 스스로를 진정시키며 천천히 말했다.

"이미 돌이킬 수 없는 얘기겠지만, 대형께서 그런 생각이시라면 그때는 왜 고려의 회천대업을 부정하셨습니까? 아니, 그런 생각이시라면 지금이라도, 굳이 고려가 아니라 조선을 위해서라도 뭔가를 해보실 수도 있지 않겠습니까? 지금 대형께서 가지신 힘이라면, 그리고 앞으로 더욱 거대해질 백두회의 힘이라면, 이제 대형께서 마음만 먹는다면 중원천하에서 못하실 일이 없게 될 것입니다."

차분하려 했지만 복립의 목소리는 떨려 나오고 있었다.

철대산이 가만히 복립의 눈을 응시하였다.

자신의 생각을 말하기 전에, 복립과 마음을 통하고 싶었기 때문이다. 설혹 생각이 다르다고 하더라도 진정이 흐르는 마음을.

"내게 아무리 큰 힘이 주어진다고 할지라도 한 개인이 역사를 바꿀 수는 없는 법이네. 지금부터 앞으로 몇백 년 후까지의 역사는, 내게는 이미 만들어진 역사이네. 만약 내가 능력이 된다고 해서 내 주관적인 잣대를 대어 조금이라도 역사를 비틀어놓는다면, 그것이 후세에 얼마나 엄청난 여파와 파장을 미칠지 감히 짐작도 할 수 없기 때문이네."

복립이 가만히 고개를 저었다.

또다시 철대산은 복립 자신이 알 수 없는 얘기를 하고 있었다.

그런 복립을 보며 철대산이 빙그레 웃으며 한결 가벼운 목소리로 말했다.

"후훗. 정사(正史)를 바꿀 수는 없으나, 야사(野史) 한둘 정도는 새로 만들 수 있지 않겠나? 하하하! 그래서 나는 지금 강호무림의 야사를 한번 써보고자 하는 것이네."

복립의 입가로도 새삼 미소가 맺혔다.

다시 본래대로 돌아온 것이다.

그리고 복립에게는 그것만으로도 충분히 만족스러웠다.

"그런데 다른 것은 몰라도 천마묵환이 대형께 있다는 소문에 대해서는 어렵더라도 할 수 있는 데까지는 최대한 해명을 해놓아야 하지 않겠습니까? 무림인들의 기보에 대한 집착은 가히 광적이라고 해도 좋을 것인데, 하물며 천마묵환이라면… 그로 인해 어쩌면 우리는 미처 생각지 못했던 새로운 상황들에 처하게 될지도……."

복립은 문득 말을 멈추고 말았다.

그를 바라보고 있던 철대산의 표정이 묘하게 변해 있었던 것이다.

그리고 그 표정이야말로 철대산이 한 번씩 도무지 대책이 서지 않는 무모함을 고집할 때 보이는 표정이었다.

"왜, 겁이 나나?"

"……!"

복립은 대답을 하지 못하였다. 아니, 철대산이 어떤 대답을 바라고 한 질문이 아님을 알기에 대답할 필요가 없었다.

과연 철대산의 입가로 고집스러운 미소가 슬며시 번져 가더니, 이내 강한 힘이 담긴 목소리가 흘러나왔다.

"자네에게 언젠가 얘기한 적이 있었지만, 나는 천마묵환을 필요로 하네. 아주 절실히. 역시 자네가 이해하기는 어렵겠지만, 그리고 나 역시도 확신은 없는 것이지만, 그러나 지금으로서는 천마묵환이야말로 원래의 나로 돌아갈 수 있는 유일한 희망이기 때문이네. 후훗! 나도 이것이 음모라는 것을 알고 있네. 그러나 음모라도 좋아. 아니, 이것은 오히려 내가 바라던 상황이라고 할 수 있지. 나는 천마묵환을 찾는 데 드는 시간과 시행착오를 조금이라도 단축하고 싶네. 그래서 나는 이제 천마묵환으로 인해 일어날 소용돌이의 한가운데에다 나 자신을 세워두려고 하는 것이야."

第三章

정면 돌파

안휘(安徽) 화북평원(華北平原)의 회하(淮河) 강변에 위치한 황무지. 아는 사람보다는 그런 곳이 있다는 것조차 모르는 사람이 훨씬 많았던 백리평(百里平)은 작금에 이르러 강호에서 가장 유명한 명소가 되었다.

바로 한 달 보름째 머물고 있는 일단의 무리들 때문이었다.

그들이야말로 바로 철대산을 비롯한 태백산맥과 그들을 호위하는 삼백의 흑풍사신대였다.

처음 천하흑도녹림대회(天下黑道綠林大會)가 열릴 때 백리평 주위로 몰려들었던 수만의 군중은 대회가 끝남과 동시에 다 사라졌으나, 이제 다시금 천하제일기보(天下第一奇寶) 천마묵환의 소문을 좇아 강호의 숱한 무림인들이 백리평으로 몰려들었다.

그들의 수는 처음 수십에서 금방 수백으로 늘더니, 지금에 이르러서는 만을 헤아릴 정도까지 되었다.

사람이 모이는 곳에 상거래가 이루어지기 마련이다.

백리평의 외곽에는 간이로 급조된 주루가 들어섰고, 이어 잡다한 생필품들을 파는 작은 시전까지 형성이 되는 진풍경이 벌어졌다.

그러나 그런 소동은 철저하게 백리평의 외곽 지역으로만 한정되어 있었고, 무림인들 중 그 누구도 감히 흑풍사신대에서 정하여 놓은 백리평 가운데의 금지 구역 안으로 발을 들여놓지는 못하고 있었다. 적어도 아직까지는.

무림인들에게 천마묵환의 유혹은 절대적이었다.

처음에는 무명(無名)의 무리들이 무작정 소문을 좇아 몰려들더니, 점차로 일류고수로 이름이 알려져 있는 자들이 합류하였고, 나중에는 강호의 명숙이며 절대고수의 반열에 이름을 올린 인물들, 그리고 수십 년 전에 은거하여 강호에 발걸음을 하지 않던 기인들과 협성괴걸들까지 하나둘 모습을 드러내고 있었다.

그에 따라 군웅들과 흑풍사신대가 지켜서 있는 금지 구역과의 거리는 점차로 좁혀졌고, 당연히 흑풍사신대와도 가벼운 신경전이 벌어지는 경우가 점차 잦아졌다.

물론 마교라는 존재는 대부분의 무림인들에게 여전히 두려운 존재였지만, 천마묵환이 주는 유혹은 그 정도 두려움쯤은 능히 상쇄시킬 만하였고, 더구나 점차로 불어나는 군웅들의 규모와 그들 중의 기인 고수들의 존재는 그 자체만으로도 군웅들에게 용기를 불어넣어 주는 바가 있었다.

아침 일찍 어디에서 나타났는지 족히 이백은 되어 보이는 사내들이 각종의 목재와 공사 재료들을 들고 백리평으로 들어섰다.

흑풍사신대는 그들을 막지 않았고, 이내 백리평의 한가운데에서는 뚝딱거리는 소리도 요란하게 제법 거창한 공사가 시작되었다.

난데없이 무슨 일인가 하여 군중이 지켜보는 가운데, 오후쯤에는 거대한 비무대 하나가 완성되었다.

저녁 무렵엔 비무대 한쪽에 거대한 깃발 하나가 세워졌다.

황야를 지나는 메마른 바람에 천천히 펄럭이는 그 깃발에는 몇 줄의 글귀가 쓰여 있었다.

군웅들 중에 안력이 좋은 자들이 읽어보니 그 내용이 다음과 같았다.

천마묵환은 없다.

그러나 도전을 거부하지는 않는다. 일괴와의 승부를 원하는 자는 누구든 오라.

내일부터 매일 사시(巳時) 초(初)와 신시(申時) 말(末)에 도전을 받는다.

도전자가 많다면 미리 가려 정하라.

규정을 지키지 않거나 소란을 피우는 자는 가차없이 응징한다.

다음날 아침, 비무대 앞에는 오십여 명의 무리가 서 있었다.

그들이 비무대로 가겠다고 하여 흑풍사신대가 막지 않았던 것이다.

대신 한 번에 출입할 수 있는 인원은 오십 명으로 제한하였다.

사시가 될 때까지 오십 명 단위로 비무를 진행하여 일괴에게 도전할 도전자를 뽑으라는 의미였다.

흑풍사신대는 바깥을 향해서만 경계를 서고, 안쪽에서 일어나는 일에는 일체 신경을 쓰지 않는 듯했다.

그렇다고 누구 백두회의 다른 인물들이 그들 오십여 명에 대해 관심을 보이는 것도 아니었다.

비무대 앞에선 오십여 명이 웅성거리기 시작했다.

처음으로 자원한 인물들인만큼 그래도 각자의 근거지에서는 나름대로 한 가닥씩 한다고 자부하는 자들이었다.

더구나 흑풍사신대가 지키는 금지 구역의 경계까지 몰려들어 자신들을 지켜보고 있는 수천 군웅의 눈이 있지 않은가.

보는 눈이 많으면 영웅이 탄생한다고 했던가?

무리들 중에서 흑의무복으로 복색을 같이한 일곱 중년 사내가 동시에 비무대 위로 신형을 날렸다.

비록 그리 높지 않은 비무대였지만 단숨에 도약한 뒤 단 몇 걸음 만에 제법 넓은 비무대의 중앙까지 신형을 날려가는 신법이 결코 평범한 것은 아니었다.

비무대 아래에서 누군가가 소리쳤다.

"감숙칠성(甘肅七星)이다!"

치켜주고자 하는 의도가 다분히 깃든 외침이었다.

일곱 사내 중 하나가 앞으로 나서며 목소리를 높였다.

"다들 위로 올라오시오! 저들이 마음대로 정한 규정을 우리가 군이 따를 이유가 어디에 있겠소? 우리는 다만 일괴라는 인물이 과연 천륜(天倫)을 어기고 자신의 조부인 유 노궁주를 해쳤는지를 따져 묻고, 만약 그게 사실로 밝혀진다면 강호 정의를 살려 그가 저지른 잘못을 벌하고 바로잡기 위해 이곳에 온 것이 아니오?"

그는 감숙칠성의 맏이로 허금성(許金盛)이라는 자였는데, 그의 말이

떨어지자마자 비무대 아래에 있던 나머지 사십여 명의 무리가 큰 소리로 호응하며 저마다 비무대 위로 신형을 날려갔다.

"옳소!"

"맞는 말씀이오!"

자신의 뒤로 사람들이 늘어서자 허금성이 자못 어깨에다 힘을 주고서 비무대에서 십오 장여 떨어진 곳에 세워진 커다란 천막을 향해 외쳤다.

"일괴 철대산은 나오시오! 우리는 귀하게 따져 볼 것이 있소!"

일부러 상당한 내력을 실어 외친지라 허금성의 목소리는 멀리까지다 들릴 정도였다.

그러나 잠시 기다렸지만, 그의 외침에 대한 반응은 아무 곳에서도 보이지 않았다.

허금성이 슬쩍 뒤를 돌아보자 그의 의제들이 일제히 목소리를 높였다.

"일괴 철대산은 나오시오!"

"일괴 철대산은 나오시오!"

여전히 반응은 없었다.

그러자 이번에는 좀 더 많은 목소리들이 더욱 기고만장하여 크게 외쳤다.

"일괴 철대산은 나서라!"

"일괴는 즉시 모습을 드러내라!"

바로 그때였다.

커다란 천막 안에서 대단히 두꺼운 몸통을 지닌 인물 하나가 불쑥 모습을 드러내더니, 대뜸 호통을 치는 것이었다.

"시끄럽다! 조용히 하지 못할까!"

그 한마디 호통에 오십여 명이 일으키던 소란이 일시에 조용해져 버렸다.

두꺼운 몸통의 사내가 내지르는 호통에는 비록 내력이 실리지는 않았지만, 타고난 목소리 그 자체만으로도 주위를 능히 압도할 만하였고, 더구나 천하에 거리낄 것이 없다는 듯한 그 안하무인에다 오만무례하기 그지없는 말투라니…….

단거였다.

단거가 아니면 또 누가 있어 그렇게 두꺼운 몸과 그처럼 대단한 목청을 지녔겠는가.

"저런 쳐죽일 놈!"

겨우 어이없음에서 벗어나 제정신으로 돌아온 허금성이 대노하여 호통 쳤다.

그러자 단거가 허금성을 향해 퉁방울 같은 눈알을 한 번 부라리더니 혼잣말로 뭐라고 중얼거렸다.

그러나 실은 모두에게 다 들리는 혼잣말이었다.

"쓰읍! 안 되겠군."

이어 단거가 천막 안쪽을 향해 누군가를 불렀다.

"쌍패!"

그리고 그 즉시로 두 마디의 대답과 동시에 단거에 육박하는 두 덩치가 튀어나왔다.

"옙!"

"어!"

존대와 하대의 두 마디 대답이 뒤섞였다.

존대는 조금 더 똑똑한 패부(覇斧)의 대답 소리이고, 하대는 조금 덜 똑똑한 패추(覇椎)의 대답 소리다.

단거의 눈이 흘깃 패추를 째려보았으나 이내 눈빛을 풀고 말았다.

도저히 안 되는 일은 대충 포기하는 것이 차라리 마음 편한 일이다.

패추의 대책없는 말버릇이 바로 그런 경우였다.

"준비해! 지금부터 진압 작전을 나간다!"

쌍패의 얼굴이 확 펴졌다.

그들에게 있어 가장 큰 삶의 이유가 되는 것은 바로 싸움이었다.

단거가 싱긋 웃으며 천막 옆에 꽂아두었던 깃발 하나를 거두어서는, 깃대로 쓰인 긴 봉을 분리해 냈다.

시커먼 것이 목봉(木棒)이 아니라 철봉(鐵棒)이었다.

"패부는 도끼 뒤집어! 그리고 둘 다 머리는 까지 마. 알았어?"

"옙!"

"어!"

예의 짧은 대답 소리와 함께 패부가 쌍부의 도끼 날이 자신 쪽을 향하도록 뒤집어서 다시 어깨에 멨다.

패추는 뒤집을 것도 없을 텐데 괜히 패부가 하는 모양을 따라서 자신의 팔릉추(八稜錐)를 어깨에서 내렸다가는 다시 메었다.

그 하는 모습들이 마치 아이들처럼 천진난만하여 귀여우면서도 재미있었다.

그런데 쌍패를 대하는 단거의 말은 시종 반말이었다.

사실 그들은 기묘한 관계를 형성하고 있었다.

쌍패가 보기는 앳되어(?) 보여도 이미 오십 줄에 접어든 나이였다.

단거가 보통 때는 철대산의 불호령도 있고 하여 쌍패에게 그래도 나이 대접을 해주는데, 일단 명령을 내릴 때는 장수와 졸병 간의 관계를 확실히 하였다.

좋은 말로는 추상과 같은 군기(軍紀)였고, 나쁜 말로는 아주 깔아뭉개 버리는 것이었다.

그것은 단거가 철칙처럼 지키는 주관이었으므로 아무리 철대산이라고 해도 그것까지는 어떻게 간섭할 수가 없었다.

그나마 다행(?)인 것은 쌍패가 단거의 그러한 행패를 아주 당연시 여긴다는 것이었다.

"가자!"

세 거구가 바람과 같이 비무대를 향해 달리기 시작하였다.

달리는 와중에도 쌍패의 입은 솟구치는 신명을 이기지 못하여 벌어지다 못해 쭈욱 찢어져 있었다.

세 덩치의 거침없는 질주.

그리고 무슨 일을 저지를지 도무지 예측되지 않는 그 무지막지한 기세는 두려움 이전에 그 황당함만으로도 사람들을 질려 버리게 만드는 데가 있었다.

마침내 비무대 위로 도약해 오른 세 거구가 무작정 사람들의 한가운데를 향해 덮쳐들었다.

그로부터 이후 오랜 세월이 흐를 때까지 강호의 재담꾼들이 즐겨 이야깃거리로 삼았던 백리평의 무차별 구타 사건은 그렇게 시작이 되었다.

빡!

빠악!

빡!

"크액!"

"컥!"

"꾸액!"

돼지 잡는 도살장의 풍경을 본다면 바로 이럴까.

도처에서 도끼와 추와 긴 철봉에 몸통이며 다리며 등짝을 얻어맞은 사람들이 허공으로 풀쩍 뛰었다가는 바닥으로 내동댕이쳐졌다.

무려 오십 명이다.

그들이라고 해서 왜 치고 받을 줄을 모를 것이며, 또한 도검(刀劍)이며 각자의 병장기들이 왜 없겠는가?

그러나 그들은 애초에 상대를 잘못 만났다.

단거와 쌍패 같은 인간들을 상대하려면 초반부터 아예 확실하게 기를 확 꺾어놓아야지, 일단 기를 살려주게 된다면 그 단단한 몸뚱이에 스스로도 주체 못하는 그 엄청난 괴력에다 도무지 몸을 사리지 않고 설쳐 대는 그 저돌성을 막을 방법이 도무지 없게 되는 것이다.

그런데 오십 명의 무리가 그들 세 거구의 기를 꺾기는커녕 도리어 기세에서 눌리고 질려 버리니, 이건 무공이며 초식이며 그런 것들이 다 무슨 소용이겠는가?

게다가 세 덩치가 일견 둔하고 미련해 보여도, 막상 바로 앞에서 설쳐 대는 몸짓들을 보면 피할 것은 다 피하고 재주 부릴 것은 다 부린다.

한마디로 치고 받는 데 필요하다 싶은 짓들은 다 하는 것이다.

어쩌다 운 좋게 덩치들의 몸에 칼질을 제대로 했다손 치더라도 이것들이 무슨 철골상피(鐵骨象皮)의 외공이라도 익혔는지 미끈둥거리며 도검이 그냥 밀려나거나 미끄러지고 마니 그 또한 사람을 질리게 만드는 일이었다.

숫자가 오십이면 무엇 하랴.

애초에 그들이 무슨 합격진을 연습한 것도 아니고, 또 미리 사전에 약속을 한 것도 아니니 인원수의 유리함을 빌 방법도 없었다.

달리 방법이 없었다. 그냥 정신없이 몰려다니며 일방적으로 매 타작을 당할 밖에는.

뻑!

뻐억!

뻑!

"케액!"

"큭!"

"꽤액!"

흑풍사신대 대원들이 희대(稀代)의 구타 현장을 흘깃거리며 돌아보면서 연신 감탄스러운 표정을 짓고 있었다. 그래도 군기가 있는지라 입 밖으로 탄성을 토해내는 자는 없었다.

사실 경계 근무 중에 한눈을 파는 것만으로도 이미 요절이 날 일이었는데, 오늘 따라 대주인 진강은 너그러운 모습이었다.

진강의 표정은 오히려 흐뭇해 보였다.

그는 그런 유형의 사람이었다. 자신이 점찍은 적수(敵手)가 강하면 강할수록 만족하는 사람.

탄성과 탄식이 파도처럼 물결치며 흘러나오는 것은 오히려 흑풍사신대가 지키는 경계선 밖 만여 명의 군웅들로부터였다.

"우우!"

"우우우!"

온갖 소리들과 웅성거림이 있었지만, 그것들이 서로 뒤섞이자 결국은 늑대 무리의 울부짖음과도 비슷한 소리를 만들어내었다.

군웅들은 경악하고 있었다.

지금 안쪽에서 속수무책으로 매 타작을 당하고 있는 자들 중에 아주 이름없는 무명(無名)들이 하나라도 있던가.

감숙칠성을 제외하고라도, 그래도 한 다리 건너고 두세 다리 건너면 그 이름을 아는 사람이 있을 정도의 무명(武名)은 다 지니고 있는 인물들이었다.

그런데 지금 이게 도대체 어떻게 돌아가는 상황이라는 말인가.

기껏 덩치나 크지, 그저 무식하고 우직스러워 보이기만 하는 세 덩치에게 도검(刀劍) 한 번, 권장(拳掌) 한 번 제대로 휘둘러보지도 못하고 일방적으로 당하는 저 꼬락서니들이라니.

설마 하니 저들 세 덩치가 무슨 절대고수들이나 된다는 말인가?

그러나 그들과 같은 모양새의 절대고수가, 그것도 셋씩이나 있다는 얘기를 들어본 사람은 없었다.

도대체 백두회의 저력은 어디까지란 말인가?

경악 속에 비무대 위의 어처구니없는 참상은 이제 거의 끝을 향해 치달아가고 있었다.

쌍패에게 미리 주의를 해둔 단거의 조치가 제대로 먹혀들었던 모양이다. 절뚝이고 휘청거리기는 해도, 그래도 아주 뻗어 있는 자 없이 다들 비무대 아래로 내려오는 것을 보면.

그러나 멀쩡히 성한 모습인 자는 단 한 사람도 없었다.

단거는 철봉을 어깨에 걸쳐 메고 비무대 위에 우뚝 서 있었다.

그의 뒤로 아직도 신명이 채 가라앉지 않은 쌍패가 헤벌쭉 헤픈 웃음을 짓고 있었다.

그들은 이제 비무대의 공인 군기반장이 된 셈이었는데, 그 새로운 직책은 그들에게 아주 잘 어울려 보였다.

얻어터지고 부러 터지고 찢겨(?) 터진 오십 명의 무리가 서로 부축하고 기대고 끌고 하면서 흑풍사신대가 열어주는 길을 통해 바깥으로 나가는 것을 지켜보고 있다가, 단거가 우렁우렁한 목소리로 외쳤다.

"어이! 흑풍대! 다음 조 들여보내라고!"

저쪽에서 돌아보던 진강이 문득 흉터 선명한 구릿빛의 볼을 실룩이며 단거를 째려보았다.

그리고 나직이 혼잣말로 웅얼거렸다.

"자식이… 감히 흑풍사신대의 이름을 제멋대로 바꿔 불러? 허! 그리고 어디서 반말이야, 반말이?"

비싼 돈 들여서 힘들게 만들어놓은 비무대는 벌써 사흘째 제 값을 못하고 있었다.

더 이상 일괴를 보겠다고 비무대로 오르는 자가 없었기 때문이다.

덕분에 단거와 쌍패의 기세 좋던 군기반장 노릇은 일회성으로 그치고 말았다.

아무래도 그들은 처음부터 군기를 너무 세게 잡았던 모양이다.

태백산맥은 얼굴을 보이지 않으면서도 군웅들 속에서 이루어지는 사정들을 속속들이 파악하고 있었다. 수천 군중 중에는 백두회의 인물들도 적지 않게 섞여 들어가 있었으니까.

지난 사흘 새에도 기라성 같은 고수들이 속속 합류하고 있었다.

누구라고 하면 다 알아들을 만한 한 지방의 패주급들이었지만, 그들만으로 군웅들을 단숨에 휘어잡을 정도는 되지 못하였다.

군웅들은 좀 더 강력한 영향력을 가진 인물의 출현을 기다리고 있었다. 어차피 천마묵환이 일괴에게 있는 것이 확실하다면, 천하의 모든 강자들이 이곳으로 몰려들 것은 기정사실이었다.

다만 진정한 강자들은 여러 가지 상황과 명분이 무르익을 때를 기다리고 있는 중인 것이다.

그렇게 몇 사람에게는 무료하기만 한 며칠이 다시 지나가고 있었다.

밤이 지나면 아침은 언제나 오는 것이지만, 새로운 아침은 늘 다른 아침이다. 밤사이에 알게 모르게 무언가는 반드시 변해 있기 때문이다.

아침부터 군웅들이 술렁이고 있었다.

간간이 환호성도 터져 나왔다.

그 연유는 곧바로 복립에 의해 철대산에게 보고되었다.

"드디어 천하십강의 인물들이 모습을 드러냈습니다."

네 명의 노인을 필두로 군웅들이 움직이기 시작했다.

군웅들이 흑풍사신대가 정해놓은 경계 구역의 가까이로 다가오자 진강의 구릿빛 얼굴로 한 가닥 긴장이 흘렀다.

진강이 강호의 연륜이 적지 않은 인물이었으니, 그들 네 명의 노인이 어떤 인물들이라는 것을 모를 리 없었다.

그러나 진강의 굳어진 얼굴에 흐르는 것은 다만 긴장일 뿐이었지 결코 두려움은 아니었다.

그는 애초부터 두려움 같은 것은 알지 못하는 사람이었다.

"멈추시오!"

선두에 섰던 노인들 중 길고 탐스러운 백염(白髥)에 단정해 보이는 용모를 지닌 백의장삼의 노인이 진강을 향해 입을 열었다.

"노부는 무당의 낙가흔(洛可昕)일세. 노부 등은 일괴 철대산… 철 회주를 만나고자 왔으니 길을 열어주시게."

그가 바로 무당의 전대 장로이며 천하십강의 사공(四公) 중 염공(髥公)인 낙가흔이었다.

그리고 그의 옆으로 나란히 선 나머지 세 노인 또한 염공 못지않은 명성을 지닌 인물들이었다.

큰 키에 자신의 키보다 더 큰 장창(長槍) 한 자루를 등 뒤로 세운 인물은 역시 사공 중 하나인 뇌공(雷公) 백강(伯剛)이었다.

나머지 두 사람은 사마(四魔)의 반열에 드는 인물들로 바로 투마(鬪魔) 곤견(坤牽)과 벽력마(霹靂魔) 충대하(衷大河)였다.

투마는 보통의 키에 깡마른 듯한 체구였으나, 자세히 보면 온몸이 마치 강철로 만들어진 듯 지독히도 단단한 느낌을 주었다.

상대적으로 벽력마는 크고 우람한 체구였고, 특징적으로 검붉은 얼굴에 번갯불이 번뜩이는 듯한 형형한 안광을 내쏘고 있었다.

일왕과 일존이 그렇듯이 사공과 사마가 또한 정도와 마도를 대표하는 고수들로, 그들은 일생을 서로 대립하고 적대시해 온 관계였다.

그러나 지금 이 순간 그들 네 사람은 마치 동료가 되기라도 한 듯 어깨를 나란히 하고 있었다.

네 노인의 면면을 일별한 진강이 표정을 굳혔다.

"귀하들이 누구이든 내가 상관할 바 아니오. 나는 이곳을 지키라는 명을 받들고 있고, 한 번에 통과할 수 있는 인원수는 오십이오. 귀하들은 우선 오십 이내로 인원수를 조정한 다음에야 이곳을 통과할 수 있소."

그때 투마 곤견이 기이하게 메마른 목소리로 말을 뱉어냈다.

"흐흐흐! 건방진 놈! 고작 흑풍사신대 정도로 노부 등의 앞을 가로막겠다는 것이냐? 아마도 네놈이 마교의 위세를 믿고서 객기를 한번 부려보려는 모양인데, 흐흐흐! 그렇다면 잘못 생각했다. 설령 일존이 눈앞에 있다 해도 눈 하나 깜빡할 노부가 아니다. 이놈! 목이 두 개가 아니라면 썩 길을 비켜라!"

일순 진강의 짙은 눈썹이 꿈틀하며 입매가 고집스럽게 비틀렸다. 그리고 그의 입에서 거칠고도 우렁찬 호통이 터져 나왔다.

"불가(不可)! 들어갈 수 있는 인원은 오십이다! 만약 한 놈이라도 더 들어가려 한다면, 먼저 피를 봐야 할 것이다!"

이어 진강이 도약하여 옆에 서 있던 말 등으로 오르며 길게 외쳤다.

"흑풍사신대! 일자철벽(一字鐵壁) 성진(成陣)!"

진강의 명령에 따라 사방을 경계하고 있던 삼백의 흑풍사신대가 일제히 말을 몰아 진강의 뒤로 몰려들었다.

두두둑!

두두두두!

돌연 부근 일대가 자욱한 흙먼지로 뒤덮이며 삼백 필의 말이 토해내는 거친 숨소리와 투레질 소리가 요란하였다.

푸륵!

푸르르륵!

그러나 그런 소란은 아주 잠깐 만에 가라앉았다.

대신 백리평에는 때 아닌 전운(戰雲)이 살벌하게 솟구치고 있었다.

진강의 뒤로는 세 줄의 기마대가 횡열(橫列)을 지어 늘어섰는데, 각 줄에는 백기의 기마가 포진하였다.

만여 군웅을 마주하고 있는 삼백의 기마대. 그 숫자상의 대비로는 일견 기세조차 견주지 못할 것 같으나, 실제의 상황은 그렇지가 않았다.

철갑으로 무장하고 잘 훈련된 기마가 금방이라도 달려나올 것 같은 기세로 포진하고 서자, 그 기세는 말로 표현하기 어려울 만큼 대단하여 차라리 장엄하다 할 만하였다.

그때 진강의 호령 소리가 이어졌다.

"흑풍사신대! 거창(擧槍)!"

착!

차차착!

삼백 기수(騎手)가 절도있는 동작으로 긴 창을 들어 곧장 앞으로 겨누었다.

이제 돌격 명령만 떨어지면 그대로 돌진해 나올 태세였다.

사태가 그쯤에 이르자 사공사마의 명성에 기대어 설마설마 하던 만여 군웅들이 드디어는 동요하기 시작하였다.

앞선 자들은 흠칫거리며 뒷걸음질을 치고 있었고, 그렇지 않아도 무공이나 명성에서 처져 뒤쪽에 자리잡고 있던 군웅들 중에는 벌써부터 아예 몸을 빼서 멀찍이 대피하는 자들도 있었다.

"멈춰라!"

바로 그때 염공 낙가흔에게서 한 소리 벽력같은 호통이 터져 나왔는데, 그 여운이 한동안이나 허공을 웅웅거리며 울리고 있었다.

실로 대단하다고 할 수밖에 없는 내력이었다.

"자네의 고집이 참으로 대단하군. 허허, 어차피 백두회주를 만나는데 많은 인원이 필요할 것도 아닌 일이니 쓸데없이 피를 볼 이유는 없겠지. 좋네. 자네 말대로 몇몇의 인원만 추려서 들어갈 테니 자네도 그만 기마대를 물리도록 하게."

그러나 진강은 묵묵부답이었고, 대주인 그가 그러고 있자 삼백의 흑풍사신대 역시 창을 앞으로 겨눈 자세 그대로를 유지하고 있었다.

"이놈들이……!"

투마 곤견이 치밀어 오르는 화를 참지 못하고 금방이라도 치고 나갈 듯한 기세였으나, 다른 세 사람이 모두 차분한 기색인 것을 보고는 겨우 화를 참는 모습이었다.

이어 그들 이공이마(二公二魔)는 각기 눈짓으로 안으로 들어갈 인원을 선별하였다.

만여 군웅들 속에 알려진 얼굴들이 어찌 몇몇뿐이랴. 잠깐 사이에 오십 가까운 인원에 대한 선별이 끝이 났다.

그리고 그제야 진강이 지시하여 흑풍사신대의 진형 가운데로 길이 났다.

이공이마와 오십여 명이 안으로 들어가고 나서 다시 길을 봉쇄한 흑풍사신대는, 천천히 대열을 전진시켜 군웅들을 백 보 바깥까지 물러나게 한 다음에 다시 원래의 위치로 돌아왔다.

이공이마와 만여 무림인들을 상대로 한 이 한바탕의 기세 다툼에서 흑풍사신대는 과연 마교를 상징하는 무적의 전위대답게 가히 불굴의 기세와 위용을 과시하였다.

이공이마 등이 비무대 앞에 당도하였으나, 백두회 측에서는 아무도 동정을 보이지 않았다.

이공이마의 네 사람이 잠깐 몇 마디를 나눈 다음에 동시에 비무대로 날아올랐다.

염공 낙가혼이 뭐라 하기 전에 투마 곤견이 먼저 고함을 쳤다.

"일괴 철대산은 나서라!"

그 성급함에 낙가혼과 백강이 은근히 미간을 찌푸렸으나, 투마의 평상시 폭급한 성정과 또한 얼마 떨어지지 않은 곳에서 만여 군웅들의 시선이 집중되어 있는 정황을 생각한다면 자존심을 세우려는 그의 심정을 짐작하지 못할 바는 아니었다.

그때 비무대 뒤쪽의 천막에서 단거와 쌍패가 어슬렁거리며 걸어 나오고 있었다.

"누구냐, 감히 우리 대형의 존성대명을 함부로 불러대는 놈이. 도대체 어떤 놈… 어? 왜 한꺼번에 네 명씩이나 올라가 있지? 이보시오, 노인 양반들! 비무는 일 대 일로 하는 거지 떼로 덤비는 것은 인정해 주지 않소. 한 사람만 남고 나머지는 퍼뜩 내려오소."

이공이나 이마 모두가 단거의 말뜻을 이해하기 위해 잠시 멍한 표정이 되었다.

그러나 곧 투마 곤견이 버럭 노기를 터뜨려 내었다.

"이놈! 새파랗게 어린 놈이 노부 등이 누구인 줄 알고 감히 함부로 허튼 망동을 하는 것이냐! 썩 일괴 철대산을 나오라 하지 못할까!"

단거가 잠시 눈알을 돌리다가 뒤의 쌍패에게 고개를 돌려 물었다.

나직이 말한다고 하는 소리였다. 그러나 다른 사람들에게는 엄청 크게 들리는 목소리였다.

"저 노인네들 누군지 아나?"

생각하는 기색도 없이 두 마디 대답이 바로 돌아왔다.

"모릅니다."

"몰라."

단거가 고개를 주억거리며 다시 이공이마를 향했다.

"당신들 누구요? 우리들 중에는 아무도 아는 사람이 없다는데?"

그 어이없고도 유치한 수작에 이공이마는 대책없이 어이없다는 표정이 되어버렸다.

그들이 언제 어디에서 한 번이라도 이런 대접을 받아보았으랴.

그때 단거가 느닷없이 엄청난 호통을 터뜨려 내었다.

"그건 그렇고, 감히 우리 대형을 함부로 오라 가라 하다니, 우리 대형이 누구이신 줄 모른다는 말이오? 당신들은 일괴일왕일존이라는 말도 못 들어봤소?"

투마가 마침내 참지 못하고 양권(兩拳)을 말아 쥐며 앞으로 걸어 나왔다.

"이런 천둥벌거숭이 같은 놈! 네놈이 진정 죽고 싶어 환장을 했구나!"

바로 그때였다.

"무슨 소란이냐!"

나직하나 기이한 힘이 실려 있어 주변 공기를 우르르 울리는 호통 소리와 함께 천막으로부터 일단의 인물들이 걸어 나왔다.

철대산과 태백산맥의 인물들이었다.

호통 소리의 주인은 바로 철대산이었는데, 그의 목소리에 내력을 싣는 방법에는 이제 제법 익숙함이 배어 있었다.

염공을 비롯한 이공이마의 얼굴에 퍼뜩 놀라움이 스쳤다.

철대산의 호통 가운데 담긴 짐작하기 어려운 내력의 심도를 짐작했기 때문이다.

분기탱천했던 투마의 얼굴에 노기는 간데없이 사라졌고, 대신 차분하고도 담담한 기색이 감돌고 있었다.

천하십강답게 그들은 이미 적수 앞에서는 언제라도 흔들리지 않는 마음으로 될 수 있는 경지에 올라 있는 것이다.

단거가 얼른 철대산을 향해 다가서며 마치 일러바치듯이 고했다.

"대형! 이 노인들이 비무의 규정을 위반하여 넷이 한꺼번에 비무대를 점거했습니다."

"규정 위반? 점거? 훗!'

간만에 무게있는 표정을 지어놓았던 철대산이 그만 피식 하고 웃고 말았다.

단거가 꽤나 거창한 표현을 하였던 때문이다.

그러나 철대산은 곧 다시 얼굴을 굳히고 천천히 비무대로 올랐다.

그 뒤를 태백산맥의 인물들이 따랐다.

"귀하가 바로 일괴 철대산이오?"

염공의 말은 사뭇 격식을 갖추고 있었다.

상대가 아무리 손자뻘의 어린 나이라 해도, 그는 이미 강호에서 가장 거대한 조직의 수장인 것이다.

"귀하들은 왜 비무의 규정을 어기려는 것이오?"

염공의 배려는 아예 아는 체도 하지 않고, 철대산의 말은 처음부터 사뭇 직선적이었다.

염공은 순간 턱 하니 말문이 막혀 버렸다.

일괴가 일존과 일장(一掌)을 겨루었다는 소문은 익히 들어 알고 있었다.

그러나 강호의 소문이 실제에 비해 얼마나 과장되는지를 굳이 상기하지 않더라도, 기껏 서른 안팎의 청년이 일존을 단 일 장에 패퇴시킨다는 것은 애초에 가능하지 않은 일이었다.

다만 마교의 전위대인 흑풍사신대가 지금 일괴의 호위를 맡고 있는 것을 보면, 아무래도 마교와 백두회 간에 어떤 협정이나 거래가 있었다는 것만큼은 분명한 사실인 것이다.

"허허허! 귀하가 대체 무엇이건대, 귀하가 백두회주라고 해서 천하인이 모두 그대가 일방적으로 정해놓은 규정을 지켜야 한단 말인가?"

염공이 허허거리며 하는 말에 대해 철대산이 오히려 기가 찬다는 듯한 표정이 되었다.

"허어! 적반하장이라고 하더니… 아니, 이보시오, 노인장! 노인장은 로마에 왔으면 로마의 법을 따르라는 말도 들어보지 못했단 말이오?"

"……?"

염공이 또다시 할 말을 잃어버렸으나, 그러나 그는 곧 참지 못하고 노갈을 터뜨려 내고야 말았다.

"백두회주! 귀하는 더 이상 사람을 희롱치 말라! 우리가 여기에 온 이유가 귀하에게 몇 가지 사실을 확인한 연후에 무림공도에 따라 응분의 처분을 내리려는 것임을 설마 알지 못한다는 말인가?"

그때 곁에 섰던 투마가 음침하게 웃으며 말을 뱉어냈다.

"호호호! 규정은 무슨 놈의 규정이냐? 네 눈에는 노부 등이 그렇게 하릴없는 사람들로 보이느냐?"

염공과는 확연히 다른 투마의 말투에 철대산의 입꼬리가 슬며시 위로 말려 올라갔다.

"호오? 당신들이 그렇게 대단한 사람인 줄은 미처 몰랐소."

그때 철대산의 말을 끊고 불쑥 끼어드는 사람이 있었다.

"대형!"

단거였다.

철대산의 미간이 설핏 찌푸려지는 데도 불구하고, 오늘따라 단거는 전혀 물러설 기세가 아니었다.

"규정은 규정입니다. 저들이 끝까지 고집을 부린다면 제가 나서서라도 도전자를 하나로 만들어놓고야 말겠습니다."

말과 함께 단거가 크게 한 걸음을 앞으로 나섰다.

철대산의 눈이 크게 떠졌고, 곁에 섰던 복립의 눈썹이 또한 쩡긋하였다.

그때 필보가 성큼 걸음을 내딛어 단거의 옆으로 가서 섰고, 이어 마치 쇠붙이가 자석에 끌리기라도 하듯 조용히 있던 위천과 조운이 따라서 성큼 한 걸음을 내딛고 있었다.

"어? 자네들은 왜 나서?"

단거가 싫은 듯 좋은 듯 애매한 표정으로 불퉁하게 말했다.

"상대가 넷이잖아? 규정을 지키려면 숫자를 맞춰야지."

필보가 별일 아니라는 듯, 당연하다는 듯 대답했다.

잠깐 만에 이상하게 변해 버린 상황에 철대산은 멀뚱하니 서 있기만 하였고, 어떤 조치를 취해야 할 복립도 무슨 생각을 하는 것인지 눈썹만 쩡긋거리고 있었다.

지켜보고 있던 기완이 초조해지는 심정을 더 이상 견딜 수 없었던지 슬그머니 철대산의 소매를 잡아당기며 나직이 속삭였다.

"안 됩니다. 천하십강입니다. 아무나 상대할 수 있는 인물들이 아닙니다."

철대산이 기완을 보았다가 다시 복립을 보았다.

마침 복립도 철대산을 보고 있는 중이었는데, 그러나 복립은 신중한 기색일 뿐 딱히 기완의 말을 도울 기색은 아니었다.

그런 복립을 보고 철대산은 내심 무엇을 결정한 모양이었다.

아직도 옷소매를 붙잡고 있는 기완을 보고 철대산이 나직이 말했다.

"우리는 태백산맥이다. 그들이 스스로 나섰을 때는 그만한 자신과 생각이 있었지 않겠나?"

"대형, 하지만……!"

철대산이 눈을 찡긋했다.

"어이, 기완. 좀 징그럽다. 언제까지 대형 소리 할래? 그냥 소려처럼 대가리고 해라."

그 엉뚱한 소리에 기완이 움찔하며 잡고 있던 옷소매를 놓고는 얼떨떨한 기색이 되어버렸다.

그녀의 얼굴은 금세 붉게 물들었고, 그녀의 머리 속에서 눈앞의 상황은 더 이상 심각하지 않은 것으로 변해 버리고 말았다.

철대산이 빙글거리며 기완을 쳐다보고 있다가 문득 중얼거렸다.

"노친네들이 지금까지 아무리 강했다 해도 언제까지나 계속 강할 수는 없는 법이지. 늙은 생강보다 더 매운 것은 바로 굽힐 줄 모르는 젊은 혈기야."

이공이마는 기가 찬다는 얼굴들이 되어 있었다.

기껏 삼십대의 젊은이들이었고, 개중에는 이십대 후반이나 되어 보이는 앳된 청년도 있었다.

일대신인환구인(一代新人換舊人)이요, 장강후랑추전랑(長江後浪推前浪)이라는 말이 있기는 하다.

그러나 아무리 새사람이 옛 사람을 대신하고 장강의 뒷물결이 앞 물결을 밀어내는 것이 자연의 순리라고 하지만, 그래도 사람도 사람 나름이고 물결도 물결 나름이 아니겠는가.

아니 할 말로 강호의 차기 천하십강이라 칭해지는 오룡오호(五龍五虎)의 인물들이라면 또 뭔가 숨겨진 잠재 능력이 있을 수도 있겠다 하겠지만, 이건 그것도 아니질 않는가.

낙가혼이 단거 등 네 사람의 어깨 너머 철대산을 향해 마치 타이르는 듯한 투로 말을 건넸다.

"이보시게, 철 회주. 철 회주가 비록 연륜이 깊지 않다고는 하나, 어찌 되었든 백두회의 회주 신분이 아닌가? 무릇 한 무리의 우두머리라 함은 수하의 목숨을 소중히 여기고 그 안위를 책임져야 하는 법일세. 노부 등이 어떤 사람인지 모르지 않을진대 철 회주가 수하들의 목숨을 이리 가벼이 여겨서는 안 될 것이네. 노부 등은 괜한 젊은 목숨들을 다치고 싶지 않으니 철 회주는 순순히 앞으로 나서서 노부가 묻는 말에 대해 해명을 해주기 바라네."

차분히 듣고 있던 철대산이 불쑥 말을 뱉어냈다.

"이봐, 위천!"

위천이 생각지도 못한 부름에 흠칫하며 뒤를 돌아다보았다.

"자네 말이야, 그 가죽 주머니는 벗어놓고 하지?"

그 말에 위천이 얼른 가죽 주머니를 벗어서 철대산의 곁에 다 놓아두고 다시 원래의 자리로 돌아갔다.

그때 철대산이 한마디를 더 했다.

"기왕 할 거면, 바로 시작하지?"

그 말이 신호가 되기라도 한 듯, 단거가 우렁찬 기합 소리와 함께 앞으로 튀어나갔다.

"타아압!"

체구가 가장 크다는 이유 하나만으로 졸지에 단거의 표적이 되어버린 벽력마 충대하가 노갈을 터뜨리며 마주 일장을 뿌려냈다.

"이놈!"

쾅!

두 사람의 장이 맞부딪치면서 제법 거창한 소리가 터져 나왔고, 그와 동시에 단거의 몸이 뒤로 튕겨지며 크게 두 걸음을 밀려났다.

겨우 중심을 잡는 단거의 양옆으로 위천과 조운, 그리고 필보가 각기 상대를 찾아 신형을 쏘아갔다.

챙!

"탓!"

"어허!"

"헛!"

채앵!

검이 뽑히는 소리, 기합 소리, 경호성, 그리고 검이 맞부딪치는 소리 등등이 일시에 터져 나왔다.

그리고 튕겨났던 단거가 전혀 멀쩡한 모습으로 재차 격전의 한가운데로 그 거창한 몸을 숫제 우겨 넣듯이 덮쳐 갔고, 그때부터 여덟 명의 인물이 정신없이 섞여 돌아가며 난전이 벌어지기 시작했다.

"와아!"

"와아아!"

흑풍사신대의 경계 바깥에서 지켜보던 군웅들 속에서 환호성이 일기 시작했다.

손에 땀을 쥐는 박진감에 환호하는 분위기는 아니었다.

다만 절대강자가 약자를 사정없이 깨뜨려 버리는 우월적 통쾌감을 기대하는 환호성이었다. 군웅들 중 누구도 비무대 위의 난전이 결코 오래 끌 것이라고 예상하지는 않았다.

그러나 얼마 지나지 않아 군웅들의 환호성은 슬며시 잦아들었다. 그리고 곧 이따금 한 번씩 새어 나오는 놀라움의 탄성 외에는 아주 조용해져 버렸다.

천하의 이공이마를 상대하는 이름없는 네 젊은이는 군웅들이 기대한 만큼 결코 약하지 않았다.

오히려 군웅들로 하여금 경호성을 토해내게 할 만큼 그들은 특별하고도 뛰어난 능력을 지니고 있었다. 물론 그들 개개인의 능력은 이공이마 각각의 능력에 비해서는 분명 손색이 있었다.

그러나 상대가 이공이마인 이상 그나마 일패도지하지 않고 부족하나마 승부를 이끌어가고 있다는 것만으로도 사실은 강호를 떠들썩하게 뒤집어놓을 대사건이었다.

그런데 군웅들을 아연하게 만드는 더욱 놀라운 상황은 난전이 시작된 지 얼마 후부터 벌어졌다.

네 명의 젊은이가 이 인으로 일조(一組)를 이루어 각기 이공과 이마를 상대하기 시작한 것이다.

조운과 위천과 위천은 이공, 즉 염공 낙가혼과 뇌공 백강을 맞아 오히려 공방을 주도하고 있었다.

캉!

채앵!

무수한 변화를 일으키며 찔러오는 염공의 무당검과 섬전과도 같은 빠르기와 강맹함으로 쇄도해 오는 뇌공의 낙뢰창(落雷槍)을 정면으로 막아내는 것은 조운 혼자인 것처럼 보였다.

일합 일합의 접전이 이루어질 때마다 위태위태하게 보일 정도로 힘에 부친 듯 연신 뒤로 밀려나면서도 조운은 꼿꼿하게 버티며 본국검 특유의 웅장함을 잃지 않고 있었다.

사실 조운이 이공의 합격에 대해 그 정도라도 버티고 있는 것은 오로지 위천 덕분이었다.

조운이 비록 중원의 내공과는 그 맥을 달리하는 선천의 기운을 연마하였고, 또한 그의 검이 공간을 장악하는 세력의 검이라는 특성을 가지고 있다고 해도, 만약 매번 위기의 순간마다 호응해 주는 위천의 검이 아니었다면 그의 검세는 벌써 이공의 막강한 역도 앞에 무너지고 말았을 것이다.

위천의 세류탄검은 보이지 않는 가운데 염공과 뇌공이 펼치는 초식의 흐름과 맥을 중간중간 끊어놓고 있었다.

위천의 검은 상대의 의표를 찌르는 쾌(快)와 신랄한 변화를 주로 하였다.

위천은 비록 정면에 서지는 않았지만 연신 뛰어올랐다가 납작하니 숙이고, 또 다음 순간에는 신형이 흐릿해질 정도로 돌아가면서 쉴 새 없이 이공의 허를 노렸다.

그러나 위천 역시도 만약 그가 직접적으로 염공이나 뇌공과 정면 격돌을 하였더라면 아마도 그는 지금처럼 자신의 장점을 제대로 발휘하지 못하였을 것이다. 조운의 웅장한 검세 속에 의탁하고 있는 덕분에 그는 지금 오로지 상대의 허를 찌르는 데만 전념할 수가 있는 것이다.

위천과 조운의 검은 말 그대로 조화를 이뤄가고 있었다.

조화라는 것은 하나 더하기 하나로 둘의 위력을 만들어내는 것이 아니라, 셋, 넷의 위력을 만들어내는 것이다.

위천과 조운의 검은 그렇게 날카로움과 중후함의 조화, 신랄함과 기세의 조화를 이루어내고 있었다.

이전에 온마 훈오곤을 상대할 때에 이어 이제 겨우 두 번째로 손발을 맞춰보는 중인 그들 둘, 위천과 조운의 세류탄검과 본국검은 지금 합검진(合劍陣)의 새로운 경지를 열어나가고 있었다.

더욱 사람들의 시선을 끌고 경이와 경악의 탄성을 자아내게 만들고 있는 것은 단거와 필보, 그리고 투마와 벽력마가 펼쳐 내는 묘한 접전의 양상이었다.

그것은 참으로 기묘한 접전이 아닐 수 없었다.

만약 지금 접전 중에 있는 상대가 천하의 이마가 아니었다면, 지켜보는 군웅들은 놀라움의 탄성 대신에 차라리 박장대소를 하였으리라.

가장 당혹스러운 이들은 바로 이마였다.

그들은 필보와 단거를 맞아 이 대 이의 접전을 펼친 이래로 내내 당황스러운 모습에서 벗어나지 못하고 있었다.

강호에서 온갖 풍진(風塵)을 다 겪어본 그들이지만 지금과 같은 경우는 처음 당해보는 것이었다.

그들의 합격은 상과 하의 분리합격이었다.

위를 차지한 필보의 권장각퇴는 이마에게 생소하였다. 두 손을 장과 권으로 수시로 바꾸며, 그 중간중간에는 금나(擒拿)의 묘(妙)가 섞여 잡고 채고 비트는 동작이 눈으로는 예측조차 못할 정도로 현란하게 펼쳐지고 있었다.

뿐만이랴?

필보의 두 다리 또한 각(脚)과 퇴(腿)로 종횡무진 짓쳐 나왔다.

철저하게 하체만을 노리며 짧게 짧게 차내는 발놀림이 여간 빠르지 않을뿐더러, 더욱 방비하기 힘든 것은 상체와 하체가 완전히 따로 노는 듯이 다리가 차 나오는 예후(豫候)를 전혀 알아챌 수가 없다는 것이다.

그러나 이마에게 필보의 권장각퇴는 그나마 상대하기가 나은 편이었다.

바닥을 휩쓸며 아예 지면에 붙어서 다니는 단거의 공격 수법은 지금까지 한 번도 보지도 듣지도 못한 수법이었다.

필보의 권장각퇴가 천변만화의 조화를 부린다면, 바닥의 단거는 온몸으로 날뛰는 거칠 것 없는 폭군이었다.

필보의 공격이야 노련한 임기응변으로 또 그런대로 대응을 해 나가고 있었지만, 불시의 순간에 발밑을 파고들어 감겨드는 단거의 엄습에 대해 이마는 도무지 당혹스럽기만 하였다.

비록 낯설고 우스꽝스럽기까지 하였으나, 각각 상하를 차지하고 종횡무진으로 누비고 다니는 필보와 단거는 마치 한 몸이라도 된 듯 서로의 행동에 대해 조금도 간섭되거나 부조화되는 어색함이 보이지 않았다.

필보와 단거, 그리고 이마의 대결은 맨몸의 박투로 벌어지고 있어서 언뜻 생각하기에 이마의 내력이 압도적인 만큼 애초부터 양쪽은 상대가 되지 않을 것 같았다.

그러나 필보와 단거에게는 내공과는 궤를 달리하는 기이한 힘이 있어서 내력의 부딪침에 있어서도 아주 일방적으로 몰릴 정도는 면하고 있었다.

더구나 필보의 양손에 착용된 혈옥수피(血玉手皮)는 철벽의 강기를 두른 이마의 권장과 맞부딪치고서도 전혀 밀리지 않을뿐더러 오히려 섬뜩한 예기로 이마를 위협할 정도였다.

그러나 지금 한 치의 빈틈도 없는 합격의 조화를 발휘해 내고 있는 필보와 단거는 사실 지금껏 한 번도 제대로 호흡을 맞춰본 적이 없었다.

다만 그들이 익힌 무공의 연원은 본래 한줄기였다.

단거의 수박지술(手拍地術)과 필보의 수박천술(手拍天術)은 본래 수박술(手拍術)에서 갈라져 나간 같은 뿌리의 갈래인 것이다.

그러나 누가 뭐라 해도 역시 천하십강이었다.

낯선 공격법과 완벽한 합격술에 당혹스러워하던 그들은 어느 정도 시간이 흐르면서부터는 곧 적응을 해 나가고 있었다.

더하여 자신들끼리의 호흡까지 맞추어가면서 점차로 여유있게 상대들을 몰아가기 시작하였다.

땅!

따앙!

내력이 주입된 병기끼리의 부딪침은 보다 강한 울림을 띠어갔고,

쾅!

콰앙!

육장(肉掌)과 신체끼리의 부딪침에서는 자못 벽력음과도 같은 격한 소리들이 울려 나왔다.

필보와 단거, 그리고 조운과 위천은 어느새 일방적으로 몰리고 있었다.

힘의 우열이 분명한 속에서 그나마 합격의 묘로 상대를 맞고 있던 차에, 상대가 허실을 간파하고 반격하기 시작하자 그만 걷잡을 수 없이 몰려 버리고 만 것이다.

소려의 손을 꼭 잡고 있던 기완의 얼굴로 안타까운 기색이 서렸다.

표정의 변화가 거의 없던 복립의 얼굴도 확연히 표시가 날 정도로 딱딱하게 굳어갔다.

초조한 복립의 눈길이 가끔씩 철대산을 흘깃거리기 시작하였는데, 그 눈빛 속에 좀 더 신중하지 못했던 자신에 대한 후회와 자책의 빛이 녹아 있었다.

그러나 이미 시작된 승부였다. 어떤 뚜렷한 명분이 없는 이상 그 누구라 해도 승부를 함부로 멈추게 할 수는 없었다.

섣불리 승부에 끼어들었다가는 세상의 비난을 받는 것도 받는 것이지만, 당장에 승부를 지켜보고 있는 군웅들을 격동시킬 것이 분명했다.

격분한 만여 군웅이라면, 그때는 아무리 흑풍사신대라 해도 막아낼 방법이 없을 것이다.

문득 철대산이 복립에게 물었다.

"시간이 얼마나 지났나?"

"이제 막 일각(一刻)이 지나고 있습니다."

"그래? 그럼 이거 일 라운드가 너무 길어진 거잖아?"

"……?"

철대산이 복립의 커지는 눈을 슬쩍 비켜 뒤쪽에 서 있던 쌍패를 돌아보았다.

"쌍패! 승부를 멈추게 해라."

명령을 받고도 어떻게 할지를 몰라 쌍패가 멀뚱히 서 있기만 하자 철대산이 와락 인상을 쓰며 목소리를 깔았다.

"멈추라고 소리를 지르란 말이야."

쌍패가 생각할 여지도 없이 힘껏 목청을 돋워 악을 썼다.

"멈추시오!"

"멈춰라!"

쌍패의 사력(?)을 다한 고함 소리는 주변 허공을 쩌렁 하니 울릴 정도로 컸지만, 그러나 고수들의 승부였다.

누가 멈추라고 해서 쉽사리 멈출 수 있는 게 아니었다.

일순 철대산의 얼굴이 아주 표시가 나도록 험악하게 일그러지더니 허리를 숙여 발밑의 가죽 주머니에서 한 꾸러미나 되는 열아홉 마디의 쇠 채찍 패왕을 꺼내 들었다.

차라라라락!

패왕이 허공에서 간단하게 몸을 추슬렀다가 철대산의 어깨 위로 올라앉는 소리가 자못 요란하였다.

이어 철대산에게서 노한 고함 소리가 터져 나왔다.

"멈추라고 했잖아! 안 들리나? 정해진 시간이 지났단 말이다! 모두 멈추란 말이야!"

엄청난 소리였다.

말의 의미가 그렇다는 것보다, 그 목소리 자체가 가지는 폭발적인 울림이 그렇다는 것이다.

가히 백리평의 땅을 울리고 허공을 온통 울리는 벽력후(霹靂吼)였다.

팔 인의 숨 막히는 승부에 온 신경을 집중시키고 있던 군웅들의 시선이 일제히 철대산에게로 돌려졌다. 그리고 철대산의 손에서 일 장삼 척 길이의 패왕이 맹렬하게 돌아가기 시작했다.

부아아앙!

마치 거대한 우산처럼 패왕을 머리 위 허공으로 돌리면서 철대산이 성큼성큼 비무대 중앙으로 걸어갔다.

두 군데의 대결자들은 한창 치열하게 공방을 나누고 있던 중이라 철대산이 뿜어내는 엄청난 기세를 느끼면서도 미처 몸을 빼내지 못하고 있었다.

차창!

따다다당!

요란한 쇳소리와 함께 몇 개의 병장기가 허공으로 까마득히 솟구쳐 비무대 바깥으로 날아갔다.

엄청난 기세였다.

막고 말고 할 것도 없었다.

염공의 손에서 송문검이 튕겨져 나갔고, 뇌공의 손에서 낙뢰창이 날아가 버렸다.

평생 처음으로 자신들의 의지와는 상관없이 목숨과도 같은 애병을 손에서 놓쳐 버린 염공과 뇌공의 몸이 우뚝 멈추었다. 그리고는 멍하니 눈앞을 온통 채우며 번뜩이는 검은 쇠 채찍의 그림자를 바라보았다.

무지막지한 휘두름이었다.

그런데도 사방을 난무하는 그 무지막지한 쇠 채찍은 교묘하게도 사람을 건드리지는 않았다.

그 큰 덩치의 단거조차도 말이다.

다만 여덟 사람 모두를 감히 손끝도 꼼짝하지 못하도록 삼엄한 편영(鞭影)의 장막 안에 가두어두고 있을 뿐이었다.

신기(神技)라는 것은 바로 이런 것을 두고 하는 말이리라.

엄청난 길이와 무게, 가히 중병기라는 말이 절대적으로 어울리는 패왕을 마치 자신의 몸처럼 세밀히 다루어내는 철대산의 솜씨가 신기가 아니라면 달리 그 무엇을 신기라고 하겠는가?

꽉 움켜쥐고 있는 염공과 뇌공의 주먹 끝으로 붉은 선혈이 방울 져 뚝뚝 떨어지고 있었다.

사실은 처음 엄청난 역도(力度)를 담고 패왕의 편영이 엄습해 들었을 때, 그들 이공은 근 십성의 내력을 주입하여 패왕의 철편(鐵片)을 마주 때리고 후려갈겼다.

그러나 그 한 번의 격돌에서 손아귀를 찢기고 검과 창이 튕겨져 날아가 버린 것이다.

그때 이미 염공과 뇌공은 불가항력이라는 심정을 느낀 바 있었다. 염공과 뇌공의 얼굴에 서려 있던 질린 기색이 마침내는 인정(認定)과 포기의 기색으로 바뀌어갔다.

철대산이 패왕을 거두고서 가만히 여덟 사람의 반응을 기다렸다.

철대산이 왜 패왕을 휘두르며 승부에 끼어들었는지를 짐작하지 못할 리 없는 위천과 조운, 그리고 필보와 단거야 달리 무슨 할 말이 있겠는가?

염공과 뇌공 또한 무엇을 따지기에 앞서 다시 한 번 전체적인 상황을 정리하고 있는 모습이었다.

노기를 참지 못하고 거친 호통을 치고 나선 것은 투마였다.

"이놈! 네 아무리 배운 것 없는 흑도의 하오배요, 무도한 오랑캐의 잡배라고 해도, 감히 승부의 와중에 이런 식으로 끼어드는 법이 어디에……?"

그러나 투마는 미처 말을 마무리하지 못했다.

곧바로 한줄기 광풍이 자신을 향해 덮쳐들었기 때문이다.

쒀아아앙!

그것은 말 그대로 한줄기 미친 바람이었다.

바로 총알탄이었다.

철대산이 절실한 필요로 연마해 낸 단 하나의 신법.

신법의 모든 특성들을 다 무시하고 오로지 빠르기 하나만을 극대화시킨 세상 유일의 신법이다.

아무리 투마라 해도 총알탄의 그 엄청난 속도를, 그리고 무엇보다도 철대산과의 거리가 겨우 이 장에도 못 미치는 데다, 장병기(長兵器)를 들고 있는 철대산이 군이 그렇게 직접적으로 몸을 날려올 것이라고는 짐작도 하지 못하였다.

철대산의 몸이 희뿌연 그림자로 화했다 싶은 찰나에 그의 어깨는 투마의 가슴을 정면으로 들이박고 있었다.

몸과 몸의 부딪침에서 벼락치는 소리가 났다.

콰앙!

그리고 투마의 몸이 그대로 튕겨 올랐다.

그러나 그래도 천하십강이라 황망 중에도 투마는 공중에서 신형을 한 바퀴 뒤집어 충격을 완화시킨 다음에 연이어 천근추의 신법으로 몸을 아래로 떨어뜨렸다.

그리고 비록 휘청거리기는 했으나, 원래 그가 있던 위치에서 이 장 떨어진 곳에 신형을 안착시켰다.

그러나 투마의 수난은 그것으로 끝난 것이 아니었다.

쉬아앙!

또다시 철대산의 몸이 투마를 행해 쇄도했다.

이미 한 번 당한 수법이라 투마가 엉겁결에 양팔을 가슴 앞으로 들어올려 마치 독을 끌어안는 듯한 포옹지세(抱甕之勢)를 취했다.

철대산의 순간적인 이동이 얼마나 빨랐던지, 이 장 바깥에서 '픽!' 하고 사라졌던 철대산이 투마의 바로 코앞에 '팟!' 하고 갑자기 나타나는 것 같은 감이 들 정도였다.

그리고 뒤이어 듣기 거북한 소음이 일며 철대산의 발밑에서 자욱한 먼지가 일어났다.

파바바박!

철대산이 급하게 멈추어 서면서 비무대의 바닥판 나뭇결이 그대로 깎여 나갔던 것이다.

이어 다시 한 번 모두에게 익숙하지 않은 날카로운 소음이 울려 나왔다.

짜아악!

따귀였다.

철대산이 투마의 따귀를 후려갈긴 것이다.

그런데 묘한 것은, 투마가 이미 포옹지세의 자세까지 갖추고 있으면서도 철대산의 손바닥이 자신의 뺨을 때리는 데도 조금도 반응을 하지 못하였다는 것이다.

그의 눈은 지금 감당하지 못할 경악으로 인해 찢어질 듯 부릅떠져 있었다.

방금 철대산의 일장(一掌)은 처음에 그리 빨라 보이지 않았다.

그런데 얼굴을 향해 다가오던 철대산의 손바닥이 중간의 어느 한 지점에서 갑자기 사라져 버리더니 갑자기 뺨에서 번쩍 하고 충격이 온 것이다.

쾌의 극치, 극쾌(極快)였다.

투마 자신의 반사신경이 움찔하는 반응도 내놓지 못할 정도로.

이런 것을 두고 항거 불능이라고 하는 것인가?

"모든 화는 입으로부터 오는 것이니, 당신은 스스로 대우받기를 포기한 것이다."

철대산이 차갑게 뇌까렸다.

그 순간 투마는 다시 한 번 자신의 뺨에 가해지는 얼얼한 충격을 느껴야만 했다.

짜아악!

이어 투마는 자신의 호흡이 막혀옴을 느꼈다.

"커어억!"

그의 목은 모르는 사이에 철대산의 손아귀에 움켜잡혀 있었다.

"다시 한 번 말해 보라. 누가 잡배고 누가 오랑캐라는 것이냐?"

짜아악!

투마의 얼굴에서 붉은 피가 사방으로 튀었다.

코피가 터지고 입술이 찢긴 것이다.

사방에 수많은 눈과 입이 있었지만, 누구 하나 숨소리조차 크게 내지 못하였다.

군웅들은 모르는 사이에 이미 철대산의 그 시퍼런 서슬과 위세에 압도당하여 있었다.

군웅들을 더욱 경악하고 위축되게 만든 것은 바로 천하십강의 사마 중 하나인 투마가 보이는 초라한 모습이었다.

아무리 일괴가 무지막지하고, 또 미처 예상하지 못했던 엄청난 무위를 지니고 있고, 그래서 일방적으로 수치스러운 일을 당했다고 하더라도, 그래도 천하의 투마가 아니던가?

사마의 일인인 투마가 지금과 같이 겁에 질려 넋을 뺀 모습을 보이리라고는 어느 누구도 감히 상상조차 하지 못한 일이었다.

그러나 당사자인 투마는 지금 머리 속이 하얗게 비워져 있는 상태였다.

평생 강호를 종횡하면서 누구에게 패배해 본 적이라곤 단 한 번도 없는 그였다. 당연히 공포라는 감정을 느껴본 적이 있을 리 만무했다.

그런데 지금 그가 느끼고 있는 것은 바로 극도의 공포였다.

생전 처음으로 느껴보는 죽음의 공포는 일시적으로 그에게서 천하십강의 일인으로서의 최소한의 체면과 자존심마저도 앗아가 버린 것이다.

"아니오, 아니오."

뭐가 아니란 것인지 투마는 계속 같은 말만을 되풀이하며 중얼거리고 있었다.

그는 마치 일시적으로 제정신이 아닌 듯했다.

투마의 몰락이었다.

천하십강의 일인으로서 천하 최강의 반열에 명예로운 이름을 올리고 있던 투마 곤견의 처참한 몰락이었다.

철대산의 눈빛에 일시 갈등의 기색이 스쳤다. 그러나 그는 입술을 한 번 힘주어 깨문 다음 차갑게 냉갈(冷喝)했다.

"잡배와 오랑캐는 원래부터 정해져 있는 것이 아니다! 대개는 힘이 약한 쪽이 잡배가 되는 것이고, 또한 오랑캐가 되는 것이다. 지금 이 순간에 나는 강자이고 당신은 약자다. 따라서 당신이야말로 잡배요, 오랑캐다! 내 말이 틀렸나?"

철대산의 목소리에는 여전히 내력이 주입되어 있었고, 지금 그의 말은 투마를 향해 하는 것이라기보다는 백리평의 수많은 군웅들 모두에게 하는 말이었다.

투마가 다시 멍한 표정으로 중얼거렸다.

"맞소. 당신 말이 모두 맞소."

그의 목소리는 극히 작았으나, 연신 끄덕이고 있는 그의 머리만 보고서도 군웅들은 투마가 지금 무슨 말을 중얼거리고 있는지를 능히 짐작할 수 있었다.

"그만 멈추시오! 철 회주는 너무 가혹하게 사람을 핍박하는 것 같소. 지금 철 회주가 핍박하고 있는 그 사람은 당금 무림의 어른이라 할 수 있는 배분을 가지고 있는 사람이오. 그의 연배나 무림에서의 명망 등, 그 어떤 것을 두고 보더라도 지금 철 회주의 처사는 너무 지나치다고 하지 않을 수 없소. 그가 오늘과 같은 치욕을 당하고서도 과연 앞으로 강호에서 살아갈 수 있을 것 같소? 철 회주가 만약 그에게 원한이 있다면 차라리 그의 목숨을 거두어야 했소. 이미 철 회주의 잔인한 면모는 낱낱이 드러났으니 향후 무림 공도(公道)에 의해 응분의 질타를 받게 되겠지만, 지금 당장에도 그 모진 손길을 멈추지 않는다면 철 회주는 당장에 이곳에 모인 수많은 무림동도들의 분노를 면치 못할 것이오."

염공이었다.

그의 얼굴은 지금 더할 수 없이 침중하게 굳어져 있었다.

그것은 분노라기보다는 차라리 허탈에 가까운 것이었다.

철대산이 차분하게 입을 열었다.

그의 목소리에는 이제 내력이 담기지 않았다.

"당신 또한 내게 그런 말을 할 처지가 아닐 것이오. 나는 스스로 멈추고자 할 때만 멈추는 사람이오."

염공이 차가운 미소를 띠어 올리며 말했다.

"무림에는 공도가 있고 세상에는 도리가 있는 것이니, 철 회주 그대가 아무리 무공이 강하다 하더라도 천하의 도의를 언제까지나 거스를 수는 없을 것이오."

염공의 목소리에 분노와 함께 노무인(老武人)으로서의 기개가 서려 있었다.

철대산이 잠시 침중한 표정이 되었다가 이내 차가운 모습으로 되돌아갔다.

"당신들은 도리를 따질 자격이 없소. 나는 당신들에게 해를 끼치거나 손해를 입힌 적이 없고, 또한 당신들을 초대한 바도 없소. 그런데 귀하들은 오로지 나를 핍박하기 위해 이곳에 와 있소. 당신 말대로 남을 핍박하는 것이 도리가 아니라고 한다면, 과연 먼저 도리를 저버린 쪽은 어느 쪽이오?"

염공이 분기 가득 찬 목소리를 토해내었다.

"우리가 이곳에 온 것은 철 회주가 저지른 패륜을 단죄하기 위한 것이오! 패륜은 어떤 경우에도 용서받을 수 없으니 천하의 공분을 사는 것은 마땅하오!"

문득 철대산이 웃는 얼굴로 되물었다.

"패륜? 당신은 마치 내가 패륜을 저지른 것을 직접 보기라도 한 사람처럼 말을 하는군. 후훗, 이보시오. 사람이 사람을 단죄한다는 것 자체는 애초부터 허용되지 않은 일인지도 모르는 것이고, 최소한 신중에 또 신중을 기해야만 하는 일일 것이오. 물어봅시다. 당신들은 내게 오기 전 광무궁의 유사청 노궁주를 만나보기나 하였소? 그전에 당신은 과연 임의로 다른 사람의 죄를 따져 물을 만큼 깨끗하오? 또한 당신과 함께 나의 죄를 따지기 위해 온 사람들 중에서는 그 누구도 패륜을 저지르지 않았다고 장담할 수 있소? 혹시 당신들이 멀리 이곳까지 나를 찾아온 것은, 강호 도의니 뭐니 해도 결국은 천마묵환 때문인 것은 아니오?"

"으음······!"

"하하하하! 그렇지 않았다면 어찌 사공(四公)의 인물들이 이토록 쉽게 사마(四魔)의 인물들과 손을 합칠 수가 있단 말이오?"

염공의 얼굴로 일시 엷은 홍조가 스쳐 갔으나, 이내 반발하듯 목소리를 높였다.

"천마묵환은 한순간에 강호를 피의 소용돌이 속으로 몰고 갈 마물(魔物)이니, 어느 일개인이 가지고 있어서는 아니 될 물건이오!"

철대산이 빙그레 웃으며 느긋하게 말을 받았다.

"호오? 그래서 내가 가지고 있으면 강호가 피바다가 되는 것이고, 귀하들 천하십강의 인물들이 가지고 있으면 아무 일도 안 생긴다, 그런 얘기요? 하하하! 만약 정말로 내게 천마묵환이 있다면, 나는 당장에라도 그것을 당신에게 주고서 당신들이 염려하는 그 피의 소용돌이가 과연 일어나는지, 그리고 과연 당신들의 능력으로 그것을 막아낼 수 있는지 시험이라도 해보고 싶은 심정이오."

염공의 표정이 일시 묘한 변화를 보였다.

"철 회주의 그 말은 천마묵환을 가지고 있지 않다는······."

철대산이 대소를 터뜨렸다.

이어지는 그의 목소리에는 다시 내력이 스미어 있었다.

"으하하하하! 나, 일괴 무적철인 철대산은 천마묵환이 지금 내게 있다고 해도 충분히 지켜낼 능력이 있다고 자부하는 사람이오. 그 물건이 내게 있으면서도 구차스럽게 없다고 말할 이유가 없다는 말씀이오. 천마묵환이 어디에 있는지 아는 사람이 있다면 내게 말해 주시오. 사실은 나 또한 지금 천마묵환을 간절히 구하고 있는 중이니까."

염공이 나직하게 침음성을 흘려내었다.

"으음!"

철대산이 은은한 살기를 담아 나직한 목소리를 흘렸다.

"그만 가시오. 이건 진심으로 하는 경고요. 내가 결코 성인군자가 아니라는 사실은 이미 알고 있을 터, 더 이상 나의 살기를 충동하지 말고 곱게 돌아가시오."

백리평으로부터 철대산에 관한, 그리고 천마묵환에 관한 새로운 소문들이 강호로 번져 나갔다.

그것은 그간의 소문들과는 상당 부분 다른 내용들을 담고 있었다.

'일괴는 천마묵환을 가지고 있지 않다. 일괴는 능히 일왕일존에 비길 만한 절대고수다. 그의 신위에 천하십강 중의 이공과 이마가 손 한 번 제대로 써보지 못하고 무릎을 꿇었다. 만약 일괴에게 천마묵환이 있었다면, 그는 결코 그 사실을 부정하지 않았을 것이다. 일괴야말로 천마묵환을 지킬 충분한 능력이 있는 절대자이니까.'

역시 강호는 힘의 논리가 지배하는 세계였다.

천하의 공적으로 몰리는 상황에서도 결코 숨거나 피하지 않고 백리평에 버티고 서서 천하의 도전을 받아들이고 있는 백두회의 당당함은 얼마 못 가 궤멸당하고 말 것이라던 처음의 예상들을 보기 좋게 불식시켜 버렸다.

오히려 그로 인해 백두회는 이제 무림의 신흥 절대강자로 더욱 강력하게 부상하고 있었다. 또한 천하십강의 인물들을 잇달아 격파한 일괴 철대산과 그 휘하들의 신위는 강호를 경동시키고 있었다.

한 가닥 미련과 의심을 완전히 버리지 못한 탓에 군웅들은 여전히 백리평 주위를 떠나지 못하고 있었지만, 그들 중 어느 누구도 다시 일괴에게 도전하는 무모한 만용을 부리지는 못하였다.

이제 일괴 무적철인의 이름은 명실 공히 일왕일존과 그 이름을 나란히 하고 있었다.

■第四章

소림으로 가는 길

일괘 철대산이 머물러 있다는 것만으로도 백리평은 여전히 태풍의 진원지였다.

그러나 누구도 그 태풍을 거슬리려 하지 못하였으므로 그렇게 백리평은 태풍의 눈처럼 고요와 평화를 누리고 있었다.

그런 중에 하나의 새로운 소문이 강호 전역으로 급속하게 퍼져 나가며 새로운 태풍을 만들어내고 있었다.

'소림의 장경각에 천마묵환이 있다. 사실 소림은 이미 오래전부터 천마묵환을 가지고 있었다. 일왕이 그 증거이다. 소림의 속가제자에 불과한 일왕이 일약 천하제일인의 자리에 오른 것은 일왕의 무공에 비밀이 있기 때문이다. 바로 일왕의 무공 내력 중에 소림무공 이외에 천마의 무공이 녹아 있기 때문이다. 그러기에 그가 젊은 나이에 무적의

절대자가 될 수 있었던 것이다.'

믿기 어려운 소문이었다.

차분하게 앞뒤의 정황을 생각한다면 황당무계하다고 해야 할 소문이었다.

그러나 그 소문의 위력은 엄청났다.

역시 천마묵환 때문이었다.

천마묵환이 관련됨으로써 소문의 허구는 이미 허구가 아니라 부정하지 못할, 아니, 부정하기 싫은 하나의 사실로 변하고 말았다.

그리고 강호의 태산북두로서의 소림의 위치와 천하제일인으로서의 일왕의 명성이 오히려 소문을 진실로 믿게 만드는 타당성이 되고 말았다.

태산북두 소림이니 오랫동안 탈없이 천마묵환을 가지고 있을 수 있었던 것으로 되는 것이다.

천하무적 일왕이니 당연히 고금제일인 천마의 무공을 익힌 것으로 되는 것이다.

세상의 소문이란 그런 것이었다.

세상 사람들의 입맛에 맞기만 하다면, 세상 사람들이 원하는 소문이기만 하다면 소문이 가지는 약간의 허구쯤이야 오히려 얼마든지 사실보다 더 사실적인 사실로 받아들여지고야 마는 것이다.

천하가 이번에는 소림을 향해 움직였다.

한 가닥 미련을 버리지 못하고 백리평 주변을 기웃거리던 군웅들 또한 모두 소림으로 떠났다.

"이 소문 역시 누군가의 의도적인 획책 같습니다. 누군가 무림을 준동시키려 하고 있습니다. 처음에는 본 회를 목표로 했으나 그것이 여의치 않자 다음으로는 무림에서 가장 영향력이 큰 일왕과 소림을 흔들기로 한 듯합니다. 천하가 소림으로 모이고 있습니다. 누구인지 모르겠으나 소문을 유포한 자들은 대단히 교활한 자들입니다. 다만 소문을 유포시키는 것만으로 잇달아 천하를 뒤흔들어 놓고 있습니다. 이번에 만약 소림이 적절하게 대응을 하지 못한다면, 자칫 천하는 엄청난 격동의 소용돌이 속으로 빠져들지도 모릅니다. 본 회의 경우와는 많이 다릅니다. 무림의 태두인만큼 상대적으로 소림이 자신들의 결백을 밝히기 또한 쉽지가 않을 것입니다."

복림의 정세 판단은 그러했다.

"소림의 반응은 어때?"

철대산의 물음에 복림이 다시 대답했다.

"일왕이 자신의 입장을 공표했다고 하는데, 소림은 아직까지 공식적인 반응을 내놓지 않고 있습니다."

"그래? 일왕이 뭐라고 했대?"

"일왕 자신과 소림은 언제나 당당하여 굳이 변명할 일이 없다고 했답니다."

철대산이 빙긋이 웃었다.

"흐흠! 사내답군. 마음에 들어. 과연 나와 함께 이름이 불릴 만한 자격이 있어."

철대산의 자화자찬에 둘의 대화를 듣고 있던 기완 등의 얼굴로 어쩔 수 없는 고소(苦笑)가 떠올랐다.

도대체 언제부터 그는 스스로 일괴라는 이름을 일왕이라는 이름과 동격으로 여기게 되었을까. 자신의 얼굴에 금칠을 한다는 말이 있더니, 지금의 철대산이야말로 바로 그런 격이 아닌가.

문득 철대산이 선언하듯이 말했다.

"좋아! 우리도 소림으로 간다."

그 갑작스러운 말에 다른 사람들이 적지 않게 당혹스러워하는 데 비해 복립은 이미 짐작이라도 하고 있었던 듯 덤덤하게 대답을 하였다.

"예, 준비하겠습니다."

그런데 철대산은 오히려 의문이 생기는 모양이었다.

"뭘 준비해?"

복립이 빙그레 웃었다.

"이제 무림에서의 백두회의 행보는 결코 가볍게 할 수 없게 되었습니다. 비록 천마묵환이 소림에 있다고 소문이 나긴 했지만, 여전히 우리의 주위를 맴도는 무리가 존재합니다. 더구나 무림의 세력 균형을 이루는 정사 양대 축 중 한쪽의 수장으로서의 대형의 위치는 결코 가볍지 않습니다. 언제 상대 세력의 음해가 있을지 알 수 없는 일입니다. 따라서 이번 소림행에는 최소한의 정예 무력을 동반하려고 합니다."

철대산이 물끄러미 복립을 보며 말했다.

"허허, 자네는 아직도 나를 모르나?"

"대형."

"어허! 그만두게. 우리만으로, 태백산맥만으로도 충분해. 물론 위협이 있을 수 있겠지. 그러나 말이야, 내가 오히려 위협이 있기를 바란다면 자네는 어떻게 할 텐가?"

"대형?"

"됐어. 자네가 또 무슨 말을 하려는지 짐작 못할 바 아니지만, 그냥 내 말대로 해."

잠시 생각하다가 결국은 복립이 고개를 끄덕였다.

"예. 그렇게 하겠습니다, 대형."

어차피 철대산이 고집을 부리기 시작한 터이니 누구도 정면으로 꺾을 수는 없는 일이었다.

그러나 복립이 철대산의 뜻에 수긍한 것은 아니었다.

책사는 때로 주군의 뜻과 반하는 일을 해야 할 때도 있는 법이다.

설사 자신의 목이 날아간다 해도 말이다. 그리고 진정으로 능력이 있는 책사라면, 그런 일을 할 때 주군이 알아차리지 못하도록 할 요령 정도는 부릴 줄 알아야 하는 법인 것이다.

철대산과 복립의 대화를 가만히 지켜보고 있던 기완의 눈빛이 깊어지고 있었다.

일행은 백리평을 떠난 지 며칠 만에 하남 땅으로 들어섰다.

하남 땅에 들어서면서부터는 곳곳에서 숭산(嵩山) 소림사로 향하는 무림인들의 무리를 볼 수 있었다.

일행은 무림인들과의 쓸데없는 얽힘을 피하기 위해 숭산의 산자락이 시작되는 곳에서부터 산을 타기로 하고, 타고 온 말과 짐의 일부를 정주(鄭州) 지역을 관할하는 백두회의 조직에게 맡겼다.

숭산이라 하여도 그 동서(東西)로의 길이가 족히 백오십여 리에 달할 만큼 광범위하였다.

일행은 이어지는 산봉(山峰)들의 능선을 타고 소실봉(少室峯)까지 줄곧 갈 작정이었다.

그런데 몇 개의 봉우리를 넘을 때까지는 능선으로 이어지던 산세(山

勢)가 어느 순간에 마치 단절이라도 되듯이 끊어지며, 일행은 어느 이름 모를 계곡으로 들어서게 되었다.

좁은 계곡의 입구를 막상 들어서고 보니, 갑작스럽게 시야가 툭 트이며 그 안쪽이 꽤나 넓은 분지를 이루고 있었다.

멀리 이백여 장 떨어진 곳에서 다시 급격히 좁혀지는 출구를 보며 철대산이 짐짓 감탄하며 엉뚱한 말을 꺼냈다.

"이야! 혹시 여기가 바로 그 무릉도원(武陵挑源)이라고 하는 곳이 아닐까?"

그러고 보니 계곡 안 분지의 경치는 마치 누군가 일부러 가꾸어놓기라도 한 것처럼 제법 정취가 있었다.

분지 전체적으로 발목을 덮는 정도의 풀들이 가득 덮여 있어서 마치 부드러운 융단을 깔아놓은 것 같았다. 군데군데에는 각양각색의 이름 모를 들꽃들이 피어 있어서 보는 사람의 마음을 잠시간 황홀하게 만들기도 하였다.

둘러보니 한쪽으로는 작은 폭포가 있어서 두 갈래 물줄기가 하얀 포말을 일으키며 시원스럽게 떨어지고 있었다.

"좋군. 잠시 쉬어 가도록 하지."

그러나 철대산이 굳이 그렇게 말하지 않더라도 이미 소려와 기완은 폭포를 향해 걸음을 옮기고 있는 중이었다.

머쓱해진 철대산이 그녀들의 뒤를 따라가며 괜한 너스레를 떨었다.

"소림이고 뭐고 우리 그냥 여기에다 통나무 집이나 몇 채 지어놓고 싫증날 때까지 머물다 갈까?"

철대산의 그 한마디에 두 여인이 우뚝 걸음을 멈추며 뒤돌아섰다.

그제야 철대산은 '아차!' 하는 기색이 되고 말았다.

그는 너무 생각없이 말을 내뱉었던 것이다, 책임지지도 못할 말을.

소려의 눈빛으로 한줄기 아련한 빛이 감돌고 있었고, 특히나 기완의 뺨으로는 분홍빛 홍조까지 번져 가고 있지 않은가.

철대산이 얼른 말을 덧붙였다.

"아아… 그게 말이지, 그러니까 내 말은 말이야. 그냥 한번 그런 생각을… 아주 잠깐 해봤다는 거지, 뭐."

다들 맑고 시원한 폭포수에 얼굴을 닦고 하면서 잠깐의 휴식을 만끽하고 있었다.

소려와 기완은 늘씬한 두 다리를 드러내 물속에 담그고서 무슨 내용인지 얘기꽃을 피우느라 여념이 없었다.

처음부터 휴식을 취할 만큼 지친 적이 없었던 철대산은 이제 그만 출발하자고 말하고픈 기색이 역력했으나, 감히 두 여인의 한가로운 즐거움 사이로 끼어들 엄두를 내지 못하고 있었다.

필보나 단거 등이 그런 철대산의 내심을 짐작하지 못할 리 없건만, 원님 덕에 나팔 분다고 그들은 오히려 희희낙락하고 있었다.

복립의 얼굴로도 오랜만의 느긋함이 떠올라 있었다.

복립이 주변의 경치를 돌아보다가 문득 위천의 표정이 굳어지는 것을 보고, 급히 그의 시선을 따라 계곡의 입구를 보았다.

그곳에 일단의 무리들이 모습을 드러내고 있었다.

복립이 긴장한 기색으로 나직이 철대산을 불렀다.

"대형!"

"응?"

대답을 하면서 철대산은 이미 모습을 나타내고 있는 무리들을 향해 눈길을 주고 있었다.

흑의무복에 역시 검은 복면을 한 그 무리들은 이미 오십여 명이 넘게 계곡 안쪽으로 들어서고 있었는데, 그 뒤로도 계속 새로운 인물들이 들어서고 있었다.

복립의 눈길이 급하게 분지의 지형을 다시 훑었다.

'피해야 할 장소였다.'

쉬고 놀기에는 좋지만, 전략적으로는 최악의 장소였다.

좁은 입구와 출구가 봉쇄당한다면 꼼짝없이 갇히는 신세가 된다.

선자불래(善者不來)! 호의를 품었다면 얼굴을 가리고 나타나지는 않았을 것. 그리고 악의를 품고 왔다면 자신들이 누구라는 것을 이미 알고 왔다는 의미.

복립의 머리가 부지런히 돌았다.

물론 철대산을 비롯한 자신들의 무력이라면, 적이 어떤 대단한 준비를 하고 왔다 하더라도 속수무책으로 당할 일은 없을 것이었다.

그러나 책사란 어떤 경우이든, 어떤 악조건이든 주어진 상황에서 가능한 최대한의 유리함을 취해야 하는 법.

'좋을 것이 없다. 조금이라도 출구 쪽에 가까운 곳으로 이동해야 한다. 상황이 여의치 않으면 탈출을 시도하고, 그마저도 여의치 않게 된다 하더라도 한 시진만 버티면 된다. 안배대로라면 한 시진 이내로 무력 지원을 받을 수 있다.'

소림행을 나서기 전에 복립과 기완은 만약의 경우를 대비하여 몇 가지 안배를 해놓은 바 있었다.

그중 하나는 그들이 어떤 위험에 처했을 때, 어떠한 경우라도 한 시진 이내에는 긴급한 무력의 지원을 받을 수 있도록 한 것이다.

태백산맥의 무력으로, 더구나 철대산이 있는 이상 그 어떤 상대와 마주치더라도 최소한 한 시진은 견딜 수 있다는 계산으로 해둔 안배였다.

찰나적으로 생각을 정리한 복립이 철대산을 향해 급히 입을 열려는 순간, 철대산이 가만히 고개를 저으며 앞을 가리켰다.

"어이! 가만있어 봐. 저 친구들 여인네들이잖아?"

철대산의 눈이 크게 뜨여져 있었다.

그 무렵에 입구를 통해 들어온 무리들은 도합 팔십여 명에 달했다.

그런데 어느 순간에 그들이 일제히 복면을 벗어 던졌고, 그 속에서 드러난 모습은 한결같이 긴 머리를 한 갈래로 묶어 뒤로 넘긴 젊은 여인들이었다.

그리고 지금 막 여인들은 마치 찢어버리기라도 하듯이 자신들이 입고 있던 흑의무복을 벗어내고 있었다.

흑의무복은 처음부터 조각난 것을 살짝 기워놓기라도 한 듯이 나풀거리며 떨어져 나갔는데, 그 속에서 드러난 옷은 좀 전의 흑의무복과는 확연히 대비되는 은은한 분홍색의 나삼이었다.

속이 훤히 비쳐 여체의 굴곡은 물론 아른아른 중요한 곳까지 다 비쳐 나는 나삼 차림으로 여인들은 하늘하늘 춤을 추며 폭포수 근처로 다가오고 있었다.

일행 모두가 어리둥절해하는 가운데 철대산이 제 혼자 신이 난 것처럼 나지막한 탄성을 터뜨렸다.

"이야! 여기 혹시 진짜로 무릉도원이나 그 무슨 세외선경(世外仙境) 같은 데 아니야? 그러니까 선녀들이 나타나지."

일행 중에서 눈 좋기로는 으뜸가는 철대산이었으니, 그의 눈은 지금

활짝 열려 난데없는 호사를 즐기기에 여념이 없었다.

그러는 사이에 여인들은 일행에게서 십여 장 떨어진 곳까지 이르러서는 묘한 형태의 군무(群舞)를 펼치기 시작하였다.

진한 여체의 향기가 사방으로 퍼져 나가는 가운데, 일행은 갑자기 펼쳐지는 아찔한 광경에 정신을 차리지 못하고 있었다.

복립 역시도 여인들에게 멍한 시선을 두고 있다가 불현듯 움찔 놀라며 중얼거렸다.

"혹시 만화궁(萬花宮)……?"

그리고 제풀에 다시 흠칫 놀라며 힘들게 쥐어짜내는 목소리로 외쳤다.

"만화궁의 요녀(妖女)들이다! 모두들 눈을 감아!"

그러나 질끈 두 눈을 감은 것은 복립 혼자였고, 다른 사람들은 복립의 외침 소리조차 듣지 못한 듯 눈앞 여인들의 군무에만 온 정신을 쏟아놓고 있는 모습들이었다.

잔뜩 찡그린 인상에다 콧잔등 위로는 땀까지 송송 배어나 있는 복립을 돌아보며 철대산이 짐짓 장난스럽게 말을 걸었다.

"이봐, 왜 그래? 공짜잖아? 공짜면 양잿물도 마신다는데, 이 좋은 눈요기를 왜 억지로 거부하려고 그래?"

그러다 그는 문득 얼마 떨어지지 않은 곳에 소려와 기완이 있다는 것을 깨닫고 움찔 어깨를 움츠리며 뒤를 돌아다보았다.

'엉?'

뜻밖에도 그녀들 역시 다른 사람들과 같이 몰입된 모습으로 여인들의 군무에 취해 있는 모습이었다.

기완은 아주 안색까지 발그레 붉어져 있어서, 마치 어떤 달콤한 환상에라도 빠져 있는 듯 보였다.

'훗! 취미들이 참 이상하군. 기완이야 원래부터 좀 독특한 취향이 있었다고 해도, 소려까지 그런 취향이 있는 줄은 몰랐는데?'

한데 다른 사람들의 모습을 죽 둘러보던 철대산의 표정이 자못 심상치 않게 변해갔다.

'어? 이건 뭔가 좀 이상한데?'

단거의 눈은 게슴츠레하게 변해 있었고, 벌어진 입에는 침이 고여 금방이라도 두툼한 입술 바깥으로 흘러내릴 것만 같았다.

필보와 위천은 특별히 표시는 내지 않고 있었지만, 그들의 눈빛은 맑지를 못하고 멍한 빛을 띠고 있었다.

조운 역시도 무슨 꿈을 꾸고 있는 듯 아련한 표정이었다.

'이거 다들 왜 이래? 전부 다 맛이 간 사람들 같잖아?'

여인들은 어느새 그나마 걸치고 있던 속 비치는 나삼을 천천히 아래로 미끄러뜨리고 있었다.

"허허허, 참!"

마침내 철대산이 허허거리며 웃고 말았다.

참으로 당혹스러운 순간이 아닌가?

갑자기 나타나 누가 시키지도 않았는데 스스로 나체로 변해가고 있는 여인들이야, 비록 기대하지 않았던 공짜 호사라 좀 얼떨떨하기는 해도 그렇게 당혹스러울 것까지는 없는 일이었다.

사실 이런 정도야 철대산에게 있어서는 아주 낯선 광경도 아니지 않겠는가.

물론 이런 정도의 대규모 출연진은 처음이지만.

그러나 흔히 볼 수 있는 잡지책 몇 장만 넘겨보아도 손바닥만한 천

조각 두어 장 걸친 외에는 미끈 늘씬한 나신을 적나라하게 드러낸 팔
등신 미녀들의 모습을 쉽게 볼 수 있었지 않았던가.

돈만 좀 넉넉하게 쓴다면 스트립 쇼에, 나체 쇼를 보는 일도 전혀 어
려울 게 없었고.

당혹스럽다는 것은 한결같이 넋이 빠져 버린 일행의 모습 때문이었
다.

'헐! 이런 걸 두고 순진하다고 해야 하는 건지?'

하긴 시대가 시대이니만큼 그럴 만도 하다는 생각이 아니 드는 것도
아니었다.

젊은 여인네들의 팔목이나 종아리를 보는 것만으로도 혈기방장한
사내들은 가슴이 울렁거리고 호흡이 거칠어지는 시대가 아니던가.

그것은 상대적으로 개방된 강호무림이라고 하더라도 크게 다르지
않을 것이었다.

여인들의 군무는 점점 절정을 향해 치달아가고 있었고, 마침내 그녀
들은 진한 행위 예술의 단계로 돌입하고 있었다.

장내에는 더욱 진해진 여인네들의 체향(體香)과 끈적대는 신음 소리,
그리고 간간이 사내들을 불뚝거리게 만드는 자지러지는 교성 소리가
뒤섞이고 있었다.

그 환상적인 분위기에 철대산조차도 잠시 만사를 잊고 푹 빠져드는
듯했다.

가만히 보자면 팔십여 명의 펄떡이는 나신들이 오로지 철대산을 향
해서만 온갖 교태를 부리며 유혹을 하고 있었는데, 철대산이 어찌 되었
든 젊디젊은(?) 육신을 지니고 있는 사내인데 어찌 본능이 동하지 않으
랴?

그러나 철대산이 결코 자제력까지를 잃은 것은 아니었다.

다만 결코 놓칠 수 없는 눈요기를 두고 느긋하게 즐기고 있는 중이라고 할까?

사실 철대산이야말로 온갖 형태의 야동(?)에다 동서양의 라이브 쇼까지 두루 섭렵한 몸이니, 성적(性的)으로 그를 자제할 수 없을 정도로 미치게 만드는 것은 애초부터 불가능한 일인지도 몰랐다.

하여간 치열함을 넘어 극렬함의 단계로 넘어가고 있는 여인들의 나무(裸舞)는 이제 오로지 철대산에게로 집중이 되었고, 철대산은 그에 호응이라도 하듯이 두 손으로 턱까지 고이고서 느긋한 몰아지경에 빠져들어 있었다.

그러나 그의 염복(艶福)은 거기까지였다.

"대가!"

뾰족하게 날이 선 목소리의 주인공은 바로 소려였다.

그녀는 좀 전까지만 해도 누구 못지않게 몰입되어 있는 것 같더니, 지금은 또 언제 그랬느냐는 듯 차가운 모습이 되어 있었다.

그녀에게 단단히 손목을 잡혀 있는 기완도 제대로 정신을 차린 모습이었다.

"주위에 뿌려진 미혼향(迷魂香)에 대해서는 제가 우선 중화(中和)를 시켜놓았어요. 하지만 모두들 이미 제정신들이 아닌 것 같아요."

한참 달아오른 분위기에 찬물을 끼얹어 버리는 소려의 차가움에 입맛을 다시면서도 철대산이 얼른 변명을 주워섬겼다.

"어어! 난 아니라고. 난 저런 거에 조금도 관심없다니까?"

그러면서 철대산이 곁에 있던 복립의 얼굴을 살피는데, 복립의 얼굴은 이미 땀에 흠뻑 젖어 있었다.

비록 눈을 감고 있었지만, 귀로 들리는 소리들만으로도 스스로의 욕념(慾念)을 억제하기가 쉽지 않은 모양이었다.

'흐흣! 세상에 완벽한 인간은 없다고 하더니, 천하의 복립에게도 이런 면이 있을 줄이야…….'

철대산이 내심 흐뭇한(?) 웃음을 짓고 있는데, 옆에서 누군가가 갑자기 앞으로 걸어나가고 있었다.

위천이었다.

단거며 필보며 조운이 다 멍한 상태로 빠져 있는 가운데, 그나마 조금 더 침착하게 견딘다 싶던 위천이 결국은 가장 먼저 흔들려 버린 것이다.

지금 그는 거의 무의식 상태에서 흐느적거리며 나녀들을 향해 한 발씩 걸음을 옮겨가고 있었다.

'어허? 저 자식 봐라? 정말로 라이브 쇼에 협연이라도 해보겠다는 거야?'

그때 소려가 급하게 재촉했다.

"대가! 어서 어떻게 좀 해보세요!"

생각할 겨를도 없이 철대산이 버럭 고함을 질렀다.

"위천!"

내력을 실었으니 위천은 아마도 고막이 터지는 듯한 느낌을 받았을 것이다.

과연 위천은 화들짝 놀라며 옮기던 걸음을 우뚝 멈추었다.

철대산이 싱글싱글 웃으며 아직 완전히 정신을 차리지 못한 위천에게 말을 건넸다.

"이봐. 미안해, 좋은 시간 방해해서."

"……!"

아직도 멍해 있는 위천이 철대산의 말을 제대로 이해할 리 없었고, 대답할 말이 있을 리는 더욱 없었다.

그때 철대산이 위천을 향해 불쑥 손을 내밀었다.

"패왕 줘."

부아아앙!

패왕이 공간을 유린하고 있었다.

그 무작스러운 쇠 채찍질에 장내의 분위기가 확 변했다.

끈적거리던 신음 소리와 자지러지던 교성은 이미 사라진 지 오래였다.

다만 무자비하게 허공을 찢어발기는 패왕이 일으키는 바람 소리와 간혹 참지 못해 내뱉고 마는 여인들의 겁에 질린 숨소리만 존재하고 있었다.

만화궁의 만화소혼대(萬花消魂隊)가 제아무리 목에 칼이 들어오는 순간에도 교태를 부릴 수 있는 경지로 색공(色功)을 수련하였다 하더라도, 이런 경우라면 얘기가 달라지는 것이다.

이리저리 재어가며 낭창낭창하니 찔러오는 검과 앞뒤 안 가리고 내리찍어 오는 도끼의 느낌은 분명 다른 것이다.

하물며 무작스럽다고밖에는 달리 표현할 말이 없는 마구잡이로 휘두르는 일 장 삼 척 길이의 십구절편임에랴.

게다가 그 무작스러운 쇠 채찍을 휘두르고 있는 인물은 또 얼마나 신뢰하지 못할 인간인가?

강호에서 일괴는 이제 무작스러움과 막무가내의 대명사로 통하였다.

그가 일왕일존과 같은 반열로 언급될 만큼 절대고수의 반열로 인정되고 있는 것은 분명한 사실이지만, 그러나 그가 정교한 무예나 초식의 구사를 하지 못한다는 사실 또한 이미 강호에 널리 알려진 일이었다.

철골강체(鐵骨剛體), 그리고 불가사의한 괴력(怪力), 그리고 무엇보다도 도무지 예측할 수 없는 저돌성과 막무가내의 성질.

그것들이야말로 일괴 철대산을 가장 잘 묘사하는 말들이었다.

하니 여인들이 지금 철대산의 채찍질을 신뢰할 수 없다는 것은 지극히 당연하였다.

철대산이 원하지 않는다 하여도 채찍이 제멋대로 나대니 언제 누구의 머리통이, 어깨가, 가슴이, 한순간에 박살나 버릴지 알 수 없는 일이었다.

본래 칼 잘 쓰는 놈이 칼 들었을 때보다는 뭣도 모르는 무식한 놈 손에 칼이 쥐어져 있을 때가 더 겁나는 법이다.

패왕은 여인들의 겁에 질린 눈앞을 휙 지나가기도 하고, 오뚝한 코앞으로 스치듯 매운 바람을 일으키기도 하였다.

그뿐이랴?

봉긋하니 솟아오른 가슴의 봉우리를 마치 쓰다듬듯이 살짝 건드리고 지나가 버린다.

움찔!

흠칫!

곱게 화장한 얼굴에 소름들이 돋아나고 있었다.

패왕이 더욱 거칠게 패악을 떨었다.

쾅!

콰앙!

패왕이 땅을 후려치기 시작하면서, 그 엄청난 역도에 마치 진저리라도 치듯이 땅이 울렸다. 자욱이 일어나는 흙먼지는 이미 일대를 희뿌옇게 만들어놓고 말았다.

바로 발 앞에서 땅거죽이 뒤집어지며 온몸이 부르르 떨릴 정도의 진동이 울려 나오니 아무리 강대심장이라도 견딜 재간이 없었다.

마침내 여기저기에서 공포에 질린 뾰족한 비명 소리들이 터져 나오기 시작하였다.

"꺄악!"

"아악!"

"꺄아악!"

요녀(妖女)도 사람이다(?).

아무리 만화소혼대라 할지라도 본능의 두려움을 언제까지나 참아낼 수는 없는 노릇이었다.

색공(色功)이라는 것이 역설적이게도 결국은 스스로에 대한 절대적인 자신감과 흔들리지 않는 부동심으로부터 시작되는 것이다. 그런데 도저히 억제할 수 없는 공포에 이미 마음이 흔들려 버렸으니, 그 이후는 걷잡을 수 없는 혼란이었다.

팔십여 명의 벌거벗은 여인이 패왕의 위협을 피해 이리로 몰리고 또 저리로 몰려다녔다.

"꺅!"

우르르!

"꺄아아!"

우르르!

기상천외의 광경이 벌어지고 있었다.

팔십여 명의 나체 여인이 종횡무진 내달리고 있었다. 그리고 그 뒤를 철대산이 연신 패왕으로 땅바닥을 후려치며 쫓아다니고 있었다.

쾅!

쾌앙!

패왕이 휘말아 올리는 흙먼지며 풀 조각들이 거대한 소용돌이가 되어 양 떼를 덮치는 회색 불곰처럼 여인들을 몰아가고 있었다.

그 모습은 마치 십팔 층 지옥의 악마가 선계의 선녀들을 몰아대고 있는 모습을 연상시키는 것이었다.

그리고 어느 순간, 계곡의 입구까지 여인들을 몰고 간 철대산에게서 기괴한 괴성이 엄청난 내력을 담고서 폭발하듯이 울려 나왔다.

마치 야수가 울부짖는 것처럼.

"우와아아아악!"

계곡을 벗어난 여인들은 더욱 죽을힘을 다해 산등성이를 마구 달려 내려갔다.

맨발로, 튼실한 살덩이들을 마구 흔들며…….

남자들은 한동안이나 두 여인의 경멸스러운 눈빛을 견뎌야만 했다.

비록 희대의 색공이라는 만화소혼무에다 미혼향까지 살포된 최악의 조건이기는 하였지만, 그래도 백두회의 최정예인 태백산맥인데 뭐가 달라도 조금은 다른 모습을 보여줬어야 할 것 아니냐는 무언의 질책이었다.

복립도, 조운도, 필보와 단거도, 더구나 위천은 감히 고개를 들 엄두도 내지 못했고, 분위기상 철대산 역시 복립의 등 뒤로 은근슬쩍 몸을 숨기는 체하고 있었다.

철대산이 들릴 듯 말 듯 복립에게 속삭였다.

"하여튼 말이야, 공짜로 좋은 구경했다. 제길! 말리는 사람만 없었으면 아주 이차까지도 가보는 건데 말이야. 그 여자들 괜찮지 않았어? 미모에다, 몸매에다, 그 적극성까지… 휴우! 언제 또 그런 횡재를 다시 누려볼 수 있을까?"

소려와 기완의 매서운 눈길을 정면으로 받고 있던 복립의 이마에 새삼스럽게 식은땀이 맺혔다.

그러나 그런 와중에도 스스로의 의지와는 상관없이 복립의 머리는 한 가지 새로운 단어를 되새김하고 있었다.

'이차……?'

때 아닌 냉전(冷戰)이었다.

호젓한 산길을 두 시진이 넘도록 한마디 말도 나누지 않고 묵묵히 걷는다는 것은 분명 고역에 속하는 일이었다.

그러나 일행의 분위기를 결정할 주도권은 사실상 소려와 기완, 그중에서도 소려가 가지고 있었는데, 남자들의 실망스러운 모습에 그녀의 화가 아직 풀리지 않았으니 감수할 수밖에.

일행은 산자락의 팔부 능선을 타고 있었다.

무성한 숲 사이로 나무꾼이나 사냥꾼의 흔적인 듯 희미하게 난 소로(小路)가 이어지고 있었다.

"잠깐만요."

표정없이 앞만 보고 걷고 있던 소려가 문득 걸음을 멈추었다.

철대산의 표정으로 언뜻 반가움이 스쳤으나, 금방 무표정으로 돌아갔다.

냉전의 끝을 너무 반기는 티를 내는 것은 남자로서의 체면이 깎이는 일이리라.

"왜?"

짐짓 심통스럽게 한마디를 하고 보니 소려의 얼굴이 자못 딱딱하게 굳어 있었다.

그녀의 시선을 따라 눈길을 돌려보니, 멀리 사십여 장이나 떨어진 저편에 몇 개의 인영이 보였다.

앞쪽으로는 멀리서 보기에도 백발이 성성한 노인과 늘씬한 키의 젊은 여인 하나가 서고, 그들의 뒤로 한결같이 헐렁해 보이는 흑의장삼에 역시 검은색의 철립(鐵笠)을 쓴 네 명의 사내가 서 있었다.

그들로부터는 뭔지 모를 묘한 분위기가 풍겨 나오고 있었다.

뭐라고 해야 할까? 죽음의 냄새? 발목을 잡는 늪지의 느낌?

참으로 묘하게도 사람을 불쾌하고 또 불안하게 만드는 느낌이었다.

하여간 그들은 사십여 장이나 떨어진 곳에 있는데도 벌써부터 끈끈하게 사방을 조이는 어떤 느낌이 공기를 타고 엄습해 들고 있었다.

불유쾌한 기분을 떨쳐 내기라도 하듯 철대산이 짐짓 빈정거리는 투로 말했다.

"홋! 뒤에 선 자들 말이야, 온통 검은색 일색이로군. 꼭 무슨 저승사자라도 되는 것처럼 말이야."

철대산의 말을 귓전으로 흘리며 소려는 여전히 표정을 풀지 않았다.

"저 사람들 우리를 기다리고 있어요."

"그렇겠지. 그렇지 않으면 이 깊은 산중에서 하필이면 이렇게 딱 마주칠 리가 있겠어? 근데 저 아가씨 말이야, 오밀조밀한 이목구비며 새

침한 표정하며, 꼭 어디에서 한 번쯤 본 것 같지 않아?"

소려의 곁에 섰던 기완이 작은 웃음소리를 터뜨렸다.

"풋!"

당장에 철대산의 인상이 구겨졌다.

"왜 웃어?"

기완이 움찔하더니 얼른 소려의 손을 잡았다. 그리고 한결 기세가 되살아나 제법 대차게 쏘아붙였다.

"흥! 안목이 대단하시군요. 그러니 사십여 장이나 떨어진 곳에 있는 여인의 얼굴을 그리도 자세히 볼 수 있겠죠?"

그 한마디에 철대산은 그만 허허거리고 말았다.

"응? 허허, 참!"

그러나 시력이 좋아서 사십 장이 아니라 백 장 밖까지도 잘 보이는 걸 어떻게 하란 말인가.

그때 소려가 굳어진 표정 가운데 한 가닥 흥분과도 같은 관심을 담고서 차분히 입을 열었다.

"독을 다루는 인물들이에요. 함부로 대할 인물들이 아니니, 우선은 제가 대응을 하는 것이 좋겠어요."

"음?"

소려가 미지의 위함 앞에 나선다는 것은 철대산으로서는 영 내키지 않는 일이었다.

그러나 비록 소려의 심독결이 실전에서 어떤 효용과 위력을 가지는지에 대해서 아직까지 제대로 본 적은 없지만, 그녀가 이미 심독결의 어느 경지 이상을 성취하고 있고, 또한 그 위력이 결코 만만치 않으리라는 것을 짐작하고 있는 철대산이었다.

지금 저쪽의 인물들이 정말로 독을 다루는 인물들이고, 더구나 적으로서 나타난 것이라면, 일행 중에서 그들을 적절히 상대할 사람은 소려밖에 없다고 해야 했다.

물론 독이고 뭐고 그냥 때려부수라고 한다면 철대산 자신이 가장 적절하겠지만.

여하간 독에 관한 한 소려의 열정과 고집은 철대산의 공인된 고집을 오히려 능가하고도 남음이 있는 것이니 달리 말릴 방법은 없었다.

"좋아! 하지만 내 옆에서 떨어지면 안 돼."

소려가 살풋한 미소로써 대답을 대신하였다.

소려가 앞으로 나서서 걸어갔고, 바로 그 반보 뒤에 철대산이 따라붙었다.

그리고 나머지 사람들은 열 걸음쯤 뒤로 처져서 걸었다.

양쪽의 거리가 이십 장 정도로 좁혀졌을 때 소려가 문득 탄성을 흘렸다.

"아!"

"왜 그래?"

"그녀예요, 당문(唐門)의……."

"당문?"

"합비에서 적토와 설리총의 그……."

무심코 말을 하다 말고 소려가 말끝을 흐렸다.

철대산은 그녀의 얼굴로 스치는 엷은 홍조를 보았고, 순간 머리 속으로 번쩍하고 떠오르는 기억 하나가 있었다.

"아! 그때 합비에서 적토하고 모종의 썸씽이 있었던 그 하얀 말의 주인?"

그때 소려는 다시 표정을 굳히고 있었다.

그녀의 얼굴과 전신으로 불현듯 팽팽한 긴장이 달려가는 듯했다.

그리고 그녀가 신음처럼 나직한 한마디를 뱉어냈다.

"암공(暗公) 당문종(唐文綜)!"

철대산이 그 말뜻보다는 소려의 긴장한 모습에 오히려 더 조심스러워하며 의미없이 말을 되뇌었다.

"암공?"

"예. 눈앞의 저 노인이야말로 암기와 독에 관한 한 천하제일이라고 일컬어지는 암공 당문종이에요. 천하십강의 사공 중 한 사람이고, 또한 지난 오십 년 동안 사천당가를 이끌어오고 있는 당대 가주이기도 하지요."

암공 당문종.

당문종은 또 다른 의미에서의 강호의 절대자였다.

비록 독과 암기가 좌도방문으로 폄하되는 바람에, 그리고 그가 속한 당문의 세력 기반이 따라주지 못하는 측면에서 그의 이름이 사공의 반열에 머물렀지만, 그러나 그는 천하의 누구라도 인정하지 않을 수 없는 독과 암기의 제왕이었다.

강호에서의 명성과 평가가 진정으로 생사를 건 혈투에만 있는 것이라면, 그리고 수단과 방법을 가리지 않고 오로지 승리하는 것에만 가치를 두는 것이라면 무림인들 중 많은 수는 암왕 당문종이 결코 일왕일존의 아래가 아니라고 평가할 것이다.

그만큼 독과 암기에 있어서의 암왕의 능력은 절대적이었다.

당문 자체가 원래부터 독과 암기에서는 독보적인 위치를 차지하는 가문이었지만 역대로 암공 당문종만큼 독과 암기로, 특히 독으로 일대

종사(一代宗師)의 경지에 오른 인물은 없었다.

원래 당가에서 비전되는 독술(毒術)은 독 자체의 제조에 관한 것이 었지 독공(毒功)을 가전지공으로 하지는 않았다. 그런데 특이하게도 당문종은 독의 제조보다는 독공에 심취하여 그 분야에 새로운 신기원을 연 것이다.

당문종은 느긋한 미소로서 일남일녀의 놀라는 모습을 즐기고 있었다.

사실 그가 근 십여 년 만에 다시 강호에 발걸음을 하게 된 것은 오로지 손녀인 당혜(唐蕙) 때문이라고 할 수 있었다.

물론 강호무림을 경동시키고 있는 천마묵환에 대한 관심이 아주 없는 것은 아니었으나, 그것이야 단지 부수적인 목적에 불과하였다.

천마묵환에 고금제일인 천마의 절학이 안배되어 있다고 하지만 어차피 당문 및 당문종 자신과는 별 관련이 없는 일에 불과하였다.

당문은 개파 이래 오로지 독과 암기 분야로만 매진하여 왔고, 그런 전통은 당문종 자신의 대에서도, 또 그 이후의 대에서도 변하지 않을 것이었다.

당혜가 비록 그의 친손녀는 아니었지만, 그에게 있어 그녀는 장중보옥(掌中寶玉)과도 같은 존재였다.

그는 어릴 때부터 독공을 연마하면서 자식을 가질 수 없었는데, 우연인지 그의 대에서부터는 가문 전체적으로도 유난히 후손이 귀했다.

현재로서는 당혜가 가문의 유일한 순수 혈족이었다.

그런 만큼 그녀에 대한 그의 집착은 유별났다.

그런 당혜가 얼마 전 남궁세가에서 주최한 오호(五虎) 모임에 참여

하였다가 뜻하지 않은 봉변을 당하였다고 하였다.

그렇게 되기까지의 연유나 과정은 중요할 것이 없었다.

다만 중요한 것은 당혜가 봉변을 당하였다는 것이고, 또한 수치를 당하였다는 것이다.

그것으로 원한이 성립된 것이다.

감히 당가의 후계자를 건드린 원한이었다.

당문의 사람이라면 작은 원한이라 할지라도 결코 가슴에 묻고 그냥 넘어가서는 안 된다. 그래서 당문인 것이다.

그리고 오랜 기간 칩거하고 있던 그가 당혜의 손목을 잡고 직접 강호로 나온 데는 두어 가지 이유가 더 있었다.

우선은 당혜에게 수치를 안겨준 그 장본인에 대해 관심이 생긴 것이다.

일괴라는 그 인물은 처음에는 그저 조금 특이한 정도의 인물로만 여겨졌는데 날이 갈수록 점점 더 대단하고도 엄청난 인물로 변해가고 있는 중이었다.

그러더니 급기야는 일왕과 일존에 비견되기까지에 이르니, 비록 강호의 소문을 있는 그대로 다 믿는 것은 아니지만 그래도 직접 한번 만나볼 욕심이 동하는 것이었다.

두 번째는 일괴와 함께 다닌다는 한 여인에 대한 호기심이었다.

사실을 말하자면, 그의 호기심을 더욱 강하게 자극한 것은 일괴보다는 오히려 그 여인 쪽이었다.

바로 그 여인에게 독에 대한 어떤 미지의 능력이 있다는 얘기를 당혜로부터 들었던 것이다.

당혜는 일괴 등에게 당가의 오대절독 중 하나인 귀령혼(鬼靈魂)을 하독(下毒)했다고 하였는데, 그 여인은 당혜의 안목으로도 알아보지 못하는 수법으로 귀령혼을 가볍게 해독하였다는 것이다.

그 여인이 무색 무취의 무형독인 귀령혼을 감지하였다는 자체만으로도 대단한 일이지만, 더욱 놀라운 것은 정황상 그녀가 필경 귀령혼을 해독하였음이 분명하다는 점이었다.

당문 전체를 통틀어서도 독문 해약 없이 귀령혼을 해독할 수 있는 사람은 당문종 자신뿐이었다.

그렇다면 그녀는 어쩌면 당문종 자신이 이전에 들어보지 못한 독에 대한 어떤 새로운 능력을 가지고 있다는 추론이 가능하였다.

사실은 그것이 당문종으로 하여금 강호로 발걸음을 하게 만든 직접적인 동기가 되었다.

물론 가벼운 마음이었기에, 그는 이번 강호행에 사천강(四天剛)만을 대동하였다.

적어도 현재까지 사천강은 강호에서 전혀 알려지지 않는 무명의 존재였다. 그러나 어쩌면 이번의 강호행을 통해 강호는 사천강이라는 이름에 대해 전율하게 될지도 모른다.

당가에 의해, 암공 당문종에 의해 수십 년의 노력 끝에 마침내 완성된 사천강이라는 존재에 대해.

그리고 최근에 강호의 절대신성으로 주목받고 있는 일괴라면, 사천강의 명성을 한순간에 천하의 정점에 우뚝 세워줄 최상의 제물로써 전혀 손색이 없을 것이었다.

당문종의 얼굴로 지극히 만족스러운 미소가 천천히 번져 나가고 있었다.

"자네가 일괴라는 젊은인가?"

말은 철대산에게 하면서도 당문종의 눈길은 멀찍이 뒤쪽에서 발걸음을 멈추고 있는 복립 등을 훑고 있었다.

그리고 처음부터 철대산의 대답 같은 것은 기대하지도 않았던 듯, 이번에는 묘한 호기심이 깃든 눈길로 소려를 바라보면서 당문종이 다시 말했다.

"허허허. 노부는 젊은 사람들의 일에 간섭할 만큼 부지런한 사람이 못 되네만, 손녀딸 가진 할아비 된 죄로 어쩔 수 없이 여기에 오게 되었네."

당문종이 이가 다 드러나도록 허물없이 웃는 모습은 손녀딸의 조름을 차마 거절하지 못하고 크게 내키지 않는 일에 마지못해 나선 보통의 할아버지의 모습이었다.

그러나 암공이라는 명성이 주는 선입감 때문이었는지 소려는 당문종의 그런 모습에서 왠지 모르게 떨쳐 버리지 못할 한 가닥 음습한 느낌을 받고 있었다.

그때 당문종이 자상하게 웃으며 곁의 당혜를 돌아보았다.

"혜아야."

"예, 조부님."

"이들 중 누가 너를 그토록이나 괴롭히더냐?"

당문종의 물음에 당혜가 서슴없이 손가락으로 철대산을 가리켰다.

그런 두 사람의 모습은 천진해 보이기까지 하였다.

그러나 막상 손가락질(?)을 당하고 있는 철대산은 영 개운치를 못하였다.

미리 작정하고 온 일일 텐데도 새삼 연극이라도 하듯이 뻔한 말을 주고받는 두 사람의 모습이 왠지 엉큼해 보이기도 하였고, 또 한편으로 그네들이 주고받는 말을 듣자면 철대산 자신이 당혜 그녀에게 무슨 몹쓸 짓이라도 한 사람처럼 매도를 당하여 억울한 생각이 들기도 하는 것이었다.

당문종의 안색이 약간 굳어졌다.

그러나 그는 여전히 웃음을 지우지는 않았다.

"허허허, 역시 자네였군. 자네에 대해서는 워낙 소문이 자자하여 이 늙은이가 여기까지 오면서 들은 바가 적지 않네. 자네의 무공이 대단하다지? 항간에는 일왕일존과 자네를 비교하는 사람들도 많이 있더군. 허허! 이거 힘없는 늙은이로서는 오늘 일이 도무지 쉽지를 않겠어. 그러나 어찌하겠는가? 손녀가 저렇게나 마음이 상해 있으니 필요하다면 이 늙은 뼈마디나마 움직여 볼 밖에. 허허허!"

언뜻 들으면 후덕하고 자애롭기까지 한 노인네의 덕담같이도 들렸지만, 가만히 뜻을 음미하자면 '못된 놈 손 좀 봐주겠다' 는 소리에 다르지 않았다.

'내가 뭘 어쨌다고?'

사실 철대산이 뭘 어떻게 한 적은 없었다.

굳이 잘못을 했다면 적토가 한 것이고, 철대산은 그저 구경한 죄밖에 없었다.

어쨌든 능수능란하게 사람을 몰아가는 당문종의 언변에 대해 철대산은 마치 미리 짜여진 각본대로 흘러가는 연극에 실없이 끼어들어 있는 역할 없는 조연과도 같은 더러운 기분을 느껴야만 했다.

당문종이 다시 당혜를 돌아보며 물었다.

"혜아야. 그래, 이 할애비가 어찌 해주면 되겠느냐?"

그때쯤 철대산은 마침내 조바심을 참지 못하게 된 모양이었다.

당혜가 뭐라고 대답을 내놓기 전에 철대산이 얼른 끼어들었다.

"잠깐! 이보시오, 낭자! 낭자는 대상을 분명히 하여야 할 것이오. 나는 그날 낭자와 말 한마디 나누어본 적이 없소. 잘 한번 생각해 보시오. 혹시 그날 낭자를 화나게 한 것은 내가 아니라, 바로 어떤 덩치 큰 몹쓸 놈의 말이 아니오?"

순간 당혜의 얼굴이 확 붉어지며 갸름한 두 눈꼬리가 샐쭉하니 위로 치켜져 올라갔다.

사뭇 표독스러운 모습이었다.

그녀가 연이어 뭔가 뾰족하게 소리라도 지를 기색인데 철대산이 얼른 다시 입을 열었다.

"사실 좀 더 솔직히 말하자면, 그때의 일은 사람 간에 감정을 상할 일이 아니었지 않소? 말들이 지들끼리 서로 좋아서 기분을 낸 것인데, 만약에 그 일로 인해 어떤 책임질 일이 있다면, 일을 저지른 당사자들이 책임을 져야 마땅한 일이 아니겠소? 만약 낭자가 내 말에 동의한다면 나는 며칠 내로 그 못된 말을 낭자의 애마 앞에다 끌어다 놓을 수도 있소만."

"이… 이이……!"

당혜는 분기탱천하여 말조차 제대로 나오지 않는 듯했다.

비록 그 뜻이 어지럽긴 하였지만 철대산의 말인즉슨 말들끼리 벌인 일이니 말들이 알아서 해결을 보게 하자는 말인데, 설리총과 적토를 다시 만나게 해서 말 못하는 짐승들끼리 도대체 무슨 해결을 보게 하자는 것인지, 그 엉큼하고도 시커먼 수작이 눈에 빤히 보이지를 않는가.

"흥!"

매몰차게 콧바람을 한 번 불어내고 나서 당혜가 표독스러운 목소리를 토해냈다.

그러나 그녀의 말은 철대산에게가 아니라 당문종에게 하는 말이었다.

"조부님! 저자가 용서해 달라고 비는 모습을 보고 싶어요!"

그러자 당문종이 조금은 곤란하다는 듯 미간을 찌푸렸다가 짐짓 내키지 않는다는 듯한 투로 철대산에게 말했다.

"이보게, 젊은이. 내 손녀가 하는 말 들었는가? 물론 쉽지 않은 일이라는 걸 모르는 바는 아니지만, 이미 누차 얘기했듯이 노부로서는 다른 선택의 여지가 없는 일일세."

당문종의 능글맞은 어투에 시종 차분한 안색으로 묵묵히 지켜보고 있던 소려의 아미(蛾眉)가 미미하게 일그러졌다.

당문종이 처음부터 끝까지 사람을 희롱하고자 하는 의도가 너무나 뚜렷하였던 것이다.

철대산더러 다짜고짜 일개 아녀자인 당혜에게 용서를 빌라니, 철대산이 최근에 일왕일존과도 비견되는 강호의 신성으로 부상하였다고 해서가 아니라, 또 굳이 사내여서가 아니라, 소려가 보기에도 그때 합비에서 당혜와 얽힌 일은 그저 우발적인 일이었지 철대산이 용서를 빌어야 할 정도로 잘못한 일은 아니었던 것이다.

그렇다면 지금 이들은 다분히 철대산에게 시비를 걸어보고자 하는 수작인데, 그 방식이 암공의 명성에 걸맞지 않게 유치하고 음흉스럽기까지 하지를 않는가.

아마도 당문종은 지금 이와 같이 철대산을 우롱하고 농락하여 당혜가 지난날 당한 수모(?)를 몇 배로 되갚아주고자 하는 의도일 터였다.

마침내 소려가 얼굴을 차갑게 굳혔다.

그녀는 지금 드물게 화를 내고 있는 것이었다.

"당 소저의 요구는 너무 지나친 바가 있고, 노선배님의 말씀 역시 적절치를 못하군요. 저 역시 독을 다루는 사람으로서, 독으로써 천하십강의 반열에 당당히 이름을 올려놓고 있는 노선배님을 오래도록 흠모해 왔습니다만, 오늘 실제로 뵙고 나니 과연 사람은 직접 만나보기 전에 다만 명성만으로 알기는 어렵다는 것을 새삼 깨닫겠습니다."

일순 당문종의 눈빛이 날카롭게 빛을 발했으나, 이내 느긋한 표정으로 돌아갔다.

그러나 당혜의 표정은 더욱 표독스럽게 변했다.

시종 철대산을 향해 꽂혀 있던 당혜의 매서운 시선은 이제 소려를 향하고 있었다.

그때 철대산이 불쑥 웃음을 터뜨리며 끼어들었다.

"하하하! 잘못을 빌라고요? 그러지요, 뭐. 그까짓 게 어려울 게 뭐가 있다고. 하하하하!"

정말로 아무 일도 아니라는 듯 잠시를 더 웃고 난 다음에 철대산이 당혜를 향해 짐짓 정색을 하였다.

"당 소저, 지난날 나의 말인 적토가 낭자의 말에 대해 한 부적절한 행위에 대해서는 잘못되었다는 것을 인정하겠소. 비록 늦었지만, 적토의 주인으로서 낭자에게 정식으로 사과를 하겠소."

철대산을 가장 잘 안다는 소려마저 얼떨떨하게 만드는 뜻밖의 행동이었다.

하니 당문종과 당혜가 일시 어정쩡한 모습이 되는 것은 당연하였다.

당문종이 기이한 눈초리로 철대산을 쏘아보았고, 당혜의 미간은 잔뜩 찌푸려져 있었다.

상대가 잘못을 빌기는 하였는데 이건 아무래도 뭔가가 영 개운치를 못하였다.

무엇 때문일까? 그러나 그 이유를 찾는 것은 그리 어렵지 않았다.

상대, 철대산의 태도가 너무 당당하였다.

너무 당당하게 잘못을 빌고 있는 것이다.

당문종과 당혜가 바란 것은 철대산이 곤란해하고 어려워하는 모습이었지, 이토록 당당하게(?) 잘못을 비는 모습은 아니었던 것이다.

철대산의 저 태연하고도 당당한 모습이라니, 그 모습을 두고 어찌 잘못을 빌고 용서를 구하는 사람의 모습이라고 할 것인가?

당문종은 오히려 조롱을 당했다는 느낌마저 드는 것이었다.

마침내 당문종에게서 일성 노갈이 터져 나왔다.

"갈(喝)!"

그 일갈에 철대산은 꿈쩍도 않는 모습인데, 소려의 표정으로는 확연한 긴장이 떠올랐다.

"과연 강호의 풍문과도 같이 일괴의 오만과 방종은 도를 지나친 바가 있구나! 노부가 비록 무공에 있어서는 일왕일존에 미치지 못하나, 일왕일존이라 하더라도 노부 앞에서 감히 함부로 경거망동을 하지는 못하는 터! 오늘 너는 그 이유에 대해 분명히 깨닫게 될 것이다."

"잠깐만요, 조부님!"

당혜가 급히 당문종을 말리고 나섰다.

그리고 그녀가 확연히 다른 모습으로 철대산에게 물었다.

"철 회주 곁에 계신 소저는 누구신가요? 짐작하기에 독을 다루시는 분이 분명한 것 같은데?"

'철 회주라?'

철대산에 대한 당혜의 호칭이 바뀌었다.

상황에 따라, 필요에 따라 말과 행동쯤은 얼마든지 쉽게 바꿀 수 있는 효웅(?)의 기질을 지금 당혜는 보여주고 있었다.

어쨌든 소려에 관해 질문을 받았고, 또 소려가 전혀 대응할 기색이 아니었으므로 철대산이 뭐라고 대답을 해야만 했다.

"그녀는… 음! 그녀의 별호는 일독(一毒)이오."

갑작스럽고도 엉뚱한 철대산의 대답에 정작으로 당황한 사람은 바로 소려였다.

그리고 당문종 또한 잠시 얼떨떨해하는 것 같더니, 이내 짙은 노기를 떠올리고 있었다.

사실은 철대산 자신도 별 생각 없이 한 말이었는데 사람들의 반응이 의외로 심각해지자 그는 그만 무안한 기색이 되고 말았다.

'제길! 일독이란 별호가 좀 이상한가? 차라리 독중지성(毒中之聖)이라고 할 걸 그랬나?

이미 무적철인이라는 별호를 스스로 만들어서 지금 한창 잘 사용하고 있고, 또한 자작(自作) 별호는 아니지만 일괴라는 별호에 대해서도 전혀 불만이 없는 철대산이었다.

그러니 독중지성에 이르는 것을 일생의 목표로 삼고 있는 소려에게 일독이라는 별호는 참으로 잘 어울린다고 생각하는 것은 지극히 당연(?)하였다.

하지만 소려 본인까지도 당황한 기색이 뚜렷하였으므로 철대산이 소려를 향해 짐짓 목소리를 낮추었다.

"왜? 괜찮잖아? 일독! 그냥 그걸로 해."

철대산에게 전혀 다른 의도가 없고 진심이라는 것을 남들은 몰라도 소려는 알 수 있었다.

더구나 당문종 등이 보고 있는 앞이었다.

그녀가 핀잔을 주거나 거절을 한다면 철대산의 입장은 애매해질 것이다. 물론 그런 것에조차 크게 개의할 철대산은 아니었지만.

'그래! 별호가 무엇이면 어떠랴? 단지 그가 지어주었다는 자체만으로도 의미가 넘치는 것을.'

소려는 어깨를 펴고 고개를 바로 들었다.

그리고 입가에 살포시 웃음을 만들어내었다.

"그래요. 저는 이제부터 일독이에요."

아아! 그리 멀지 않은 후일 강호 최초의 독성(毒聖)이자 여중제일인(女中第一人)으로 일컬어지게 되는 일독(一毒)의 이름은 이렇게 만들어지게 되었다.

당혜가 갑자기 허리를 접었다.

그리고 도저히 참지 못하겠다는 듯한 교소가 터져 나왔다.

"호호호호!"

그러나 그것도 잠시, 곧 당혜의 얼굴은 얼음장같이 차갑게 굳어졌다.

"흥! 일독이라고? 이미 일괴의 이름이 일왕일존과 나란히 불리고 있는 터에 이제 일독의 이름이 새로이 등장했으니, 앞으로 일괴일독일왕일존의 이름이 천하를 호령하지 말라는 법도 없겠군?"

비꼰다고 하는 말일 것이었다.

그러나 그녀의 말에 당장 호응하는 사람은 없었다.

잠시 후, 고개까지 끄덕이며 그녀의 말에 흔쾌히 동감을 표시하는 사람은 바로 철대산이었다.

당혜가 표독스럽게 눈을 흘겼으나, 이내 냉랭하게 웃으며 말을 이었다.

"호호호! 좋아요. 이 당혜는 조부님에 이어 당문을 이어받을 몸으로써, 적어도 독에 관한 한 가문 외의 누구에게도, 아니, 조부님을 제외한 그 누구에게도 뒤진다는 소리를 듣고 싶지 않아요. 더구나 같은 여인에게 밀린다는 것은 도저히 견딜 수 없는 일이지요. 따라서 나는 소저가 과연 일독으로 불릴 만한 자격이 있는지를 시험해 봐야겠어요."

상황은 다시 묘한 흐름을 타고 있었다.

철대산이 일시 뭐라고 해야 할지를 몰라 그저 멍하니 소려만 바라보았다.

소려가 잠시 미간을 찌푸리고 무언가를 생각하는 듯하더니, 문득 빙그레 웃으며 입을 열었다.

"당 소저는 당찬 포부를 지니고 있었군요. 그런데 내가 왜 당 소저에게 시험을 당해야 하지요?"

당혜가 날카롭게 맞받았다.

"강호란 곳이 원래 그런 곳이 아니던가요? 자신에 대한 모든 것을 스스로 책임져야 하는 곳 말이에요. 지금 소저가 책임져야 할 것은 분에 넘치는 별호를 가진 데 대한 것이지요."

문득 소려가 철대산을 향하며 짐짓 눈을 한 번 흘겼다.

전혀 강짜라곤 들어 있지 않은 애교스러운 눈흘김이었지만, 철대산은 괜히 어깨를 움찔하였다.

소려가 다시 한 번 철대산에게 살포시 미소를 보여주고는 당혜를 향해 차분하게 입을 열었다.

"좋아요. 당 소저의 말에 동의하는 것은 아니지만, 굳이 피하고 싶지도 않군요. 그래, 당 소저는 어떤 방법으로 시험을 할 작정인가요?"

소려의 분위기는 확연히 변해 있었다.

지금까지의 차분하고도 품위있는 분위기가 아니라, 지금의 그녀에게서는 당당한 위엄이 풍겨 나오고 있었다.

당혜의 표정에 미미하게 당황하는 기색이 스쳤다.

의도하는 바가 있어 소려를 충동시키기는 했지만, 막상 소려가 이렇게까지 당당하게 나올 줄은 짐작하지 못했던 탓이다.

의식적인지, 아니면 자신도 모르게 그런 것인지 당혜의 눈길이 당문종에게로 향했다.

손녀에게서 약간의 당황을 읽었기에 당문종은 당혜를 향해 빙그레 웃으며 느긋하게 고개를 끄덕여 주었다.

가문을 이을 후계로서 귀여워하는 바도 있었지만, 그보다는 당혜가 지닌 자질 자체를 아끼고 있는 당문종이었다.

여자로서는 보기 드물게 단호한 성격과 명문의 후기지수들에게도 결코 굴하지 않는 자존심이 당혜에게는 있었다.

또한 여인임에도 불구하고 오룡오호에 언급되기도 했을 만큼의 지닌 바 출중한 재능과 능력이 있었고, 스스로는 당금 강호의 여중제일인으로서의 포부를 가지고 있는 당혜였다.

당문종은 그녀가 당문의 역대 어느 가주에 못지않게 가문을 번성시킬 훌륭한 가주가 될 것임을 확신하고 있었다.

당문종의 느긋한 모습을 보고 당혜가 잠시 생각을 가다듬었다가 입을 열었다.

"무리한 방법을 제시하지는 않겠어요. 다른 것도 아니고 독에 관한 것인데, 당문에서 무리하게 소저를 핍박하였다는 말을 듣고 싶은 생각은 없으니까요."

소려는 다만 빙긋이 웃는 것으로 대답을 대신하였다.

그에 대해 당혜 역시도 조금은 묘한 미소를 머금으며 말을 이었다.

"내게 금아(金兒)라는 한 마리 애완용 독물(毒物)이 있어요. 내가 소저를 시험할 방법은 바로 금아예요. 나는 이제부터 금아로 하여금 소저를 공격하게 할 테니, 소저는 어떤 방법을 동원하든 간에 그 공격을 받아내면 되는 거예요. 물론 소저 또한 독에 자신이 있는 사람이니, 다른 사람의 무력을 빌어 이 시험을 피해 나가는 몰염치를 범하지는 않을 것이라 믿겠어요."

소려가 맑은 웃음으로 말을 받았다.

"호호호! 당 소저는 참으로 생각이 편한 사람이군요. 한 마리 독물로 나를 공격하게 해놓고 소저는 편안히 구경을 하겠다? 그건 너무 불공평한 것이 아닌가요?"

당혜는 이제 오만한 표정이 되어 있었다.

"글쎄요. 만약 소저에게 능력이 있다면 나 또한 구경만 하고 있지는 못하겠지요. 호호호호!"

철대산의 눈길은 당혜의 가슴으로부터 떨어지지를 못하고 있었다.

아무리 제멋대로인 성질이라고 하더라도 여인네의 가슴을 그렇게 노골적으로 쳐다본다면 필시 색마(色魔) 취급을 면하지 못할 일이었다.

그러나 지금 철대산의 표정에는 조금도 거리낌이 없었다.

그뿐만이 아니라, 다른 사람들의 눈길 또한 당혜의 가슴으로 집중되어 있었으니까.

물론 다른 사람들의 눈과 철대산이 바라보는 관점은 달랐지만, 지금 그 미묘한 차이를 눈치챌 사람은 아무도 없었다.

당혜의 가슴 부위가 볼록해지더니 이내 들썩거리기 시작했다.

'아아! 대단한 재주다! 저렇게 가슴을 마음대로 움직일 수 있다니……'

철대산이 색다른 측면에서의 감탄을 하고 있는 동안에, 문득 당혜의 가슴 부위 옷자락이 벌어지더니 그 안에서 무언가가 불쑥 모습을 드러내었다.

"허억!"

한참 뒤쪽에 처져 있던 누군가의 입에서 경악을 금치 못하는 짧은 경호성이 새어 나왔다.

그것은 얼굴이었다. 어른 손바닥 반만한 크기에 새하얀 얼굴.

아아! 그것은 분명 핏기 하나 없는, 그러나 짙은 눈썹과 새빨간 입술을 가진 여인의 얼굴이었다.

그 얼굴은 잠시 주변을 돌아보는 듯했다.

까르르륵!

돌연 나지막하게 흘러나오는 그 소리는 마치 요기(妖氣) 충만한 여인의 웃음소리를 닮았다.

듣는 것만으로도 온몸에 소름이 돋는 소리였다.

그 얼굴이 천천히 몸을 빼내 어른 주먹만한 몸체를 다 드러내고는 당혜의 어깨 위로 기어올라 갔다.

까르르르르!

좀 더 큰 소리로 웃어 젖히는 놈의 전신에서 황금빛이 넘실거렸다.

납작한 평면으로 된 얼굴을 제외한 놈의 전신에는 부슬부슬하니 황금빛 털이 돋아 있었다.

소려가 지신도 모르게 진저리를 치며 나직이 외쳤다.

"아아! 인면지주(人面蜘蛛)다! 저 전설의 독물이 현세에 실존하고 있었다니……!"

그런 소려를 바라보며 철대산은 고개를 설레설레 흔들었다.

그 표정에서,

'좀 전에는 그토록 대차게 나오더니 겨우 조금 괴상하게 생긴 거미 한 마리에 겁을 집어먹어? 그리고서야 어떻게 독을 다룬다고 할 수 있 겠어?

하는 기색이 선명하였다.

그런 생각은 당혜 역시도 비슷한 모양이었다.

그녀의 얼굴 가득히 득의의 미소가 피어올랐다.

끼아아아악!

이번에는 마치 처절하게 울부짖는 여인네의 호곡성(號哭聲)과도 같 은 괴성이 길게 이어졌다.

당혜의 어깨 위에서 또 한 번의 기사(奇事)가 벌어지고 있었다.

인면지주의 몸이 서서히 부풀고 있었는데, 놈은 잠시 만에 어린아이 머리통만한 크기로 몸집을 불리는 것이었다. 그리고 놈의 입에서 마치 뱀이 내는 소리와도 같은 묘한 바람 소리가 잇달아 나고 있었다.

쉿!

쉬쉿!

철대산은 인면지주의 입에서 무엇인가 사방으로 쏘아지고 있다는 것을 알아볼 수 있었다.

그것은 거미줄과 같은 것이었는데, 거의 투명하여 눈에 보일 듯 말 듯하였지만 주의하여 보면 엷은 금빛을 띠고 있었다.

동시에 철대산은 가늘게 떨리고 있는 소려의 어깨를 보았다.

'떨고 있다. 저 괴상하게 생긴 놈이 그렇게나 두려운 존재인가?

그때 인면지주는 슬금슬금 허공을 미끄러져 소려를 향해 다가오고 있었다.

놈은 제 놈이 미리 사방에다 이리저리 쳐놓은 거미줄 중의 한 가닥을 타고 이동하는 것이지만, 그 거미줄이 잘 보이지 않았기에 언뜻 보기에는 마치 날개도 없이 허공을 부유하는 것처럼 보였다.

철대산이 슬며시 한 걸음을 나서며 소려의 앞을 막아섰다.

이제는 아예 창백하게 질려가는 그녀의 얼굴을 보고서 그가 어떻게 더 이상 참아낼 수가 있었겠는가.

그러나 그는 이내 다시 원래의 자리로 물러날 수밖에 없었다.

소려가 그의 옷깃을 잡아당기며 나직이 말했기 때문이다.

"대가, 비켜서세요."

얼굴은 여전히 창백했지만, 그녀의 낮은 목소리에서는 침착한 결의가 묻어났다.

이미 원위치(?)를 하고 난 다음이지만, 철대산은 미련이 남는다는 듯 투정을 섞어 말을 받았다.

"저놈, 나한테 양보 좀 하면 안 될까? 저놈 꽤나 약효가 있을 것 같은데… 사실은 말이야, 내가 요즘 영 기가 달리는 것 같아서 말이지."

그 의뭉스러움에 소려가 참지 못하고 짧은 웃음소리를 발하고 말았다.

"풋!"

그러나 그 덕에 그녀는 한결 안정된 표정이 되는 것 같았다.

"그만 하시고 비켜나세요. 이건 제 일인걸요."

그런 그녀의 모습에서 어느 정도는 여유가 보이는 듯하여 철대산은 순순히 뒤로 몇 걸음을 물러섰다.

소려의 일 장 앞까지 다가온 인면지주는 무엇 때문인지 더 이상 전진하지를 못하고 제자리에서 멈칫거리고 있었다.

그것을 보고 당혜가 날카롭게 외쳤다.

"금아, 먹어!"

그 목소리가 마치 인면지주가 내는 괴성과도 닮아 있다는 생각을 하다가 문득 철대산의 얼굴이 와락 구겨지고 말았다.

"먹어? 이런… 쳐죽일……!"

그의 시선에 비친 당혜의 모습은 이전의 모습과는 많이 다른 것이었다.

눈빛이 번들거리고 있었다.

그것은 집요한 승부욕이었다.

아니, 승부욕을 넘어선 하나의 집착이요, 광기마저 서린 눈빛이었다.

어이가 다 없어진 철대산이 돌멩이라도 하나 주워 던질 요량으로 주변의 바닥을 두리번거리고 있을 때였다.

소려의 소매 속에서 한줄기 백광이 번뜩하더니 곧바로 허공을 단축하며 인면지주를 향해 쏘아져 갔다.

쉿!

그리고,

카아아악!

날카로운 괴성과 함께 인면지주로부터 한 무더기의 금색 덩어리가 토해져서는 마치 그물처럼 펼쳐져 쏘아져 오는 백광의 주위를 감싸갔다.

팟!

바람 소리가 나도록 백광이 공중에서 방향을 급선회하여 위로 수직

상승하였다.

바우였다.

놈은 눈 깜짝할 사이에 공중으로 치솟아올라서는 아래쪽의 인면지주 위를 유유히 선회하고 있었다.

바우란 놈은 간간이 밑으로 쏘아져 내릴 듯하다가는 금방 방향을 틀어 위로 다시 올라가곤 했는데, 그럴 때마다 인면지주는 예의 그 황금 그물망 같은 거미줄을 토해내고 있었다.

'저놈, 큰 놈인가 아니면 작은 놈인가? 덩치가 조금 큰 걸 보니 아마도 큰 놈인 것 같은데… 그런데 왜 한 놈만 나선 거지?'

눈으로 바우의 움직임을 좇으면서 철대산의 미간이 미미하게 찌푸려졌다.

바우란 놈이 재빠르고도 매끄럽게 허공을 누비며 마치 곡예의 극치라도 보여주듯이 인면지주의 공격을 잘 피해내고는 있었으나, 매번 간발의 차이라 보는 사람의 마음을 아슬아슬하게 만드는 바가 있었다.

더욱이 바우가 피해낸 인면지주의 거미줄은 그냥 무용지물로 화하는 것이 아니라 주변 허공에다 조금씩 거대한 그물망을 짜 나가고 있었다.

기이한 것은 허공 중이라 어디에 지지할 곳이 없을 터인데도 거미줄은 마치 잘 짜여진 구조물처럼 점차로 그 밀도를 더해가고 있었다.

그런 까닭에 바우가 움직일 공간은 점차로 줄어들었고, 어느 순간부터 바우는 마침내 허공을 버리고 바닥으로 내려설 수밖에 없게 되었다.

치익!

치이익!

기회를 놓치지 않으려는 듯 인면지주는 마치 화살을 쏘아내듯 지면을 향해 무차별로 거미줄을 쏘아냈다.

비록 그 공격이 바우를 직접 명중시키지는 못했지만, 그러나 그 역시도 바우의 주변을 점차 좁혀들었고, 마침내 바우는 금빛 거미줄로 이루어진 하나의 작은 공간에 갇혀 버리고 말았다.

까르르르륵!

인면지주는 마치 득의의 웃음소리와도 같은 기성(奇聲)을 토해내고 있었다.

놈은 잠시간 거미줄 내뿜는 것을 멈추고 자신의 승리를 즐기려는 듯 꽁무니를 까딱거리며 아래를 내려다보고 있었다.

그 순간 당혜의 얼굴에도 만족스러운 미소가 가득 퍼져 나가고 있었다.

그녀는 지금 마치 자신이 금아가 되기라도 한 듯, 지극한 승리감에 도취되어 있는 모습이었다.

그때 철대산은 한 가지 광경을 보았다.

그 광경은 그가 내심 기다리던 것이었다.

어떤 소리도 없이 소려의 소매 속에서 한 가닥 백광이 눈부시게 빠른 속도로 튀어나와서는 그 기세 그대로 인면지주의 배후를 향해 쏘아져 나갔다.

샷!

그리고 다음 순간.

키이이액!

찢어지는 듯한 인면지주의 비명이 사람들의 고막을 세차게 울렸다.

용하게도 백광이 인면지주의 취약점, 도검불침의 황금빛 털로 보호받지 않는 유일한 부위인 항문을 통해 인면지주의 내부로 파고들어 가

버린 것이다.

끼아아아악!

연신 소름 끼치도록 처절한 비명을 울리며 인면지주의 몸뚱이가 요동치고 있었다.

"금아?"

아직까지 어찌 된 상황인지를 파악하지 못한 당혜가 놀라 뾰족하게 외칠 때, 인면지주의 입으로 한줄기 백광이 쏘아져 나왔다.

놈은 또 한 마리의 바우, 바로 작은 바우였다.

그때를 맞추어 바닥에서 거미줄의 공간에 갇혀 있던 큰 바우가 별 어려움도 없이 거미줄의 그물망을 뚫고 허공으로 쏘아져 올랐다.

아마도 놈은 인면지주의 주의를 자신에게 붙잡아두려고 일부러 갇힌 체를 했던 모양이다.

허공에서 아직도 비명을 지르며 요동치고 있는 인면지주를 두고 두 바우 놈의 만찬이 시작되고 있었다.

놈들은 인면지주의 뇌수를 포식하고 있는 중이었다.

인면지주의 독의 정화가 집약되어 있는 곳이 바로 뇌수이니 바우들에게는 더할 수 없는 진수성찬인 것이다.

만찬은 길지 않았다.

잠깐 만에 뇌수를 빨려 버린 인면지주의 사체(死體)는 순식간에 쪼그라들어 바닥으로 떨어져 버렸고, 두 마리 바우는 곧바로 소려의 소매 속으로 돌아갔다.

이제 허공에는 이리저리 걸쳐진 엷은 황금빛 거미줄만이 좀 전까지 치열했던 영물들 간 대결전의 흔적을 남기고 있었다.

그때,

파아악!

당혜의 몸 주변으로 일시 검은 그림자가 뭉쳤다 사라지는가 싶더니, 그녀 주위에서부터 거미줄들이 새파란 불꽃을 일으키며 타 들어갔다.

더불어 당혜의 눈빛도 새파랗게 타 들어가고 있었다. 집착과 분노가 광기로 화해 버린 눈빛이었다.

당문종이 걱정스러운 기색으로 당혜를 불렀다.

"혜아야."

당혜는 마치 제정신이 아닌 사람처럼 울부짖었다.

"내 금아를… 내 금아를… 절대 용서할 수 없어! 죽여요! 다 죽여 버려요!!"

당문종이 얼른 다가가 당혜의 혼혈을 짚고 나서 가까이 있는 나무 아래로 옮겨 둥치에 기대어놓았다.

천천히 철대산의 앞으로 다가온 당문종이 나직이, 그러나 기이한 냉기가 감도는 목소리로 철대산을 향해 입을 열었다.

"너는 혜아의 말을 들었느냐?"

철대산이 음산한 주변 분위기에 주눅이라도 든 듯한 인상으로 있다가, 당문종의 말에 대해 반사적으로 말을 받았다. 꾸밈없이 솔직한 심경으로.

"글쎄요, 내 생각으로는 손녀 분이 아무래도 좀 정상적이지 못한 것 같습니다만."

당문종이 가만히 철대산을 응시하고 있다가 문득 입가에 희미한 웃음을 떠올렸다.

그러나 그의 눈에는 조금치의 웃음기도 없었다.

"너는 그렇게도 죽기가 소원이냐?"

철대산은 이제 완전히 본래의 그다운 느긋한 표정으로 돌아와 있었다.

"그럴 리가 있겠소? 그리고 나는 노인장이 그런 말을 함부로 할 수 있을 만큼 쉬운 사람이 아니니, 아무래도 노인장은 말을 좀 더 조심하는 것이 좋을 것 같소."

당문종이 차갑게 음소를 흘려냈다.

"흐흐흐흐! 역시 일괴답다. 그러나 너는 너무 경솔했다. 흐흐흐! 일왕일존이라 하더라도 감히 노부의 오 장 안으로는 들어서지 못한다. 그런데 너와 저 계집은 지금 겨우 삼 장 범위 내에 있다. 너는 이것이 무엇을 의미하는지 알겠느냐?"

당문종의 말은 듣는 사람으로 하여금 묘한 공포심을 느끼도록 만드는 바가 다분히 있었는데, 그러나 지금 당문종의 앞에 있는 사람은 다름 아닌 철대산이었다.

"하하하! 내가 독심술을 익히지도 않았는데 어찌 다른 사람의 마음속까지 알 수가 있겠소? 더구나 당신같이 변덕스러운 늙은이의 속을 말이오? 뭐, 별 관심은 없지만, 당신이 굳이 가르쳐 주고 싶다면 들어줄 용의는 있소."

"당신? 변덕스러운 늙은이?"

"이런 말이 있소. 오는 말이 고와야 가는 말도 곱다고. 그리고 사실 이 말은 내가 나중에 적토란 놈에게 훈계 삼아 해주려던 말인데, 당신에게도 해당이 되는 것 같아 지금 해야 되겠소. 사내란 말이오, 자고로 세 개의 끄트머리를 조심해야 한다고 했소. 혀와 손과 거시기가 바로 그 세 개인데, 당신 같은 경우에는 혀 끄트머리를 아주 많이 조심해야 할 것 같소. 아무리 나이가 있다 하더라도 혀끝을 함부로 놀린다면 어디 가서도 제대로 대접받기는 힘든 법이니까 말이오.”

듣고 있던 당문종의 얼굴이 점차로 시뻘겋게 변해가더니, 한순간 노한 웃음소리로 터져 나왔다.

“으하하하하! 이 천하의 개망나니 같은 놈!”

그리고 바로 그 순간 소려가 다급한 목소리로 외쳤다.

“대가! 조심하세요! 독이에요.”

그러나 그때는 이미 철대산의 옷자락이 시커멓게 타 들어가고 있는 중이었다.

치지직!

아주 엷은 회색의 기운이었다.

당문종을 중심으로 급속히 사방의 공간을 잠식해 나가는 그 연회색의 기운은 삽시간에 철대산은 물론 소려 주변의 공간까지 뒤덮고 말았다.

그때,

우우우웅!

급히 걸음을 옮겨 철대산의 곁으로 바짝 붙어 선 소려의 몸으로부터 한 가닥 무형의 기운이 피어오르며 주변의 연회색 기운을 밀어내기 시작하였다.

츠츠츠츠츳!

일시 소용돌이라도 만난 듯 연회색의 기운이 서서히 맴돌며 철대산과 소려를 중심으로 한 일 장 방원의 공간으로부터 밀려났다.

“휴우!”

그제야 십 년은 감수했다는 듯 긴 한숨을 내쉬며 철대산이 자신의 옷을 살펴보았다.

그의 옷은 이미 군데군데 탄 자국이 선명하였고, 또한 크고 작은 구멍들이 숭숭 뚫려 있었다.

지독한 독성이었다.

그나마 뒤늦게 발동된 소려의 심독결에 의해 중화가 된 덕분으로 더 이상의 진행(?)이 없었던 게 다행이다.

만약 그렇지 않았다면 철대산은 오늘 또 백주 대낮에 맨살을 드러내는 민망한 꼴을 당할 뻔하였다.

철대산의 얼굴이 천천히 일그러졌다.

일이 이 정도에까지 이르렀으니, 마침내 그의 지랄 같은 성질이 발동되고 있는 것이었다.

한편 당문종은 당혹스러운 표정으로 소려와 철대산의 얼굴을 번갈아 살피고 있었다.

그러다 마침 철대산의 일그러지는 인상을 보고는 미미한 희색을 띠었다.

'그럼 그렇지! 조금 특이하기는 하나 이제야 중독 증상이 나타나는가 보다.'

그러나 그 순간 철대산이 버럭 고함을 질렀다.

"망할! 이게 무슨 짓이오! 남의 새 옷을 이렇게 망쳐 놓다니, 이걸 대체 어떻게 변상할 거요?"

당문종의 얼굴이 다시 벙벙한 표정으로 되고 말았다.

잠시 안도감으로 눌러두었던 경악이 새삼 표출되고 있었다.

당문종은 지금 만천독황기(滿天毒皇氣)를 발동하고 있는 중이었다.

만천독황기야말로 일생을 독공에 매진하여 온 당문종 자신의 필생의 정화였다.

천하제일이요, 나아가 고금제일이라 당당히 자부하는 독공의 최고봉이었다.

만천독황기가 내포하고 있는 맹렬한 독성이야 따로 말할 나위가 없는 것이지만, 사실 만천독황기의 진정한 위력은 그 은밀함과 공간 확장성에 있다고 해야 했다.

만천독황기는 일반의 독공과 달리 운공이나 하독의 과정이 필요하지 않았다.

자연스러운 호흡을 하는 것만으로도 체내의 축적된 독기를 자연스럽게 일정 공간에 분포가 가능한 것이다.

만천독황기가 분포하는 영역 중에 있는 상대는 자신도 모르는 사이에 호흡을 통해 중독되거나, 혹은 미리 감지하여 호흡을 멈춘다고 하더라도 피부에 접촉하는 것만으로 중독이 되고 마니, 일단 만천독황기가 펼쳐진 공간에서라면 일왕이나 일존 같은 절대고수라 할지라도 감히 자신의 상대가 되지는 못하리라고 당문종이 자부하는 것이었다.

그런데 지금 소려와 철대산은 당문종의 그런 자부심을 여지없이 흔들어놓고 있었다.

원래 소려의 대응은 늦은 감이 있었다.

당문종의 만천독황기가 이미 주변 공간을 장악하고 난 다음에 그녀의 심독결이 발동이 되었기 때문이다.

그런데 경악스럽게도 뒤늦게 발동된 그녀의 심독결이 비록 작은 공간에 불과하였지만, 그래도 철대산과 그녀 자신을 보호할 만큼의 공간 범위에서 만천독황기의 독기를 중화시켜 버렸다.

그런데 그녀가 발동시킨 그 기이한 기운은 독이라고도, 또한 독이 아니라고도 할 수 없는 미묘한 성질의 기운이어서 천하에 존재하는 모든 독에 대해 모르는 것이 없다고 자부하던 당문종으로서도 처음으로 접해보는 성질의 기운이었다.

그녀의 기운은 다만 독성으로만 놓고 보자면 당문종 자신의 만천독황기에 비길 수 없음은 물론, 당문의 오대절독(五大絶毒) 중 그 어느 하나에도 비기지 못할 만큼 미약하였기에 당문종은 그 기운이 어쩌면 독이 아닐 수도 있겠다는 생각까지 하게 된 것이다.

그러나 문제는 만천독황기에 대해 가지는 그 기운의 상대성이었다.

처음 자신의 만천독황기와 그녀의 그 기이한 기운이 충돌하였을 때, 당문종은 마치 극성이라도 만난 듯 기이하게 가슴이 울렁거리는 것을 느껴야만 했던 것이다.

그러나 그녀의 기운이 가지는 그 기이함도, 철대산이라는 괴물의 황당함에 비한다면 또 아무것도 아니라고 해야만 했다.

비록 소려의 심독결이 나중에 철대산을 보호하기는 하였지만, 그때는 이미 만천독황기의 독이 철대산의 전신을 완전히 덮어씌우고 난 다음이었다.

그런데도 도무지 손톱만큼도 중독 증세를 보이지 않고 오히려 엉뚱한 트집을 잡고 있는 자가 어찌 인간이라고 할 것인가?

'그는 진정 괴물이라는 말인가?

그때 번민에 빠져 있던 당문종의 귓전을 때리는 심통 맞은 목소리가 있었다.

"An eye for an eye, a tooth for a tooth!"

"……?"

"눈에는 눈, 이에는 이라고 했어. 나라고 당신 옷에 구멍 낼 재간이 없을 줄 아시오. 어디 당신도 한번 당해보시오! 이봐, 필보! 철환 가진

것 좀 줘 봐봐!'

철대산의 성질이 이미 발동되었다는 것을 모를 리 없는 필보다.

철대산이 눈길을 자신에게로 향하고서 '이봐!' 소리를 꺼낼 때부터 필보는 이미 철대산을 향해 한 걸음을 내딛고 있었다.

그러나 그때 철대산이 버럭 외치는 소리가 필보의 걸음을 우뚝 멈추게 만들었다.

"어이! 거기 서! 조금 전에 저 늙은이 하는 얘기 못 들었어? 자기 곁에 오 장 이내로 들어서면 약도 없대잖아? 그냥 거기 서서 던지라고!'

필보가 멈칫하였다가 소매 속에서 철환 하나를 꺼내어 철대산에게로 던졌다.

철대산이 그것을 받아서는 말아 쥔 오른손 검지 위에 올려놓고 천천히 엄지로 장전(?)을 완료하였다.

그리고는 당문종을 향하여 이리저리 조금씩 손목을 움직여 각도를 조종하였다. 조준을 하는 것이다.

그것을 지켜보는 당문종으로서는 어이가 없어 웃음도 나오지 않을 지경이었다.

당문종이 누구인가?

암기와 독의 제왕이라는 암공이 바로 그가 아니던가?

그런 그의 앞에서 상대는 지금 한 알의 철환으로 위협을 가하고 있는 중이었다.

그것도 공공연히 장전(?)과 조준(?)의 전 과정을 속속들이 다 보여주면서 말이다.

당문종을 상대로 한 철대산의 이러한 행위는 강호무림의 그 누가 보더라도 가히 불가사의한 엉뚱함이라고밖에는 달리 말할 수가 없었다.

그러나 더욱 불가사의 한 것은, 바로 그러한 철대산의 엉뚱함에 대해 당문종 자신이 점차로 불안을 느껴가고 있다는 것이었다.

무언지 모를 괜한 불안감이었는데, 그것은 바로 상대가 일괴라는 괴물이라는 데서 연유하는 불안감이었다.

그러나 체면 때문에라도 당문종은 차마 몸을 움직여 반응을 보일 수가 없었다.

다만 그의 눈길은 철대산의 미세한 손목 움직임에서 잠시도 떨어지지 않고 있었다.

찌익!

철대산의 엄지가 튕겨지면서 뭔가 천 조각이 찢어지는 듯한 작고도 예리한 소리가 났다.

그리고 거의 동시에 당문종에게서 급하게 숨 들이키는 소리가 났다.

"헛!"

알지 못하는 사이에 몸 가까이까지 쇄도해 온 한 가닥 지극히 강맹한 경기를 느끼고 당문종은 기겁하며 허리를 비틀었다.

그것은 기감(氣感)이라기보다는 차라리 본능적인 반응이었다.

이어 자신의 몸을 내려다본 당문종의 얼굴이 뻣뻣하게 굳었다.

그의 왼쪽 옆구리 부위 옷자락에 보일 듯 말 듯 미세한 구멍이 하나 뚫려 있었다.

그는 더할 수 없이 기민한 반사 동작으로 위협을 피했다고 여겼지만, 그의 그런 본능적 반응도 결국 소용이 없었던 것이다.

그때 마치 장난꾸러기 짓궂은 아이처럼 호들갑스러운 철대산의 목소리가 있었다.

"어? 빗나갔네? 이봐, 필보! 왕창 좀 쒀 봐봐! 이거 그동안 연습을 안

했더니 말이야, 정확도가 영 안 나오네. 아예 양으로 승부해야겠어."

"예, 대형!"

천하의 암공을 한낱 놀이 상대로 전락시키고 있는 자신의 대형에 대해 필보가 아주 신이 나서 철환 한 줌을 꺼내 들었다.

필보가 또한 암기 다루는 데는 일가견이 있는 인물이었으니, 한 줌의 철환이 흐트러지지 않도록 갈무리하여 철대산에게 던져 주는 일쯤은 그리 어려운 일도 아니었다.

철대산은 손쉽게 한 줌의 철환을 낚아채었으나 아쉽게도 그에게는 철환을 가지고 놀 더 이상의 기회가 주어지지 않았다.

당문종의 신형이 번뜩하더니 나무 아래에 기대어놓은 당혜의 허리를 낚아채며 순간적으로 십여 장 뒤로 멀찍이 물러나 버린 것이다.

꼿꼿이 선 자세 그대로였으나, 그 빠르기만큼은 극성의 궁신탄영(弓身彈影)을 보는 듯 놀라운 것이었다.

그러나 멀찌감치 물러난 뒤에도 당문종의 얼굴에는 어쩔 수 없는 한 줄기 당혹감이 남아 있었다.

당문종 역시도 강호에서는 괴팍하고 패도적이라는 평을 듣는 인물이었다.

기실 그가 특별한 기행을 일삼고 다닌 것은 아니지만, 대개의 강호인들은 독과 암기의 제왕인 암공 당문종의 이름을 대하는 것만으로도 자신들이 어떤 금기를 범하는 것처럼 여겼다.

따라서 당문종은 지금까지 가볍게 던지는 한마디의 말이나 작은 표정의 변화만으로도 충분히 자신의 위엄을 세울 수 있었고, 또한 자신의 의지를 관철시킬 수 있었다.

그러나 그는 오늘 자신의 그 괴팍하고도 패도적인 명성으로도 도저히 감당이 되지 않는, 가히 막무가내의 괴팍과 패도를 만나게 된 것이다.

강호의 소문이 전하는 일괴의 이름을 누누이 듣고서도 당문종은 오늘 바로 그 일괴를 도발하고 말았으니, 그는 상대를 잘못 건드린 셈이었다.

하지만 상대가 막무가내라고 해서 무작정 두렵다거나 혹은 상대할 대책이 없다는 것은 아니었다.

비록 뒤로 물러서긴 했지만 당문종에게는 자신을 대신해서 일괴를 무차별로 짓밟아줄 사천강이라는 특별한 존재들이 있었다.

"사천강! 나가라!"

당문종의 외침에 못 박힌 듯 자리를 지키고 서 있던 철립의 네 사내가 철대산을 향해 천천히 걸음을 옮겼다.

지면을 미끄러지는 듯한 묘한 걸음걸이에서 그들에게서는 무언가 어둡고 강한 힘이 뿜어져 나오고 있었다.

강한 힘이나 기의 느낌에 대해서는 누구보다도 예민한 철대산이었다.

그는 지금 자신을 향해 천천히 다가오는 사천강을 가만히 지켜보고 시 있었다.

묵묵한 그의 표정으로 숨길 수 없는 한 가닥의 욕심이 돋아 있었다.

바로 그때, 뒤쪽에서 단거의 것인 듯한 나지막한 경호성이 울리고 있었다.

"아아! 땅이 탄다!"

그랬다.

치지지직!

네 철립 사내가 천천히 옮겨놓는 발걸음을 따라 지면이 시커멓게 타 들어가고 있었다.

불과 같은 화기에 의해 타는 것이 아니었다.

그들의 걸음에 스치는 모든 것들이, 땅바닥과 잡초와 작은 나무들과 바위 조각들이 모두 다 시커멓게 변색되고 있었다.

그리고 사천강이 지나고 난 다음 그것들은 서서히 녹아내렸다.

마치 세상의 모든 것을 다 녹여 버리는 거대한 검은 괴물들이 철대 산을 향해 다가오고 있는 듯했다.

철대산의 얼굴에 드러난 욕심이 점점 더 짙어지고 있었다.

그는 지금 자신을 보다 강하게 자극할 어떤 힘을 필요로 하고 있었 다.

그것이 어떤 종류라도 좋았다.

다만 지금까지 경험해 왔던 힘들보다도 강력하기만 하다면.

소려는 철대산에게서 반걸음을 앞으로 나서 있었다. 마치 그녀 자신 이 철대산을 보호하기라도 하겠다는 듯이.

철대산이 기분 좋은 웃음을 빙그레 지으며 말했다.

"저 친구들 상태가 좀 이상해 보이는데? 조금 맛이 간 것 같지 않 아?"

소려가 시선을 사천강에게서 떼지 않으며 자못 심각한 목소리로 대 답했다.

"지독한 독기를 내뿜고 있어요."

"그럼 독인인가?"

별 생각 없이 내뱉는 철대산의 말에 대해 소려가 역시 큰 의미 없이 말을 받다가 문득 말을 멈추며 표정을 굳혔다.

"아무리 독인이라도 결국 사람의 신체인데, 몸 안에 담고 다닐 수 있는 독에는 한계가 있는 법이지요. 그런데 저들이 지금 내뿜고 있는 독기는 그 한계를 훨씬 초월하고 있다는 느낌이… 그럼 설마……?"

소려가 말을 잇지 못할 정도로 놀란 기색이자 철대산이 가지고 있던 철환들 중 하나를 오른손 손가락 사이에 끼우며 물었다.

"왜 그래?"

"저들은… 저들은 바로……."

철대산이 싱긋 웃으며 소려의 말을 잘랐다.

"훗! 소려가 이토록 놀라는 걸 보니 저 친구들이 꽤나 대단한 존재들인 모양이군. 좋아! 어떤 친구들인지 알아볼 겸 간단히 시험을 한번 해보도록 하지."

말이 끝나는 것과 동시에 철대산의 손가락 끝에서 예의 그 비단 폭 찢어지는 소리가 났다.

찌익!

동시에 이 장 앞까지 다가왔던 사천강 중 가운데에 섰던 사내의 몸에서 된소리의 쇳소리가 났다.

땅!

"어라?"

철대산의 입에서 묘한 기성이 새어 나왔다.

그가 내력을 주입하여 튕겨낸 철환이 철립인의 다리를 정확하게 가격하는 순간, 철환이 옆으로 튕겨 나가는 장면을 목격할 수 있었기 때문이다.

그래도 충격이 있기는 하였던지 철환에 맞은 사내가 멈칫하며 제자리에 섰다.

그러나 곧 사내의 입에서는 괴성이 터져 나왔다.

"캬아아악!"

그리고 이전보다 한결 광포한 기세로 사내가 다시 걸음을 내디뎠다.

그때,

찍!

철대산의 손가락에서 이전에 비해 훨씬 작아진 소리와 함께 한 알의 철환이 눈에 보이지 않는 속도로 쏘아져 갔다.

"캬아악!"

괴성과 함께 철립인이 멈칫하며 다시 제자리에 섰는데, 그의 무릎 위 허벅지에서 검붉은 핏줄기가 쭉 뻗어 나왔다.

내력이 배가된 철환은 여지없이 사내의 다리를 관통하고 지나간 것이었다.

그러나 놀라운 일은 바로 다음 순간에 벌어졌다.

"끼아아아악!"

사내가 조금의 고통도 느끼지 못하는 것처럼 오히려 더욱더 거칠게 달려나오고 있었던 것이다.

다리에서 숫구치던 핏줄기도 어느새 멈추어 있었다.

철대산이 다시 한 알의 철환을 튕기려다 멈추었다.

이미 거리가 지척 간으로 좁혀지기도 했지만, 그래도 사람의 몸인데 아무 데나 함부로 구멍을 뚫어놓는다는 것이 영 내키지 않았기 때문이다.

'저것들 대체 무슨 괴물들이야? 어째 영 사람 같은 느낌이 들지를 않는데?'

바로 그때 소려가 힘겹게 말을 토해내었다.

"아아! 저들은 강시예요. 바로 전설의 독강시!"

동시에 이미 그녀의 몸은 철대산의 뒤로 물러나고 있었다.

철대산에게 손목을 낚아채여 뒤로 밀려난 것이다.

이어 한 소리 거창한 충돌음이 울렸다.

쾅!

그리고 두 사람이 땅바닥에다 깊숙이 패인 고랑을 남기며 뒤로 일장 반 정도를 쭉 미끄러져 나갔는데, 바로 사천강 중의 둘이었다.

소려가 급히 상황을 일별해 보니, 철대산은 원래 있던 자리에 우뚝 서서 그녀의 앞을 막아서 있었고, 뒤로 튕겨난 사천강 중의 둘은 멀쩡한 모습으로 나머지 사천강 옆으로 이동하여 이번에는 넷이 한꺼번에 철대산을 향해 다가서고 있었다.

"캬아악!"

"캬악!"

소려가 얼른 철대산의 곁으로 붙어 섰다.

"물러나 있어!"

얼굴을 굳히고 짤막하게 소리치는 철대산의 기세에 소려가 일시 멈칫거렸다.

그러나 그 짧은 순간 소려는 철대산의 얼굴과 손 등의 피부 상태를 한눈에 살펴보았고, 그리고 나서야 겨우 안도의 한숨을 내쉬며 뒤로 멀찍이 물러섰다.

그리고 그녀가 나직이 흘리는 말.

"대가는 역시 철인이에요."

소려의 그 엉뚱한 한마디에 철대산이 자못 위협적인 주변의 상황에도 불구하고 일시 씨익 웃는 모습을 보였다.

소려가 그런 철대산에게 미소 지어 보인 다음에 멀찍이 물러나 있던 당문종을 향해 느닷없이 외쳤다.

"노선배님! 이들을 잠시 멈추게 해주세요!"

예기치 못한 그녀의 간섭에 당문종은 일시 멀뚱한 얼굴이 되었다.

그러나 사천강이 움직이기 시작한 이후 원래의 느긋함을 되찾고 있던 당문종이기에 이제 급할 것이 없다는 생각을 한 모양이었다.

삐이익!

당문종이 입술을 오므려 짧고 날카로운 휘파람 소리를 내었고, 그것을 신호로 사천강이 일제히 예닐곱 걸음씩을 뒤로 물러섰다.

당문종이 품속에 당혜를 안은 채 사천강의 뒤로 다가왔다.

"무슨 일이냐? 허허허! 혹시 너희들은 노부에게 살려달라고 빌기라도 할 셈이냐?"

당문종의 느긋한 말에 대해 소려가 맑은 목소리로 말했다.

"독강시는 살아 있는 인간의 목숨을 서서히 죽여가는, 악독하고도 천륜에 반하는 제조 과정 때문에 강호의 금기로 정해져 있다는 것을 노선배님께서도 모르지는 않을 테지요?"

당차게 따져 드는 소려의 말에 대해 당문종의 입가로 비릿하면서도 노골적인 경멸의 음소가 맺혔다.

"흐흐흐! 어린 계집이 그래도 어디서 얻어들은 풍월이 제법 있구나. 그러나 저들 사천강은 단순한 독강시가 아니니라. 어린 계집에게 그 정도의 안목과 식견이 있을 리 없겠으나, 저들이야말로 독을 다루는 사람들의 영원한 숙원 중의 하나였던 천강독인(天剛毒人)의 완성된 형태이다. 인간이 독으로 오를 수 있는 최고의 경지가 독중지성이라고 한다면, 고금 이래로 그 경지에 가장 가까이 다가선 자들이 바로 저들 사천강일 것이다. 그들은 여전히 살아 있으며, 스스로 사고할 수 있다. 또한 그들은 원래 당문의 혈족으로서 자신들의 염원과 당문에 대한 충성심으로 천강독인의 길을 스스로 원하였으니, 네가 말하는 것과 같은 문제와는 하등의 관련이 없는 것이다."

당문종의 얼굴에는 어느새 강한 자부심이 서려 있었다.

그러나 소려는 오히려 차갑게 느껴질 정도로 차분하게 변하여 있었다.

"하면 본래의 그들은 어떤 신분에 있던 사람들인가요?"

"어린 계집이 너무 경우없이 나서는구나. 그것이야 본 가의 기밀이니 네가 굳이 간섭할 일이 아니질 않겠느냐?"

문득 소려가 소리 내어 웃었다.

"호호호! 저 또한 독을 다루는 사람이니, 그것이 독에 관한 일이라면 비록 당문의 일이라 하더라도 무조건 간섭할 수 없다는 것은 맞지가 않습니다."

"허허! 너의 방자함이 입으로만 몰렸구나. 그래, 너는 무슨 수단으로 감히 당문의 일에 간섭을 하겠느냐?"

"노선배님께서 독인으로서의 금기를 이미 범하셨으니, 독인의 한 사람으로서 저는 수단의 옳고 그름을 가리지 않고 노선배님을 제재하려고 하는 것입니다."

당문종이 입매를 묘하게 비틀며 말했다.

"너는 지금 무슨 헛소리를 하는 것이냐? 네게 무슨 수단이 있다고 감히 노부를 제재할 수 있다는 것이냐?"

"호호호! 저의 수단은 바로 당혜 낭자예요."

소려의 말이 너무나 뜻밖인지라 당문종이 자신도 모르게 흠칫하고 말았다.

"뭐라?"

"당혜 낭자는 이미 저의 심독결에 중독되었어요. 그런 이상 이제 그녀의 목숨은 오로지 제 의지 여하에 달렸다고 할 수 있지요."

당문종이 급히 당혜의 안색과 눈빛을 살폈다.

"이런……!"

흐릿해진 기식과 멍한 눈빛, 소려의 말대로 당혜에게서는 이미 완연한 중독의 증세가 나타나 있었다.

당문종은 처음 사천강을 발동시킬 때부터 당혜의 손목을 잡고 있었는데, 그가 전혀 모르는 사이에 당혜는 중독이 되어 있었던 것이다.

"어허……!"

당문종으로서는 도저히 인정할 수 없는 일이고, 또한 도저히 있을 수 없는 일이었다.

"독이라면 이럴 수 없다! 노부가 알지 못하는 사이에 노부 수중에 있는 사람을 중독시킬 수 있는 인물이 당금 천하에 있다고는 믿지 못하겠다. 너는 도대체 무슨 사술을 부린 것이냐?"

"호호호! 과연 암왕다운 자부심이군요. 다만 너무 지나쳐 독선(獨善)이라고 해야 하겠지만."

그사이 당문종은 암암리에 운기하여 당혜의 기식과 내부를 살피고 있었다.

그러나 도무지 당혜에게서 어떤 독의 징후를 찾을 수가 없었다.

지금 당혜가 보이고 있는 혼미 상태가 분명한 중독의 증세임에도 불구하고 말이다.

당문종의 노한 눈길이 소려에게로 향했다.

바로 그 순간,

치이익!

소려의 몸 일 장 앞에서 무언가 타는 듯한 소리와 함께 한 무더기의 하얀 연기가 일었다가 금세 허공으로 흩어졌다.

그리고 소려의 차가운 목소리가 뒤따랐다.

"암습을 하다니, 암공답지 못한 처사로군요. 경고하겠어요. 만약 한 번만 더 방금과 같은 시도가 있다면, 천하의 원성을 사는 한이 있더라도 반드시 당문의 맥을 끊어버리고야 말겠어요."

차분한 목소리에 녹아 있는 그 야멸찬 위협에 당문종의 눈빛이 가늘게 흔들렸다.

"네가 노부에게 원하는 것이 무엇이냐?"

소려가 잠시 틈을 두었다가 천천히 입을 열었는데, 그녀의 표정에는 숨기기 어려운 열기가 녹아 있었다.

"독으로써 노선배님과 겨루어보길 원해요."

당문종이 표정을 기이하게 변화시키며 다시 물었다.

"으음! 너는 처음에 천강독인에 대해 트집을 잡지 않았었느냐?"

"천강독인에 대해서는 이미 처리할 방법이 마련되었기에, 저는 이 기회에 독의 제왕이라는 노선배님께 한 수 가르침을 받아볼까 하는 것이지요."

당문종이 미간을 가늘게 좁혔다.

"천강독인에 대해서 처리할 방법이 마련되었다? 흐흐흐! 너는 노부가 그 말을 믿을 것이라고 생각하느냐?"

"노선배님께서 믿든 안 믿든 그건 제가 상관할 바가 아니겠지요."

당문종이 문득 대소를 터뜨려 내었다.

"으하하하하! 좋다. 너의 그 방법이 무엇인지 노부도 심히 기대가 되는 바이니, 어디 두고 보기로 하자. 그리고 노부와 겨루어보길 원한 다고 하였느냐? 으흐흐흐흐! 너는 네 자신이 감히 노부의 상대가 될 수 있다고 생각하느냐?"

소려가 담담하나 결연한 목소리로 대답했다.

"저는 독문(毒門)의 후예입니다."

"독문?"

당문종은 잠시 기억을 되새기는 모습이었다.

"으음! 그렇군. 그때 그 독파파라는 노파가 독문의 전인이라고 했었지. 너는 혹시 독파파와 어떤 관계가 있느냐?"

"저의 선사(先師)십니다."

"선사? 으음! 노부는 과거에 네 사부인 독파파를 한 번 만나본 적이 있다. 하여 하는 말인데, 네 사부 같은 이가 열이 와도 노부를 당하지 못한다. 물론 무공을 배제하고 독으로만 쳐도 그렇다는 말이다."

소려는 여전히 담담한 표정이었다.

"저를 독인으로 키운 것은 사부이지만, 저의 능력은 사부와는 다릅니다."

당문종이 가만히 소려의 눈을 응시하고 있다가 문득 묘한 웃음을 떠올리며 입을 열었다.

"아마도 너는 혜아의 중독을 미끼로 노부를 핍박할 생각인 모양인데, 흐흐흐! 혜아와 노부가 당문의 사람이라는 것을 잊지 마라. 당문의 사람은 어떤 위협에도 굴복하는 법이 없다. 그리고 노부가 당장에 혜아를 해독시키지 못한다고 하더라도, 최소한 독의 발작을 지연시켜 놓을 수는 있다. 이후 본 가로 돌아간다면 천하에 당문의 능력으로 해독하지 못할 독은 없다. 흐흐흐! 다시 말해 노부에게는 너희들의 목숨을 거둘 충분한 시간이 있다는 말이다."

소려가 당문종의 눈빛을 피하지 않으면서 차분히 말을 받았다.

"노선배님께서는 손녀의 목숨을 두고 자신의 능력을 너무 과신한다고 생각지 않나요?"

"과신이라? 흐흐흐! 노부의 말이 과신인지 확신인지에 대해 너는 언제라도 필요한 만큼 시험해 볼 수 있을 것이다. 노부는 먼저 천강독인을 처리할 수 있다던 너의 그 특별한 방법을 보고 싶구나. 만약 네가 노부의 천강독인들을 장담했던 대로 처리할 수 있다면, 그 이후에 노부는 너와의 대결을 다시 고려해 보도록 하겠다. 자! 이제 너는 무엇으로 노부의 사천강을 처리할 것이냐?"

소려가 짜랑하게 소리 내어 웃었다.

"호호호! 저에게 방법이 있다는 것은 분명하지만, 그로 인해 노선배님께서 천강독인의 제조에 기울였을, 적어도 수십 년 세월에 걸친 그 엄청난 노력이 오늘 한순간에 무너질 것이 참으로 안타깝군요."

당문종이 대소로 맞받았다.

"으하하하! 천강독인이야말로 독중지성의 경지에 가장 근접하여 있는 존재이다. 너는 직접 나서서 한번 시험하여 보겠느냐?"

소려가 빙긋이 웃으며 가만히 고개를 저었다.

"아니에요, 노선배의 천강독인은 독인이 아닌 사람에게 무너질 것이에요. 바로 여기 이 사람에 의해."

그녀가 가리킨 사람은 바로 철대산이었다.

철대산은 조금 씁쓸한 표정이었다.

소려가 천강독인의 상대로 자신을 지목할 것임을 이미 짐작하고 있던 터였고, 또한 그 스스로도 이미 천강독인들을 상대해 보려는 생각을 하고 있었다.

그러나 막상 소려에 의해 등을 떠밀리다시피 하는 상황이 되자, 아무래도 기분이 유쾌할 수만은 없는 노릇이었다.

당문종과 소려가 장황하게 주고받는 대화 내용을 이미 들었거니와, 천강독인이란 존재들이야말로 천하에 다시없는 괴물이라고 해야 했다.

그런데 하나도 아니고 넷이나 되는 그 괴물들의 상대로, 소려가 아무 망설임이나 거리낌도 없이 자신을 지목하는 것을 보면, 평소 그녀가 철대산 자신을 과연 어떤 존재로 생각하고 있었는지를 짐작할 수 있지 않겠는가.

'결국 나 또한 괴물이라는 얘기나 다름없군.'

물론 철대산의 가히 철인과도 같은 불괴(不壞)의 신체와 독황지에서의 기연 등, 그의 괴물스러움(?)에 대해서라면 속속들이 알고 있는 소려이기에 그처럼 서슴없이 철대산의 등을 떠밀 수 있었을 것이다.

그러나 어쨌든 서운한 것은 서운한 것이었다.

그 서운함이 철대산의 몸을 앞으로 튀어나가게 만들었다.

쿵!

쿠웅!

그들의 격돌에서는 완연히 쇠뭉치끼리 부딪치는 소리가 났다. 마치 쇠로 만든 인간들끼리 격돌을 하는 것처럼.

사천강과 철대산은 이내 서로 뒤엉켜서 치열한 육탄전으로 돌입했다.

그야말로 온몸으로 부딪치는 육탄전이었다.

독인들이야 전신이 독으로 뭉쳤으니 달리 병기가 필요없다고 할 것이나, 철대산의 경우에는 그가 비록 독에 대해 두려워하지 않는 신체라고는 하나 그렇다고 하더라도 굳이 육탄으로 넷이나 되는 상대에 맞부딪칠 필요까지는 없는 것이었다.

그러나 철대산은 지금 제자리에서 거의 움직이지도 않고 사천강이 휘두르는 장권(掌拳)에 대해 일일이 맞부딪치고 있고, 얼굴을 겨냥한 가격이 아니라면 일부러 맞고 있는 듯한 모습까지 보이고 있었다.

당문종이 이미 언급했던 대로 일반의 강시와는 달리 사천강에게는 어느 정도의 사고력이 있는 듯, 그들의 움직임에는 제법 정교하다고 할 수 있는 초식의 변화와 속도의 완급이 있었다.

그러나 철대산이 작정한다면 굳이 피하지 못할 정도는 아니었다.

요컨대 철대산은 지금 의도적인 육탄전을 벌이고 있는 것이다.

쾅!

콰앙!

서로 조금의 양보도 없이 격돌은 계속되고 있었으나, 그들 중 누구도 지친 기색을 보이지 않았다.

다만 처음에 비해 변화가 있다고 한다면, 사천강과 부딪칠 때마다 철대산의 옷이 부분부분 가루로 화해 부서져 내리면서 이제 그의 상체는 완전한 맨살을 드러내고 있다는 것이었다.

격돌의 충격 때문이라기보다는 사천강의 독기에 견뎌내지를 못한 결과였다.

철대산의 옷뿐만이 아니라, 그들이 접전을 벌이고 있는 삼 장 방원의 초목과 작은 돌멩이들마저 모두 녹아내리고 있었다.

심지어는 땅바닥의 흙까지도 연신 치지직거리며 시커먼 연기를 뿜어내고 있었다.

사천강의 가공할 독기에 흙마저도 녹아나고 있는 것이다.

너무나도 엄청난 격돌의 광경에 기완의 얼굴은 거의 하얗게 질려 있었다.

격돌의 장면에서 잠시 시선을 돌리던 소려가 문득 기완의 그런 표정을 보고 나직이 외쳤다.

"완 동생! 대가께서 갈아입을 옷가지 좀 준비해 주겠어?"

"예? 예에……."

사뭇 당황스럽게 대답하며 기완의 창백했던 얼굴에 한 가닥의 홍조가 떠올랐다.

수줍어하는 것이리라.

사실 그것은 기완에 대한 소려의 작은 배려였다.

사무치게 마음으로만 간직하고 있는 정인을 위해 그가 입을 옷가지를 직접 준비할 수 있다는 것만으로도 가슴이 벅찰 수 있다는 사실을 소려는 이미 경험한 바 있었던 것이다.

얼마나 더 격돌이 계속되었을까?

난투 중에도 철대산의 얼굴로 완연한 실망의 기색이 어렸다.

'대단하다고 할 만하지만, 기핵을 움직일 정도는 아니다.'

사실 철대산은 사천강으로부터 좀 더 큰 타격력을 이끌어내기 위해 스스로 그들의 한가운데에 자리잡고 합격(合擊)을 받아보기도 하였으나, 결국 그가 원하는 정도의 충격력은 받지 못했다.

그러다 문득 철대산은 피식 하고 웃고 말았다.

'제길! 지금 내가 도대체 무슨 짓을 하고 있는 건지, 원. 큭! 이러다가 진짜로 괴물이 되어버리는 거나 아닌지 모르겠군.'

순간적으로 철대산의 몸이 번뜩였다.

극성(極成)의 십사동세였다.

파파파팡!

다만 번뜩 하는 그 짧은 순간에 이미 양어깨와 양 팔꿈치가 사방을 치고 원래의 위치로 돌아왔다.

그다지 화려하거나 큰 동작은 아니었지만, 그러나 그 위력은 결코 작지 않았다.

사천강이 일시에 뒤로 일 장여씩이나 튕겨나 멈칫거리고 있었다.

그 틈을 타 철대산이 버럭 외쳤다.

"위천! 매왕 던져!"

쉭!

마치 기다리고 있기라도 했던 듯 곧바로 두 자루 매왕이 허공을 가로질러 날아왔다.

"좋아!"

철대산이 양손에 하나씩 매왕을 낚아챘고, 마침 자세를 갖추고서 쇄도해 들어오던 사천강을 향해 무차별로 휘두르기 시작했다.

붕!

부웅!

딱!

따악!

매왕이 허공을 마구 유린하며 돌아가는 바람 소리와 함께 무엇인가를 때리는 소리들이 연달아 울려 나오기 시작했다.

매왕의 사천강에 대한 매 타작은 그렇게 경쾌한 소리로 시작되었다.

그러나 곧 매왕의 본모습이 나타났다.

웅!

우웅!

바람 소리가 사방의 허공을 떨어 울렸다.

쾅!

콰앙!

매왕이 사천강의 머리며 어깨며 몸통 등을 가리지 않고 후려갈길 때마다 나는 소리는 이제 벼락 치는 소리를 닮아가고 있었다.

사천강은 연신 휘청거리다가 고꾸라지고, 때로는 공중에 붕 떠서 뒤로 튕겨 나가기도 했다.

철대산의 손에 두 자루 매왕이 들리자, 아니, 철대산이 일단 마음을 바꿔 먹자 그 즉시로 접전의 양상이 급변한 것이었다.

쿵!

쿠아앙!

연신 벼락 치는 소리가 터져 나오는 속에서, 사천강은 쉴 새 없이 고꾸라지고 무너져 내리면서도, 그래도 또 끊임없이 일어서고 있었다.

전설의 천강독인들을 상대로 쉬지 않고 매 타작을 하고 있는 철대산이나, 한 방이면 웬만한 바윗덩어리마저 박살 내고 말 타격을 수없이 맞고 쓰러지면서도 매번 멀쩡히 몸을 일으켜 세우고 있는 사천강이나 가히 괴물들이라고 불리기에 조금도 손색이 없는 엄청난 모습들이었다.

소려는 철대산이 마지막 마무리를 망설이고 있다는 것을 짐작하였다.

조금 더 상황을 지켜본 후 그녀가 격전 중의 철대산을 향해 외쳤다.

"대가! 그들은 이미 인간이 아니에요! 약간의 사고력이 있다고는 하나, 그것은 다만 독(毒)의 자극에 의한 본능일 뿐이에요! 차라리 소멸시

킴으로써 안식을 찾게 해주는 것이 그들에게 은혜를 베푸는 일이 될 거예요!"

그러고 나자 매왕이 토해내는 울음소리가 확연히 달라졌다.

우르르릉!

매왕은 한순간 뇌신(雷神)이 되어 천둥 소리를 토해내고 있었다.

매왕이 가는 길에 더 이상의 변화 같은 것은 없었다.

오로지 사천강의 머리만을 노리고 곧바로 휘둘러져 갔다.

퍽!

퍼억!

팍!

파악!

지금까지와는 달리 지극히 가벼운 소리가 동반되었다.

그리고 금강불괴라도 되는 것처럼 그 숱한 타격에 끄떡도 하지 않던 네 구의 천강독인의 움직임이 일시에 멈추었다.

이미 가루로 변해 버린 그 끔찍한 두상(頭像)을 보지 않기 위해 철대산은 미련없이 몸을 돌려 소려를 향해 천천히 걸음을 옮겨갔다.

츠팟!

파파팟!

철대산의 등 뒤에서 천강독인들의 사체가 폭죽처럼 터지면서 엷은 회색의 연기로 화해 사방을 뒤덮어갔다.

마치 거대한 장막과도 같은 그 회색 연기가 퍼지는 속도는 제법 빨라서 어느새 철대산의 어깨 위를 넘어오고 있었지만, 철대산은 굳이 걸음을 재촉하지 않았다.

다만 연기가 내포하고 있는 지독한 악취에 잔뜩 인상을 찡그렸을 뿐이었다.

그러나 그 회색 연기는 곧 어떤 보이지 않는 장벽에 가로막힌 듯 더 이상 철대산을 뒤쫓지 못하였다.

소려가 이미 운용하고 있던 심독결의 공간과 마주친 것이고, 천강독인을 이루었던 그 지독한 절독들도 결코 심독결의 공간을 침범할 수는 없었던 것이다.

"매왕 소독 좀 해줘."

피아를 막론하고 모두의 질린다는 듯한 시선을 받으며 소려의 곁으로 온 철대산의 첫마디였다.

소려가 두 자루 매왕을 받아 들어 한 번 쓰다듬는 시늉을 하고는 다시 철대산에게 돌려주었다.

사실 그녀가 운용하는 심독결의 공간 내로 들어오는 순간, 매왕은 물론 기실 훨씬 더 심각하게 소독(?)을 해야 할 철대산의 몸뚱이까지도 말끔히 소독되었던 것이지만, 왠지 말로 설명하는 것보다는 비록 의미는 없었지만 몸짓으로 철대산의 말을 들어주고 싶은 소려의 마음이었다.

그때 멀찍이 있던 기완이 다가왔다.

그녀의 두 손에 철대산의 옷가지가 들려져 있었다.

철대산이 힐끗 쳐다보고는 빙긋이 웃으며 말했다.

"그거 내 거야?"

"예에……."

기완의 목소리가 괜히 기어들어 갔다.

철대산이 피식 하고 웃었다.

처음 소도련의 련주로서, 그리고 남자로서 만났을 때의 기완에 비하면 지금의 기완은 변해도 너무 심할 정도로 변해 있었다.

천하의 기완이 이런 수줍음이라니…….

"조금 더 가지고 있다가 주면 안 될까? 아직 옷 버릴 일이 더 있을지 모르겠거든. 그리고 말이야, 여기는 아직 위험하니까 뒤쪽으로 물러나 있어."

"예에……."

기완이 이번에도 기어들어 가는 소리로 대답을 내놓았지만, 그녀의 얼굴로는 숨길 수 없는 은은한 기쁨이 떠올라 있었다.

"이제는 노선배께서 저와 독을 겨룰 차례군요."

소려의 말에 그때까지도 멍한 표정으로 철대산의 모습만 좇고 있던 당문종이 퍼뜩 정신을 차렸다.

그러나 그가 뭐라고 대꾸를 하기 전에 철대산이 먼저 소려에게 말을 건네고 있었다.

"꼭 그래야 하나?"

소려는 말없이 미소만 지어 보였다.

그것은 강한 의지였다.

외유내강!

철대산은 이 순간 그녀의 의지가 얼마나 굳은 것인지를 알 수 있었다.

'훗! 오랜만에 그녀의 숨겨진 모습을 보는군. 비록 평상시에는 감추어져 있지만, 어쩌면 저런 모습이야말로 소려의 참모습인지도 모른다.'

그랬다.

소려에게 있어서 독공에 대한 동경과 집념이야말로 어쩌면, 철대산 자신이 그녀의 마음속에서 차지하고 있을 가치나 비중보다도 오히려 더 클지도 몰랐다.

그리고 철대산은 반드시 그렇기를 진정으로 바라는 마음이었다.

그래야만 언제고 맞아야 할 이별의 순간이 갑자기 온다 해도, 그는 보다 가벼운 마음으로 그녀와의 이별을 맞을 수 있으리라.

그새 당문종은 허허로운 모습이 되어 있었다.

"허허허! 일괴, 과연 대단하구나. 단신으로 노부의 일생 정화라고 할 수 있는 사천강을 꺾었으니, 능히 일왕일존에 비견될 만하다고 인정할 수밖에 없구나. 그러나 이로써 너는 이제 당문과 원한을 맺었다. 아마도 그 원한은 오늘 노부의 손에 의해 풀리게 되겠지만, 만약 그렇지 않다 해도 이제부터 당문의 마지막 일인이 남을 때까지라도 너에 대한 당문의 응징은 결코 멈추지 않을 것이니, 너는 비로소 천하가 왜 당문을 두려워하는지 그 이유를 절실히 깨닫게 될 것이다."

철대산이 표정없이 말을 받았다.

"당신이 방금 나를 위협하고자 한 것이라면, 당신은 아직도 나에 대해 잘 모르고 있는 것이오. 강호에 알려진 바와 같이 나는 성질이 제법 급한 사람이오. 당문이 그토록 원한에 철저하다면 언제라도 시도하시오. 그러나 명심하시오, 나는 나와 내 주변을 위협하는 자들을 결코 용서하지 않는다는 것을. 흐흐흐! 나를 도모하려거든 아무쪼록 철저히 준비하시오. 만약 첫 번째 시도에서 실패한다면 당신과 당문은 절대 두 번째의 기회를 얻지 못할 것이니까."

철대산이 말을 멈추고 당문종을 가만히 응시하였다.

그 담담한 눈빛에서 기이하기 이를 데 없는 차가움이 번져 나오고 있었다.

철대산이 나직이 말을 이었다, 마치 독백처럼.

"그때는 당신뿐만 아니라 당문 전체가 영원히 세상에서 사라지게 될 것이오."

당문종은 일시 알 수 없는 냉기가 온몸을 휘도는 바람에 등골에 소름이 돋는 듯한 느낌을 받아야만 했다.

그러나 그는 다름 아닌 암공 당문종이었다.

그의 입가에는 어느새 비릿한 음소가 떠올라 있었다.

"흐흐흣! 과연 일괴다운 입담이다. 좋다. 노부는 곧 너의 말을 직접 확인해 볼 참이다. 그러나 노부가 이미 저 여아에게 해놓은 말이 있으니 너는 잠시만 기다려라."

당문종이 소려를 향해 시선을 돌리는 것을 보고 철대산은 잔뜩 불만스러운 기색이 되었다.

아무래도 당문종과 소려의 대결에 대해 마음이 편하지를 않는 것이다.

그러나 아무리 그와 소려의 관계가 친밀한 것이라고 해도, 철대산의 가치관상 궁극적으로 그들 서로는 각각 독립적인 인격체였다.

따라서 아무리 절대적으로 그녀를 위하는 일이라고 해도 그가 해도 되는 일이 있고, 반대로 해서는 안 되는 일이 있는 것이다.

지금의 이 경우에 철대산이 소려를 위해 해줄 수 있는 유일한 일은 그저 그녀가 하는 대로 지켜보는 수밖에는 없었다.

"제기랄!"

철대산이 투덜거리며 멀찌감치 물러나 있는 일행 쪽으로 걸음을 옮겼다.

처음에 엷은 회색이던 당문종의 만천독황기는 어느 순간부터 은은한 광채를 내며 투명한 청색의 독장(毒場)을 이루었다.

반면에 소려의 심독결이 펼쳐진 공간은 여전히 무색 투명하였다.

관전하는 사람들이 둘의 독공 대결이 진전되는 양상을 짐작할 수 있는 것은, 소려의 주변 공간을 온통 장악해 버린 당문종의 만독독황기 속에서 겨우 일 장 방원의 공간을 힘겹게 유지하고 있는 소려의 공간 경계가 너무나 뚜렷하게 대비되는 덕분이었다.

스스스스슛!

사방에 소용돌이치는 청색의 독장 속에 갇힌 소려의 모습은 마치 태풍 속에 갇힌 작은 섬과도 같았다.

사방에서 덮쳐드는 거친 해일 속으로 금방이라도 사라져 버릴 것같이 위태위태해 보이는 작은 섬.

소려의 얼굴에서 힘겨운 듯한 표정이 뚜렷해지더니, 마침내 그녀가 바닥으로 주저앉아 가부좌의 자세를 취하였다.

비록 최근에 소려의 심독결이 비약적인 성취를 이루면서 그녀의 내력 또한 상당한 진전을 보인 것은 사실이나, 상대는 암공 당문종이었다.

애초부터 내력으로 견줄 상대가 아닌 것이다.

그리고 아무리 독공의 대결이라지만 독공 또한 내력을 기반으로 하는 것이니, 소려의 심독결이 독공으로서의 위력 여부를 떠나 우선 그 기세에 있어서 당문종의 만천독황기를 감당해 내지 못하는 것은 이미 처음부터 정해진 결과라고 할 것이었다.

위이이이잉!

귀곡성과도 같은 음산한 소리들이 터져 나오며 소려를 중심에 가두고 만천독황기가 미친 듯이 휘돌았다.

철대산은 두 주먹을 꽉 움켜쥐고 있었다.

어디 그만 그러랴?

기완은 차마 더 보지 못하겠다는 듯 아예 두 눈을 꼭 감고 있었다.

츠츠츠츠츳!

소려의 주변에 펼쳐진 심독결의 공간은 점차로 더욱 위축되고 있었다.

그리고 마침내 한 치도 채 되지 않을 만큼의 공간으로 축소되면서 외부에서 눌러오는 만천독황기의 압력을 견디지 못한 소려의 입가로 진홍의 선혈이 배어 나오기 시작했다.

치지지직!

하얀 연기와 함께 그녀의 옷자락이 독기에 타 들어갔다.

그녀는 이제 가부좌의 자세를 유지하기도 힘에 겨워 온몸이 오그라들고 고개까지 아래로 눌리는 자세가 되고 말았다.

당문종의 입가에 느긋한 미소가 그려졌다.

이제 상대의 생사여탈권은 오로지 그의 손에 쥐어지게 된 것이다.

그런데 바로 그 순간이었다.

"우왁!"

그 스스로도 전혀 예기치 못하게 그의 입에서 한줄기 거센 핏줄기가 솟구쳐 나왔다.

팟!

그리고 동시에 거대한 공간을 잠식하고 있던 만천독황기의 청색 독장이 마치 꺼지듯이 한순간에 사라지고 말았다.

그 속에 갇혀 있다 갑자기 외부의 압력에서 자유로워진 소려의 몸은 서서히 뒤로 넘어가고 있는 중이었다.

그때,

쒸아아앙!

허공을 찢어발기는 듯한 파공성에 이어 소려의 바로 옆 땅거죽이 거창한 기세로 뒤집혔다.

파바바박!

철대산이었다.

예측하지 못한 순간에 승부가 갈렸고, 또한 그 순간에 소려의 몸이 더 이상 버티지 못하고 뒤로 넘어가는 것을 본 철대산이 전력을 다하여 총알탄으로 쏘아져 온 것이다.

"제길! 얼마나 다친 거야?"

철대산이 소려의 등을 받쳐 자신의 품에 기대게 하며 다급하게 투덜거렸다.

소려가 힘든 기색으로 물었다.

"그는… 암공은 어떻게 되었나요?"

"망할! 지금 그딴 게 뭐가 중요해! 그 늙은이도 비슷해. 피를 토하고 주저앉았다고!"

"그의 피 색깔이 어떤가요?"

"아주 검붉어. 거의 검은색에 가까워."

문득 소려의 얼굴에 환하게 미소가 그려졌다.

입가에 붉은 피의 흔적이 선연한 채 활짝 웃는 그 미소는 자못 애처롭도록 아름다웠다.

"아아! 제가 이겼어요. 독문의 심독결이 마침내 당문의 독공을 눌렀어요!"

소려가 감격에 겨워 외치는데, 철대산은 자꾸 투덜거리기만 하였다.

"제길! 가만히 좀 있어봐. 피가 계속 나고 있잖아."

그러나 소려는 이제 아주 소리 내어 웃기까지 하였다.

"호호호! 저는 조금의 내상만 입었을 뿐이에요. 하지만 암공의 독 중 상당 부분을 흡수하였으니 내상은 곧 저절로 치유될 거예요. 호호호! 그의 독은 참으로 대단했어요. 그러니만큼 제게는 그 어떤 영약보다도 더 큰 도움이 될 것이고요."

철대산이 내심 안심하였으나 겉으로는 짐짓 탄식하였다.

"허어! 독이 영약보다 더 도움이 된다고? 그리고 보면 소려도 확실히 정상은 아니야, 그렇지?"

소려가 철대산의 가슴에 머리를 기대며 수줍게 웃었다.

"호호호. 대가께서 괴물이시니 저도 어쩔 수 없이 대가를 닮아갈 수밖에요."

소려는 자신의 말처럼 이내 스스로 몸을 일으킬 정도로 내상이 호전되었고, 철대산의 부축을 받아 당문종에게로 다가갔다.

당문종은 마침 바닥에 결가부좌하여 급한 내상을 다스리고 있는 중이었는데, 소려가 다가오는 것을 보고는 격동을 참지 못하겠던지 돌연 울컥 하고 한 모금의 흑혈(黑血)을 토해냈다.

"왁!"

소매로 입가를 훔치며 당문종이 힘겹게 물었다.

"너의… 너의 독공이 무엇이라 했더냐?"

소려가 차분하려 애쓰며 대답했다.

"심독결입니다. 독문에 대대로 이어져 오던 비결이지요."

"심독결… 크으! 한낱 이름없는 문파의 잡학에 당문의 정화와 노부의 일생을 다 바쳐 완성한 만천독황기가 파괴되다니… 우왝!"

당문종이 격동을 진정시키지 못하고 다시 한 모금의 토혈을 해내는데, 그때 지금까지 혼미한 상태로 멍하니 서 있던 당혜가 불현듯 정신이 돌아왔는지 뾰족하게 부르짖었다.

"조부님!"

잠시 기다렸다가 소려가 한결 담담해진 목소리로 당문종에게 말했다.

"오늘의 승부는 요행으로 제가 이겼습니다. 그러나 앞으로 언제든 당문에서 도전해 온다면 기꺼이 도전을 받아주겠어요. 당혜 소저에게 베풀었던 심독결은 이미 거두었으니, 이제 노선배께서는 당문으로 돌아가시기 바랍니다."

말을 끝내고 소려는 미련없이 뒤돌아섰고, 이제는 철대산의 부축을 받지 않고도 당당한 모습으로 걸음을 옮겼다.

놀라고 허탈하여 망연자실해 있는 당혜와 당문종을 한 번 더 돌아본 후, 철대산도 소려의 뒤를 따라 일행에게로 향하였다.

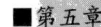

■第五章

천마묵환을 얻다

천마묵환을 얻다

소림에 천마묵환이 있다는 풍문만으로도 전 무림의 관심이 집중되고 있는 터에, 또 한 가지의 소문이 더하여지면서 강호는 그야말로 들끓어 오르고 있었다.

바로 일왕과 일괴의 대결에 관한 소식이었다.

당금 강호의 돌풍 일괴가 마침내 일왕에 대해 도전을 선언하고, 일로 소림을 향하여 가고 있는 중이라는 것이었다.

강호인들에게 일괴는 이미 일왕의 유일한 호적수로 인식되고 있었다.

비록 일괴가 강호에 출도하여 활동한 지는 얼마 되지 않았지만, 그동안 그가 보여준 행적들은 그 하나하나가 강호를 경동시키지 않은 것이 없을 정도였기에 이제 일괴의 이름은 가히 새로운 강호의 거성(巨星)으로서 자리매김을 하고 있었다.

끝없는 인파의 행렬이 소림으로 소림으로 몰려들고 있었다.

강호인들에게 일왕과 일괴의 승부는 일생일대에 다시 볼 수 없는, 아니, 앞으로 수백 년이 다시 흘러도 볼 수 없을 희대의 대결전이었다.

그러나 그들 두 절대강자의 대결이 실제인지 아니면 다만 소문에 불과한 것인지에 대해 주목하는 이는 거의 없었다.

다만 강호인들은 하룻밤을 자고 일어날 때마다 새롭게 전해져 오는 일왕일괴에 관한 또 다른 신화들에 대해 열광하며 자신들도 모르는 사이에 그 신화들 속으로 빠져들고 있었다.

보이지 않는 거대한 누군가에 의해 은밀하게 조장되고 있는 듯한 그 신화들은, 일왕과 일괴를 교묘하고도 극명하게 대비시키고 있었다.

일왕은 영웅(英雄)으로, 일괴는 마웅(魔雄)으로.

일왕은 중화민족의 자부심이요 자존심으로, 일괴는 강호를 침탈하려는 이민족(異民族)의 위협으로.

철대산 일행은 내쳐 소실봉으로 오르는 대신에 중간에서 방향을 바꿔 소실봉 아래로 내려왔다.

소림을 위시한 무림맹과의 돌발적인 충돌을 피하자는 복립의 고언 때문이었다.

사실 당금의 무림은 백두회와 무림맹을 필두로 한 비백두회로 양분되어 있다고 할 수 있는데, 그중 백두회를 대표하는 철대산의 일거수일투족은 자칫 거대한 무림대전(武林大戰)을 촉발시킬 수도 있는 만큼, 그 작은 행동 하나하나에도 명분을 찾고 신중을 기하지 않을 수 없는 노릇이었다.

소실봉으로 통하는 등봉현에는 벌써 수십만의 인파가 몰려들어 마

치 강호가 통째로 이곳으로 옮겨와 있는 듯 부산하고 번잡스럽기 이를
데 없었다.

천 년의 무림 명소인 소림사로 통하는 길목이라 기존에 성업 중이던
객잔과 주루의 수가 이미 적지는 않았지만, 요 근래 갑자기 몰려든 수
십만의 인파를 감당하기에는 태부족이었다.

등봉현 곳곳에 임시로 지붕만 덮은 간이 객잔들이 수도 없이 세워졌
으나, 그것으로도 몰려든 군웅들의 십분의 일도 수용하기 어려웠다.

그래도 군웅들이 모두 무림인들이라 노숙이나 야숙에는 이골이 난
사람들이었다.

하여 등봉현 주위로는 관도를 제외한 거의 모든 산야가 군웅들의 임
시 거처로 화하였다.

많은 사람들이, 그것도 거친 무림인들이 한꺼번에 모이다 보니 한시
도 크고 작은 분쟁들이 그치지 않았고, 심심찮게는 살인도 일어나는 형
편이었다.

임시방편으로 무림맹이 순찰대를 만들어서 시간대별로 소실봉 일대
를 돌며 통제를 하는 덕에 그나마 최소한의 질서를 유지하였다.

천마묵환에 대한 관심은 폭발적이었다.

그러나 그것을 가지고 있다는 자가 일왕이고, 또 그 일왕이 있는 곳
이 바로 소림인 이상 누구도 감히 먼저 나서서 일을 도모하지는 못하
였다.

더구나 소림은 천마묵환을 가지고 있다는 사실에 대해 부정한 바도
없지만 또한 인정한 바도 없었다.

그러한 터에 확실한 물증이나 신빙성있는 정황도 없이 다짜고짜 물
건을 내놓으라고 한다는 것은 공공연한 도전에 다름 아니었다.

바로 천하제일인 일왕에 대한 도전이요, 나아가 무림의 태산북두 소림에 대한 도전 말이다.

그러나 그 무모하고 엄청난 도전을 공공연히 선언한 인물이 지금 소림으로 오고 있었다.

바로 일괴였다.

일괴가 일왕에게 도전함으로써 자연히 천마묵환에 대한 진실도 밝혀질 것이었다.

그리하여 수십만의 군웅들은 목하 일념으로 일괴의 출현을 기다리고 있는 중이었다.

등봉현의 한 귀퉁이에서 작은 소란이 일어났다.

그 소란은 잠시 만에 등봉현 전체로 파급되어 삽시간에 일대 소란으로 확산되어 가고 있었다.

"와아아! 일괴다!"

"무적철인 철대산이다!"

군웅들의 경외 섞인 열광에 철대산은 그저 덤덤한 모습이었다.

이미 한두 번 겪는 일이 아니니, 그는 어느새 이런 장면에 대해 익숙해져 있는 것이다.

그러나 뒤따라 터져 나오는 군웅들의 환호성에 대해서 철대산은 물론 나머지 일행도 의아함과 놀라움을 금치 못하였다.

특히 소려의 얼굴은 놀라움과 당혹으로 붉게 달아오르고 있었다.

"일독이다! 일괴 옆에 선 저 여인이 바로 암왕을 무릎 꿇린 독후(毒后) 일독(一毒)이다!"

"와아아아!"

일독의 얼굴을 보려는 자들로 인해 마침내는 군웅들의 앞 열이 무너져 내리고 그 위를 뒷열이 덮치는 아수라장이 벌어지고 말았다.

마치 큰바람에 쓰러지는 갈대와도 같이 우르르 무너져 오는 군웅들의 대열이 금방이라도 철대산의 일행을 덮칠 것만 같이 위협적이었다.

바로 그때,

"우와아아아앗!"

그 감당 못할 혼돈의 소란 속에서도 뚜렷이 사방으로 퍼져 나가는 기괴한 기합 소리가 울렸다.

아무리 복잡한 군웅들 속이라 해도 머리 하나는 더 큰 덩치와 번들거리는 민둥산이 대머리로 인해 돋보이지 않을 수 없는 단거였다.

"비켜라! 함부로 가까이 다가오는 자는 사정을 봐주지 않을 것이다!"

재차 우렁찬 호통과 함께 단거가 장군도를 칼집째 휘두르며 일행의 길을 열었다.

부우웅!

부아앙!

거창한 바람 소리를 일으키며 장군도가 거대한 그림자를 만들며 대여섯 바퀴를 연달아 허공을 누볐다.

걸리기만 한다면 머리고 몸통이고 간에 가차없이 짓뭉개고 말 것 같은 그 우악스럽고 엄청난 기세에 단거의 주변 사방에서 겁에 질린 비명 소리들이 잇달아 터져 나왔다.

"으앗!"

"으아앗!"

그리고 선단에서 자신의 의지와는 상관없이 대책없이 밀려 나오던 자들이 죽을힘을 다해 뒤를 향해 몸을 빼고 물리는 괴력을 발휘했다.

그 덕에 그나마 일행을 향해 무너져 오던 군웅들의 기세가 주춤해졌다.

그리고 군웅들 속에서 일단의 외침들이 터져 나왔다.

"물러서라!"

"백두회주께 무례를 범하는 자는 누구를 막론하고 죽는다!"

"물러서라!"

외침과 함께 일행에게서 가까운 이곳저곳에서 예기들이 번뜩이며 각양각색의 병기들이 번뜩이기 시작했다.

워낙 혼잡한 군웅들 속이라 대체 얼마나 되는 인원들인지는 정확히 짐작하기 어려웠지만, 일단의 무리들이 일행을 중심으로 대강의 원형을 유지하며 무차별적으로 병장기를 휘두르고 있었다.

"으아악!"

"피해라!"

비명 소리와,

챙!

채앵!

병장기 부딪는 소리들이 종잡을 수 없는 혼란을 동반하며 사방에서 터져 나왔다.

그러나 소리를 지르고 병장기를 휘두른 일단의 무리들은 처음부터 사람을 상하게 할 의도는 없었는지, 실제로 피를 보거나 바닥으로 쓰러지는 사람의 모습은 보이지 않았다.

다만 그 살벌한 소음들과 분위기로 인해 앞으로 떠밀려 나오던 군웅들의 물결이 이제는 오히려 뒤를 향하여 급하게 물러나고 있었다.

그렇게 어느 정도 일행과 군웅들 사이에 거리가 확보되었을 때, 군웅들 속에서 소란을 일으키던 일단의 무리들은 어느새 자취를 감추고 있었다.

그들은 다시 군웅들 속으로 들어가 군웅들 중의 하나로 되어버린 것이다.

그리고 이제는 감히 일행 곁으로 무조건 밀고 들어오려는 시도를 하는 자는 보이지 않았다.

다만 일괴며 일독이며 당금 무림에서 가장 유명한 사람들의 얼굴이라도 한 번 보려는 수많은 사람들이 앞사람의 머리 위로 눈을 들고자 까치발을 하고 있었다.

무슨 재주를 부린 것인지 그 난리북새통 중에서도 복립은 일행이 묵을 객잔을 어렵지 않게 구했다.

그것도 제법 번듯한 별채를 통째로 말이다.

간단히 여장을 풀고 쉬는 자리에서 철대산이 복립을 보며 문득 빙그레 웃어 보였다.

그 웃음 속에는 조금 전 군웅들 속에서 벌어졌던 일들에 대한 몇 가지의 의문과 짐작은 있으나 굳이 묻지는 않겠다는 의미가 담겨 있었다.

하여 복립이 또한 엷은 미소를 머금는 것으로 대답을 대신하였다.

철대산이 소려를 향하여 한쪽 눈을 찡긋하며 가벼운 목소리로 말을 건넸다.

"좀 전에 보니 일독의 명성이 가히 일괴를 능가하더군."

"훗!"

소려가 자못 쑥스러운 웃음을 흘렸다.

"그런데 말이야……."

철대산이 미간을 살짝 찡그려 보이며 이번에는 복립을 향하였다.

"일독의 이름이 만들어진 게 겨우 한나절 전의 일인데 말이야, 도대체 어떻게 해서 우리보다도 소문이 먼저 이곳까지 도달해 있는 것일까?"

복립이 더 이상 침묵의 미소로만 견디기는 어려워졌는지 조금은 계면쩍은 표정으로 웃으며 대답했다.

"그러기에 강호의 소문은 바람보다도 더 빠르다고 하지를 않습니까?"

철대산이 애매한 표정으로 복립을 잠시 쳐다보다가 불쑥 말했다.

"좋아! 다 좋다고 하지!"

"……?"

"그런데 말이야, 이제는 어떻게 하는 게 좋을까?"

"예?"

복립이 짐짓 당혹스럽다는 표정을 짓는데, 철대산은 싱글거리며 웃고 있었다.

"원래 내 생각은 그냥 소림사로 가서 '일왕 나와라!' 하고 밀어붙일 생각이었는데 말이야, 가만히 보니 모든 게 자네 머리 속에서 나오는 각본대로 흘러가는 것 같다 이거지. 그러니까 이제 이 다음에 예정된 수순이 뭐냐 하는 말이야."

비록 웃는 모습이지만, 철대산의 그 적나라하고도 직설적인 화법에 복립이 일순 당황스러워했다.

"대, 대형!"

철대산은 여전히 싱글거렸다.

"괜찮아. 아무리 자네가 날고 기어도 어차피 내 밑이라는 사실에는 변함이 없으니까."

그제야 복립이 가만히 안도의 숨을 불어 내쉬며 표정을 가다듬었다.

"소림, 그리고 무림맹과 부딪치기 전에 잠시 명분을 다듬을 필요가 있다는 생각입니다."

"명분을 다듬는다?"

"그렇습니다. 사실 작금의 강호 정세는 천마묵환으로 인해 시발이 되었고, 그 흐름을 가만히 들여다보면 누군가 본 회를 노리고 의도적으로 정세를 조장하고 있다는 것에 의심의 여지가 없다고 할 것입니다. 그러나 그 결과는 오히려 본 회가 단시일 내에 무림맹을 주축으로 하는, 소위 정도의 세력과 강호를 양분하도록 하는 데 결정적인 기여를 하였습니다. 그러나 부정적인 측면 또한 없지 않아서, 지금 본 회는 사마외도(邪魔外道)를 대변하는 세력으로 강호인들에게 인식되고 있습니다. 즉, 당금 무림천하의 구도는 선악의 대결 양상이고, 본 회는 그중 악의 축을 감당하고 있는 형편인 것입니다."

철대산이 문득 입매를 일그러뜨리며 묘한 웃음소리를 냈다.

"악의 축? 흐훗! 흐흐흐훗!"

"왜 그러십니까?"

"아니야. 후후훗, 갑자기 다른 일이 하나 생각나서 말이야. 자네와는 무관한 일이니 하던 얘기나 계속해 보게."

복립은 잠시 철대산의 눈치를 살피는 기색이었다.

그러나 철대산에게 그로서는 도저히 짐작이 불가능한 어떤 영역이 있다는 것은 벌써부터 인정하고 있는 바였다.

"명분을 다듬는다는 것은 그러한 인식을 가능한 조금이라도 바꾸자는 것입니다."

"왜 그래야 하지?"

"나중을 위해섭니다. 백두회의 존재가 잠깐 일어났다가 금방 스러져 버리는 불꽃으로 끝나지 않도록 하기 위해서입니다."

"나중이라……."

철대산의 안색이 일순 침중하게 변했다.

그가 언뜻 소려를 보고, 또 좌중을 일별하고 나서 다소 무거운 목소리를 뱉어냈다.

"그래, 어차피 영원할 수는 없겠지만 그래도 가능한 데까지는 늘려 놓는 것이 좋겠지."

"예?"

"아니야. 그래서 어떻게 하자는 건가?"

"음! 낚시를 하는 것입니다. 우리의 기다림을 미끼로 해서 말입니다."

"노리는 고기는 무엇이고?"

"마존맹입니다."

뜻밖의 소리에 좌중 모두의 눈길이 복립에게로 쏠렸다.

"마존맹? 그들도 여기에 왔나?"

"그렇습니다. 그들은 이곳에 와 있을 뿐만 아니라, 이미 우리를 압박해 들어오고 있는 중입니다."

"흠, 재미있군. 그런데 소림의 코앞에서 굳이 미끼를 놓으면서까지 그들을 낚아야 하는 이유는?"

"그들 역시 마(魔)이기 때문입니다."

철대산이 이마를 잔뜩 찌푸렸다.

"마 대 마(魔對魔)의 싸움이라? 그 싸움에서 이기면 우리가 갑자기 정(正)이라도 된다는 건가?"

"그렇지는 않습니다. 그러나 정(正)의 실체가 흐려지기는 할 것입니다."

철대산은 이윽고 다소 짜증스럽다는 투가 되었다.

"으음! 어렵군. 도대체 무슨 소리야?"

복립이 빙긋이 미소 지으며 천천히 말을 이었다.

"강호는 양분되어 있고, 마존맹이 무림맹의 편에 서 있다는 것은 이미 공공연한 비밀입니다. 만약 마존맹이 우리를 친다면, 무림맹은 분명 방관할 것입니다. 지금 마존맹의 전력(全力)이 이곳에 투입되었다면, 기껏 수뇌부만으로 호굴(虎窟) 속에 들어와 있는 우리를 제거하는 것은 말 그대로 여반장(如反掌)이나 마찬가지이니, 무림맹으로서는 남의 칼을 빌려 강력한 근심거리를 제거하는 기회가 될 것입니다. 그러니 무림맹이 마존맹의 행사에 굳이 간섭할 이유가 조금도 없는 것이지요."

"그래서? 그 다음에는?"

철대산이 여전히 답답하다는 투로 말을 재촉했다.

"중요한 것은 이곳이 바로 소림의 안마당이라는 것입니다. 즉, 무림맹의 아성이라는 것이지요. 따라서 무림맹이 우리에 대한 마존맹의 전격적인 발호를 방관하는 것은 바로 마존맹을 그들의 대리인으로 인정한다는 것과 마찬가지 의미로 되는 것입니다."

복립은 거기에서 말을 멈추었고, 덕분에 철대산은 한참이나 생각을 정리하여야만 했다.

잠시 후 철대산의 입이 어렵게 열렸다.

"흐음! 좋은 놈은 없어지고 모두가 다 나쁜 놈들로 된다 이거지? 결국은 어느 놈이 더 나쁘냐의 문제이지, 좋은 놈과 나쁜 놈의 대결 구도는 벗어나게 된다, 뭐 그런 얘기지?"

복립이 빙그레 웃었다.

"바로 보신 겁니다. 그리고 거기에 한 가지가 더 있습니다. 뚜렷한 명분이 없는 이전투구의 싸움에서는 약자가 군웅들의 응원을 얻는 법입니다. 그리고 지금의 상황에서 약자는 당연히 단신으로 호굴 속으로 들어와 있는 우리일 수밖에 없습니다."

철대산의 입꼬리가 묘하게 비틀려 올라갔다.

그리고 이윽고 이어지는 그의 말은 복립이 지금껏 애써 토해내었던 열변의 노력을 한순간에 깔아뭉개는 것이었다.

"제길! 하여간 이래서 머리 좋은 친구들은 늘 골치가 아프다니까."

느긋하던 복립의 얼굴에 일순 한 가닥 긴장이 치달려갔다.

이럴 때의 철대산이란 인간은 또 무슨 생각지도 못했던 돌발적인 말을 뱉어낼지 모르기 때문이다.

그러나 다행히도 철대산은 결국 복립의 말에 수긍하였다.

비록 대단히 못마땅하다는 기색이 그 표정에 역력하였지만.

"헐! 모르겠다. 하여간 자네가 하자는 대로 할 테니까 더 이상 복잡한 생각일랑은 나한테 이해시키려 하지 말고, 그냥 내가 뭘 해야 할지만 간단히 얘기하라고."

축시(丑時)를 지나 인시(寅時)로 접어드는 시각.

불룽객잔 별채의 칠 척 높이 담장 아래로 수백의 검은 인영이 빽빽하게 붙어 섰다.

몸에 착 달라붙는 야행복에 검은 복면, 그리고 소리없이 미끄러져 담장의 음영 속으로 스며드는 그 은밀한 몸놀림들은 한눈에도 그들이 고도로 숙련된 살수들이라는 것을 짐작하게 해주었다.

삐익.

밤공기를 울리는 아주 가느다란 호각 소리가 있었고, 그 순간 대략 삼십여 개의 검은 그림자가 마치 깃털처럼 둥실 떠올라 일제히 담장을 넘어섰다.

삼십여 명의 인원이 동시에 담장을 뛰어넘는데도 조금의 소리도 나지 않았고, 희미한 달빛 아래 비친 그들의 신형은 마치 허공을 부유하는 듯해서 자못 괴기스러운 느낌마저 주었다.

별채로의 난입은 계속될 모양이었다.

앞선 삼십여 명이 담장을 넘어가자마자 또 다른 삼십여 개의 그림자가 허공으로 떠오르고 있었다.

그러나 두 번째로 떠오른 그림자들이 미처 담장을 넘어서기도 전에 먼저 넘어가 담장 안쪽에 내려섰던 살수들로부터 나직한 신음 소리들이 터져 나오기 시작하더니 이윽고는 두 번째로 난입하던 삼십여 명도 급한 숨을 들이키며 담장 위로 떨어져 내리는 것이었다.

"헉!"

"허억!"

그리고 죽은 듯이 조용하던 별채의 뜰 주변 사방으로 근 백여 개의 횃불이 켜지며 눈부시게 어둠을 밝혔다.

확!

화악!

횃불들이 마치 저절로 점화가 되기라도 하듯 어두운 사방을 돌연 환하게 밝히는 모습은 자못 괴기스러운 데가 있었다.

그러나 백여 개의 횃불 덕에 훤히 드러난 별채 주변의 풍경은 더욱더 괴이한 장면을 연출하고 있었다.

담장 안쪽의 뜰과 담장 위쪽에 줄줄이 쓰러져 있는 육십여 명의 복면살수들 때문이었다.

특히나 담장을 넘지도 못하고 그 위에 그대로 몸을 걸친 채 복면 속으로 경악과 공포에 질린 눈만 말똥거리고 있는 자들의 모습은, 이곳이 현세의 세상이 아닌 십팔층 지옥의 한 곳이 아닌가 하는 생각마저 들게 하는 것이었다.

그때 별채의 안쪽에서 여전히 사람의 그림자조차 보이지 않는 가운데 돌연 커다란 징 소리와 함께 장단을 맞추는 우렁찬 외침이 어둠의 적막을 깨며 사방으로 울려 퍼졌다.

쾅!

"마존맹이다!"

쾌앵!

"마존맹의 야습이다!"

단거의 목소리였다.

마치 백만 대군을 호령하는 듯한 그 쩌렁한 소리에 사위가 화들짝 깨어나며, 또한 등봉현 전체가 부스스 깨어나고 있었다.

신새벽의 난데없는 소동에 깨어나 몰려든 군웅들은 천하에 다시 볼 수 없는 일장의 괴상한 전투를 지켜볼 수 있었다.

아직도 어둡기만 한 밤중에 백여 개의 횃불로 대낮같이 밝혀진 별채 주변의 상황은 멀리 떨어진 곳에서도 환히 볼 수 있었다.

별채의 주위는 천여 명에 이르는 괴무리들에 의해 세 겹, 네 겹으로 중첩 포위되어 일방적인 공격을 받고 있었다.

그러나 기괴한 것은, 공격하는 측이 일방적으로 픽픽 쓰러져 나가고 있다는 것이었다.

공격을 당하고 있는 별채 안에 일괴와 그를 따르는 백두회의 몇몇 수뇌가 있다는 것을 모르는 사람은 없었다.

그러나 수백 살수들이 난입해 드는 가운데서도 일괴나 그의 일행은 자취조차 볼 수 없는 데 반해 오히려 공격을 감행하는 살수들이 마치 보이지 않는 무엇에 의해 제압당하기라도 한 듯 별채의 담장을 넘는 그 즉시 쓰러져 가고 있었다.

벌써 칠 개 조 이백여 명의 살수조가 별채의 담장을 날아 넘었으나, 그 모두가 담장 안쪽 오 장 거리 안에 쓰러지거나 혹은 담장조차 넘어서지 못하고 담장 위에 몸을 걸친 채 늘어져 있었다.

이제 담장 바로 바깥에서 대기하고 있는 살수조는 겨우 수십여 명에 불과하였는데, 아무리 극한의 훈련을 받은 살수들이라 해도 그들에게서는 이제 망설이는 기색이 확연히 보이고 있었다.

담장 안의 상황을 도무지 알 수 없다는 것에서 오는 불안감일 터였다.

안쪽에서 대응하는 자들이 있는 것도 아니고, 그렇다고 특별한 기관 매복이 있는 것도 아닌데 담장만 넘어섰다 하면 몇 발자국을 떼지 못하고 쓰러지고 마니 제아무리 잘 훈련된 살수들이라 해도 평정심을 유지하기란 불가능하였다.

독이었다.

수백의 전문 살수들로 하여금 속수무책으로 당하고 있을 수밖에 없도록 만드는 것은 의심할 여지 없이 독이었다.

그러나 전문적으로 살수 훈련을 받은 자들인만큼 독에 대해서도 해박하다고 할 수 있었는데도, 지금의 이 괴이한 상황을 만들어내고 있는 독이 과연 어떤 종류의 것인지에 대해서는 짐작조차 할 수가 없었다.

심독결이었다.

지금 소려가 펼쳐 내고 있는 심독결의 공전절후한 위력은 철대산을 포함해 태백산맥 모두를 경악할 수밖에 없도록 만들어놓고 있었다.

애초 복립은 마존맹의 전격적인 야습에 대해 적당히 버티는 모습만 연출한 다음 미리 준비해 둔 안배를 발동한다는 계획이었지만, 소려는 다만 별채를 방어하고 지키는 것이라면 자신에게 방도가 있다고 했다.

어쨌든 그녀의 독공 능력이야 암공을 누름으로써 이미 모두에게 인정을 받은 바 있으니, 일단은 그녀의 그 방도란 것을 보기로 하였던 것이다.

그리고 그 결과, 그들은 지금의 이 어처구니없는 장면을 목격하게 되었다.

경천동지!

지금 심독결의 위력은 그렇게 표현할 수밖에 없을 것이었다.

어쩌면 그들은 지금 향후 무림의 새로운 역사를 써갈 무림여제(武林女帝)의 위대한 탄생을 보고 있는지도 몰랐다.

챙!

채앵!

별채를 포위하고 있던 마존맹의 진중 한쪽에서 번뜩이는 검광이 치솟으며 난데없는 격전이 벌어지고 있었다.

그리고 그 사이를 뚫고 별채를 향해 질주하는 세 사람이 있었다.

두 명의 복면인이 청년 하나를 끌고 있었는데, 청년의 몸 움직임이 부자연스러운 것으로 보아 아마도 청년은 제압되어 인질로 잡혀 있는 모양이었다.

비록 사방에서 두 복면인을 향해 공격이 있긴 하였으나, 인질 청년의 안위를 생각해서인지 공격하는 도검들에 사정을 두고 있는 모양새가 뚜렷하였다.

그런 사정에다 두 복면인의 무공 또한 대단한 것이어서 그들은 지금 제법 빠르게 별채를 향해 접근하고 있었다.

그때 무리들 중에서 날카로운 명령이 발해졌다.

"인질이 다쳐도 좋다! 절대로 놓치지 마라!"

곧이어 사방에서 복면인들을 향해 화살과 암기들이 집중적으로 발사되기 시작했다.

쉭!

쉬익!

팟!

파파팟!

복면인들 중 하나가 제자리에 멈춰 서며 크게 검세(劍勢)를 떨쳐 내었다.

차차차차창!

요란한 금속성과 함께 검에 부딪친 화살이며 각종 암기들이 수없이 많은 불꽃으로 명멸하며 허공으로 피어올랐다.

"전하! 어서 가십시오. 뒤는 소장(小將)이 맡겠습니다!"

청년을 끌고 조금 앞서 가고 있던 복면인이 멈칫하고 서더니, 청년에게 차갑게 말을 건넸다.

"철무린, 이것으로 너와 나의 질긴 악연도 끝이다. 잘 가라."

청년, 철무린의 두 눈이 공포로 치켜 떠졌으나, 마혈이 짚힌 듯 말을 토해내지는 못했다.

파앗!

한 가닥 예리한 검광이 호선을 그리며 번뜩였다.

촤아악!

그리고 반쯤 베어진 철무린의 목에서 어둠 속이라 거무튀튀하게 보이는 세찬 핏줄기가 솟구쳤다.

바닥으로 무너지는 철무린을 향해 복면인, 왕윤의 검이 다시 한 번 검광을 토했다.

팟!

또 한 번의 피가 뿌려지는 가운데 자그마한 물체 하나를 허공에다 남겨놓고 철무린의 주검이 바닥으로 무너졌다.

왕윤이 허공의 물체를 낚아채는 동시에 얼굴의 복면을 벗어버리며 급히 외쳤다.

"곽 장군, 갑시다!"

이어 그가 먼저 달리고 그 뒤를 곽유(郭唯)가 엄호하면서 따랐다.

앞선 왕윤은 잘라낸 철무린의 팔 한쪽을 꽉 움켜잡고 있었는데, 아직도 신경이 살아 있는 그 팔은 연신 손목을 퍼덕거렸고 절단 면에서는 간헐적으로 핏줄기가 솟구쳐 나오고 있었다.

오늘 이 자리에 그들 두 사람 왕윤과 곽유가 모습을 드러낸 것도 괴이한 일이었지만, 왕윤이 그처럼 간단하게 제천회의 소회주이자 원 황실의 직계 혈손인 철무린의 목을 벤 것도 모자라, 잔인하게 사체(死體)

의 팔까지 베어서 가지고 가는 모습은 참으로 기괴하기 이를 데 없는 장면이었다.

과연 그동안 그들에게는 어떤 일이 있었던 것이며, 왕윤이 이와 같이 잔인해질 수밖에 없는 또 다른 어떤 원한이 쌓였던 것일까?

쉭!

쉬익!

"놈들을 죽여라!"

챙!

채채챙!

그들 두 사람의 주변은 금세 수없이 많은 마존맹의 무리들로 뒤덮였고, 그런 중에도 두 사람은 별채를 향해 악착같이 혈로를 뚫으며 나아가고 있었다.

쒸아아아아앙!

시커먼 그림자 하나가 별채의 담벼락을 넘는가 했는데, 이내 도저히 말로는 형용할 수 없는 엄청난 빠르기로 마존맹의 진중을 향해 짓쳐나갔다.

그림자의 달리는 속도가 얼마나 빨랐던지 그림자가 바람을 가르는 소리가 미처 그림자를 쫓아가지 못할 정도였다.

팡!

파앙!

파파팡!

멋모르고 그림자의 앞을 막아섰던 자들, 그리고 전혀 의도하지 않았지만 재수없이 그림자가 지나가는 길에 있었던 자들이 미처 피할 엄두도 내지 못하고 그대로 그림자의 기세에 휩쓸렸고, 그 결과 비명도 채 지르지 못하고서 사방으로 튕겨져 나갔다.

그림자가 향하는 곳은 바로 왕윤과 곽유가 악전고투를 벌이고 있는 곳이었다.

파바바바밧!

요란한 소음과 함께 삼 장 정도 길이로 땅바닥이 뒤집혔고, 그 마찰력으로 질주하던 그림자가 겨우 멈춰 섰다.

그러나 그림자의 모습은 곧 갑작스럽게 피어오르는 촘촘하고도 끈적거리는 한 무더기 요기(妖氣)에 의해 다시 덮어 버렸다.

치리리리링!

사라라라랑!

어린아이의 옹알거림처럼, 전라미녀의 색기 가득한 보챔과도 같은 요왕(妖王)의 울음소리가 주변 이 장 방원의 허공을 가득 울렸다.

"으악!"

"크악!"

"악!"

걷잡을 수 없는 비명 소리들이 터져 나오고 있었다.

왕윤과 곽유를 둘러싸고 있던 무리들이 파죽지세로 나뒹굴고 있었다.

피의 향연이었다.

요왕은 집요하게 피를 요구하고 있었다.

목을 베지 않았고, 심장을 찌르지도 않았다.

그러나 근육을 베고 관절을 베었다.

요왕은 공포 그 자체였다.

요왕이 스치고 지나간 곳에는 서서 몸을 지탱하는 자들이 남아 있지 않았다.

그들은 더 이상 움직일 수 없게 된 다리를, 그리고 어깨를 감싸 쥐고서 일분 일초라도 빨리 요기 가득한 그곳에서 벗어나려고 온몸을 던져 필사적으로 바닥을 구르고 있었다.

멀리 떨어진 곳에서 누군가 길게 외쳤다.

"일괴다! 일괴가 싸움에 개입했다!"

그 한마디 외침의 영향은 참으로 지대했다.

아니, 일괴라는 이름이 가지는 위력은 참으로 엄청난 것이었다.

요왕의 공포 속에서도 끈질기게 덤벼들던 마존맹의 무리들이 삽시간에 흩어지며 철대산의 길을 열었다.

"철 공(鐵公)!"

마존맹의 무리들이 멀찌감치 포위망을 물린 속에서 철대산과 대면한 왕윤의 첫마디였다.

그 생소한 호칭에 약간은 어색해하며 철대산이 물었다.

"왕자 전하께서 이곳에는 웬일이십니까?"

왕윤이 적의 피인지 자신의 피인지 온통 핏자국으로 얼룩진 얼굴에 한 자락 밝은 웃음을 피워 올리며 말했다.

"내 철 공에게 꼭 전해줄 것이 있어서 왔소."

철대산이 나직하게 소리 내어 웃었다.

"하하하! 왕자 전하의 선물이라면 이런 자리에서 받을 게 아니라 자리를 갖추어 정중하게 받아야지요. 일단 저희 처소로 가시지요. 모시겠습니다."

왕윤의 눈빛으로 일시 한 가닥 아련한 빛이 흘렀다.

'아아! 참으로 기이한 인물이 아닌가? 방금까지 적진의 한가운데서 죽음을 각오하고 처절한 사투를 벌였건만, 이 인물 하나가 가세하였다고 해서 이토록 나의 마음이 든든해지다니… 가히 이 사람과 함께라면 백만 대군의 한가운데인들 들어가지 못하겠는가! 나는 왜 이전에는 이 사람의 이런 점을 제대로 보지 못하였을까. 그때 내 마음속의 무엇이 나를 미망 속에 있게 한 것일까?'

그때 철대산의 요왕이 다시 주변으로 촘촘한 검망을 일으키는 것을 보고 왕윤은 퍼뜩 상념에서 벗어났다.

채채챙!

차차차창!

그들의 주위로 요왕에 의해 튕겨진 화살과 암기들이 마구 비산하고 있었다.

"갑시다!"

철대산의 외침과 함께 왕윤을 가운데로 하여 곽유가 앞을 뚫고 철대산이 뒤를 막으며 그들은 일제히 별채를 향해 치달려 나갔다.

마존맹의 인물들은 감히 그들 가까이로는 접근하지 못하고 거리를 둔 채 화살과 암기를 비 오듯 쏘아내고 있었다.

"제기랄!"

정신없이 요왕을 휘두르며 날아오는 화살과 암기들을 쳐내고 있던 철대산의 입에서 투덜거리는 소리가 흘러나왔다.

"뒤는 내게 맡기고 두 분은 먼저들 가시오. 별채의 근처까지만 가면 마중 나오는 사람들이 있을 것이오."

왕윤이 곽유를 향해 고개를 끄덕여 보였다.

뒤를 맡겠다는 사람이 다름 아닌 일괴이니 그를 걱정할 필요는 없는 일이었다.

이어 왕윤과 곽유는 별채가 있는 쪽을 향해서 전력을 다해 신형을 쏘아갔다.

자연히 마존맹의 화살과 암기들이 그들을 뒤쫓아 우박처럼 퍼부어졌으나, 그것은 아주 일시적인 일이었다.

쒸아아앙!

파팡!

파파파팡!

쒸아아앙!

파파파팡!

좌충우돌!

종횡무진!

철대산의 신형이 다시 하나의 그림자로 변해 사방을 휘젓고 다니며 마존맹의 무리들을 마치 가랑잎처럼 날려 버리고 있었다.

아직도 어두운 사방에 희뿌연 흙먼지까지 가득 피어오른 데다, 원체 바람같이 빠른 철대산의 신형은 눈으로 좇는 것만으로도 힘에 겨운 노릇이었다.

도검도 소용이 없었고, 화살과 암기도 무용지물이었다.

도대체 어디를 향하여 칼을 찌르고 벨 것이며, 무엇을 목표로 화살과 암기를 발사할 것인가?

우왕좌왕!

일천에 육박하는 마존맹의 무리들이 철대산 일인으로 인해 방향을 잡지 못하고 이리저리 정신없이 몰려다니고 있었다.

그러던 어느 순간,

쒸아아앙!

이제는 귀에 익어버린 그 독특한 바람 소리를 남기고 철대산의 바람 같은 신형은 별채를 향해 사라져 가버렸다.

별채 안.

바깥은 여전히 마존맹에 의해 포위되어 있는 형국이 유지되고 있었지만, 별채 안 내실에 모여 있는 사람들 중 누구의 얼굴에서도 긴장감이나 긴박함 같은 것은 보이지 않았다.

그들은 바깥의 마존맹을 자신들을 포위하고 있는 것이 아니라 오히려 자신들을 호위하고 있는 것으로 착각하고 있는 것은 아닐까?

다만 그중에 왕윤만은 좌중의 여유있고 느긋한 분위기에 걸맞지 않게 괴기스러운 분위기를 연출하고 있었다.

비록 깨끗한 천에 여러 겹을 싸긴 하였지만 그래도 붉은 피가 진득하니 배어 나오고 있는 철무린의 한쪽 팔이 그의 품에 자못 소중하게(?) 안겨 있었던 것이다.

왕윤과 곽유, 그리고 소려와 복립 등이 이미 서로 간의 관계와 감정을 어느 정도 정리한 바가 있다고 하지만, 그래도 함께 있는 자리가 어색하고 어려운 것은 어쩔 수 없었다.

왕윤이 조금은 어두운 안색으로 입을 열었다.

"나는 원래 철 공과만 잠시 시간을 가지고 조용히 떠나려 하였는데, 철 공이 굳이 이런 자리를 마련하는 바람에 괜히 여러분들의 심기를 불편하게 만든 것 같소."

왕윤의 말을 받아 철대산이 짐짓 익살스럽게 이마를 찡긋거리며 엉뚱한 말을 꺼냈다.

"전하께서는 그동안에 특별한 취미를 만드셨나 봅니다."

왕윤이 품에 안고 있는 팔을 보고 하는 말일 터였다.

왕윤이 어색하게, 그러나 한편으로는 뿌듯하게 웃으며 말했다.

"이 물건 말이오? 하하하! 그렇소. 과연 특별한 물건이오. 그리고 내가 어렵게 이곳까지 온 이유가 바로 이 물건을 철 공에게 전하기 위해서요. 이 물건을 전함으로써 나는 그동안 철 공에게 졌던 모든 빚을 청산하고자 하오."

왕윤의 얼굴은 웃고 있었으나 그의 표정은 진중하였다.

모두의 시선이 잔뜩 호기심을 담고서 예의 그 물건(?)으로 향했다.

왕윤이 선혈 배인 천을 풀어서 하나의 물건을 끄집어냈다.

"철 공, 받으시오. 천마묵환이오."

순간 좌중 누군가의 입에서 신음 소리와도 같은 탄성이 새어 나왔다.

"아!"

왕윤이 한 개의 은은한 검은색 광택이 빛나는 팔찌를 철대산에게 내밀었다.

"천마묵환을 손목에 차는 자는 두 가지 길 중 하나를 선택받게 된다고 하오. 천마묵환의 주인이 되든지, 아니면 천마묵환의 노예가 되든지. 만약 천마묵환의 노예가 된다면, 팔을 자르거나 혹은 죽음에 이르기 전까지는 결코 천마묵환을 벗을 수 없게 된다고 하오."

왕윤이 말을 멈추고 지그시 철대산을 응시하였다.

철대산은 묵묵히 천마묵환에다 눈길을 고정시켜 놓고 있었는데, 그의 표정에서는 지금 만감이 교차하고 있었다.

그때 기완은 복립의 은근한 눈짓을 받았다.

사실 복립은 지금의 이 상황에 대해 여러 가지의 의문들을 가지고 있었는데, 그의 입장으로서는 왕윤에게 직접 묻기가 어려운 처지였던 것이다.

기완이 그 눈치를 채고서 조심스럽게 입을 열었다.

"그럼 천마 이후로 지금까지 천마묵환을 가졌던 사람들 중에는 진정한 주인이 나오지 않았다는 것이군요?"

"그렇소."

왕윤이 눈길을 여전히 철대산에게로 둔 채 짧게 대답하자, 기완이 다시 물었다.

"그 팔의 주인, 그러니까 바로 직전까지 천마묵환의 노예가 되어 있었던 그는 누구인가요?"

"그는 철무린이라는 자요. 제천회 회주의 아들이며, 원 황실의 직계 혈손이며, 또한 마존맹의 후계자이기도 한 자요."

좌중이 다시 한 번 경악하는 중에 기완이 먼저 침착을 되찾으며 다시 물었다.

"그 말씀은 제천회의 회주와 마존맹의 맹주가 동일 인물이라는 의미인가요?"

"그렇소. 제천회와 마존맹이 모두 원 황실의 수십 년의 심모원려(深謀遠慮)에 의해 만들어진 조직들이오."

"그럼 작금의 천마묵환에 관련된 강호의 풍문들은 바로 제천회와 마존맹으로부터 나온 것이겠군요?"

"그렇소. 마존맹은 지금 급격히 파멸로 내몰리고 있는 북원(北元)의 위기 상황을 해소할 마지막 계기를 찾고자 하는 의도로, 원 황실이 확

보하고 있던 천마묵환을 미끼로 강호에 일대 혼란을 일으키고자 한 것이오."

좌중이 경악을 금치 못하는 가운데 복립의 고개가 가만히 끄덕여졌다.

그로서는 그동안 의문으로 가지고 있던 몇 가지 상황들이 일순간에 그 아귀가 맞아떨어지는 순간이었다.

잠시 시간을 가지고 나서 기완이 왕윤에게 다시 물었다.

"천마묵환의 노예가 된다는 것은 어떤 의미인가요?"

"그것은 나로서도 확실히 알 수 없는 일이오. 다만 이 팔의 주인 철무린의 경우를 본다면 그가 과연 천마묵환의 노예가 되었는지는 알 수 없지만, 천마묵환의 진정한 주인으로 선택받지 못했다는 것은 분명하오."

"그렇다면… 그렇다면 귀하께서는……."

기완이 계속하여 왕윤에게 무슨 말인가를 물으려 하다가는 차마 말을 잇지 못하였다.

그 모습을 보고 왕윤이 빙그레 미소 지었다.

"후훗! 낭자는 내가 이 불길한 물건을 철 공에게 주려는 것에 대해 마땅치가 않으신 모양이구려?"

기완이 말을 못하고 있자 왕윤이 진지하게 정색을 하고서 철대산을 향했다.

"철 공, 나는 공에게 이 물건을 전함으로써 빚을 갚고 싶었소. 동시에 내 마음속의 부끄러움을 털어버리고 싶었소. 그래서 철 공 앞에서 한 사람의 당당한 사내로 다시 서고 싶었소. 내 마음을 이해하겠소?"

그때까지 복잡한 표정으로 천마묵환에만 시선을 주고 있던 철대산이 왕윤을 바라보았다.

그리고 잇달아 나직이 탄식하며 천천히, 아주 천천히 입을 열었다.

"아아! 이 묵환은… 아아! 믿을 수 없게도 이 묵환은 제가 진정으로 바라면서도, 사실은 이 세상에 존재하리라고는 차마 믿지 못했던 바로 그 물건입니다. 저는 고맙게… 진정으로 고마운 마음으로 이 묵환을 받겠습니다."

이어 철대산은 조금도 겸양하지 않고 손을 내밀어 천마묵환을 받았다.

철대산이 묵환을 받아 들어 자세히 들여다보고, 또 이리저리 돌려가며 조심스럽게 쓰다듬었다.

그러던 어느 순간이었다.

우웅!

우우~웅!

어디 아주 먼 곳에서 들려오는 듯한 기이한 울림소리가 있었다.

"아아! 천마묵환이 운다!"

기완이 자신도 모르게 그렇게 외치다가 갑자기 두 눈을 부릅뜨며 외마디 부르짖음을 토해냈다.

"대가!"

좌중이 심혼을 울리는 듯한 천마묵환의 울음소리에 일시 빠져들어 있는 사이에 철대산이 불쑥 천마묵환을 자신의 왼쪽 팔목에 채웠던 것이다.

그리고 장내에는 일순 햇빛보다도 더 강렬한 백색 광채가 사방으로 폭사되었다.

번쩍!

"헛!"

"아앗!"

빛의 폭발은 찰나였다.

사람들이 저마다 경악의 외침을 터뜨리며 눈을 감았다가 다시 떴다.

그리고 백색 광채의 광원인 천마묵환을 찾았을 때, 철대산의 왼쪽 손목에서 그것은 이미 사라지고 난 뒤였다.

철대산은 가만히 자신의 손목을 쓰다듬고 있었다.

좌중이 저마다 의문에 가득 찬 모습이었지만 그들 중 누구도 입을 열어 그 의문을 말하는 사람은 없었다.

다만 잔뜩 긴장한 눈빛들로 철대산의 얼굴 표정만 살피고 있는 중이었다.

그렇게 터질 듯한 긴장의 시간이 얼마나 지났을까?

문득 철대산이 긴 한숨을 불어 내쉬었다.

"휴우~!"

그리고 그것이 신호가 되기라도 한 듯 좌중의 여기저기에서 나지막한 한숨 소리들이 뒤따랐다.

그제야 철대산은 주변을 돌아볼 수 있는 여유를 되찾게 된 모양이다.

문득 빙긋한 미소를 떠올린 철대산이 천천히 좌중을 돌아본 다음에 왕윤을 향해 시선을 맞추었다.

"전하, 제게 빚을 졌다 여기고 계셨습니까?"

왕윤이 가만히 고개를 끄덕였다.

"후훗. 일전에 연왕과 저는 친구의 관계를 맺었습니다. 그때 연왕과 제가 정의하기를 친구란 서로의 입장을 누구보다도 잘 헤아려 주는 존재이고, 또한 언제, 어떤 조건에서라도 서로가 대등하며 허물이 없어야 하는 사이라고 했습니다."

갑작스럽다 해야 할 철대산의 딴소리에 왕윤의 눈이 반짝하고 작은 빛을 발했다.

철대산이 빙그레 웃으며 말을 이었다.

"저는 감히 왕자 전하와 친구 되기를 청합니다. 그러나 무례하다 여기신다면 일언지하에 물리치셔도 좋습니다."

일순 소려와 복립, 단거와 필보, 그리고 곽유의 얼굴이 다함께 굳어졌다.

또 다른 형태의 긴장이 흐르는 가운데 한동안이나 철대산의 눈을 바라보고 있던 왕윤이 가만히 손을 내밀었다.

"좋소, 철 공. 나는 기꺼이 그대와 친구가 되겠소."

철대산이 진정 흔쾌한 웃음으로 왕윤의 손을 맞잡았다.

"하하하하! 좋소, 친구!"

어느덧 새벽의 미명이 어슴푸레 밝아오고 있는데, 별채의 모두는 저마다의 생각과 감회에 젖어 있었다.

바깥에서는 알지 못하겠지만, 별채의 그들은 지난밤 사이에 천하 정세의 흐름을 바꿀 격변의 상황들을 겪었던 것이다.

마치 묵상을 하듯, 내내 두 눈을 감고 깊은 상념에 빠져들어 있던 철대산의 눈이 가만히 뜨여지며 곁에 있던 복립을 향해 나직이 입을 열었다.

"이봐, 복립."

반가움이었을까? 복립이 그답지 않은 익살로 대답하였다.

"옛, 대형!"

철대산이 조용히 미소 지었다.

복립은 철대산의 그 미소가 왠지 차분히 가라앉았다는 느낌을 받았다.

"이 세상에서 가장 강한 힘은 무엇일까?"

마치 혼잣말을 중얼거리듯이 억양없이 가라앉은 철대산의 말에 복립은 선뜻 대답할 말을 찾지 못했다.

'가장 강한 힘이라……'

강한 힘은 많았다. 그러나 절대적인 의미로 가장 강한 힘이란 것은 어쩌면 세상에 존재하지 않는 것인지도 몰랐다.

가만히 복립의 표정에 시선을 두고 있던 철대산이 이윽고 빙그레 웃었다.

"후훗, 나는 단순한 사람일세. 너무 자네의 복잡한 사고 구조에 나를 맞출 필요는 없을 걸세. 내 말은 다만 무력(武力)이라는 측면에서 당세(當世)에 가장 강한 힘이 무엇이냐고 묻고 있는 걸세. 한 사람의 무인으로서 부딪쳐 볼 수 있는 무력 중에 가장 강한 힘이 무엇이냐 하는 거지."

그제야 복립은 조심스럽게 입을 열었다.

"기인이사들이 바닷가의 모래알보다 많은 곳이 강호라고 하지만, 당세에서 일왕보다 더 강한 무인은 찾기 어려울 것입니다."

"음! 그렇겠지. 그러니까 천하의 모든 사람들이 일왕을 두고 천하제일인이라 하는 것이겠지. 그런데 말이야, 군이 그보다 더 강한 무력을 찾는다면? 그 무력이 꼭 일개인의 힘일 필요는 없겠지. 그저 직접 부딪쳐 볼 수 있는 그런 힘이면 돼."

복립이 잠시 생각하였다가 대답했다.

"진(陣)이라는 것이 있습니다."

"진? 음! 팔진도나 뭐 그런 것을 말하는 건가?"

"예. 본래 진이라는 것은 전장에서 병사들을 일사불란하게 지휘하기 위한 하나의 형식화된 체계를 말하는 것인데, 그것이 무림에서는 음양오행과 팔괘 등 천문지리와 우주 생성의 원리에 무공을 접목시켜서 마침내는 환상과 미망의 조화까지를 부려내기에 이르게 되었습니다. 그러나 무공의 고수라면 기껏 이목을 혼돈시키는 가벼운 술수에 영향받을 리 없기에 명문대파들에서는 점차로 다수의 인원으로 소수의 절대고수를 상대할 수 있는 합격진으로 발전시키게 되었지요."

"다수로 소수를 상대한다?"

"그렇습니다. 그중에서도 무당의 오행검진과 소림의 나한진은 대표적인 합격진이라고 할 수 있습니다."

"음! 그 위력은 어느 정도인가?"

"전설은 많으나 상세히 알려진 바는 없습니다. 다만 무당의 오행검진은 능히 절대고수를 상대할 만하고, 특히 소림의 나한진은 귀신이라도 빠져나올 수 없다고 하는 말이 있습니다."

"나한진이라……."

"진정한 천하제일은 바로 소림의 나한진이라는 말이 있을 정도로 무림 역사상 단 한 번도 무너지지 않았다는 진이 바로 나한진입니다. 역대 무림의 그 어떤 절대자도 소림의 소나한진조차 넘지 못했습니다."

"소나한진?"

"당대의 소림 제자 중 가장 무예가 뛰어나다는 십팔나한으로 구성되는 진입니다."

"소나한진이 있다면 대나한진도 있다는 말이군. 후훗, 나도 백팔나한대진이란 것에 대해 들은 바가 있네만, 과연 그런 진이 존재하는 것인가?"

"대나한진은 현존하는 역대의 십팔나한들이 총동원되어 소나한진여섯 개를 동시에 운용하는 것입니다. 소림에서 대나한진이 실제 상황으로 펼쳐졌다는 말은 들어본 적이 없습니다만, 매 십 년마다 새로운십팔나한이 배출되니 대나한진이 존재 가능하다는 것은 분명합니다."

"음!"

"나한진이 천하에서 가장 위력이 막강한 진이라 하는 것은 바로 진을 이루는 구성원 전원의 힘을 가장 효율적으로 한 점에다 결집시켜낼 수 있기 때문입니다. 즉, 만약에 어떤 절대고수가 소나한진에 갇혔다면 그는 열여덟 고수들의 합쳐진 힘을 받아내야 하는 것입니다. 그런데 그 열여덟의 각각이 당대 소림의 최고 고수라고 한다면 과연 천하의 그 누가 있어 그들의 합쳐진 힘을 감당해 낼 수 있겠습니까? 더구나 대나한진의 경우라면 전대와 당대를 통틀어 백여덟 소림 최고 고수의 합쳐진 힘을 받아내야 하는 것이니, 일개인으로서 대나한진을 상대한다는 것은 신(神)이 아닌 이상 불가능하다고 해야 할 것입니다."

복립의 얘기를 듣는 것인지 아닌 것인지 철대산은 혼자만의 생각에 곰곰이 젖어 있는 모습이었다.

얼마를 그러고 있었을까?

복립이 조용히 지켜보고 있는 중에 문득 철대산이 짧게 입을 열었다.

"좋아!"

그리고 복립은 갑자기 이유 모를 한 가닥 불안을 떠올려야 했다.

'대형은… 뭔가를 준비하고 있다. 과연 그것이 무엇일까?'

동쪽 산마루가 발갛게 달아오르는가 했더니 어느새 날이 완전히 밝았다.

바깥에서 단거가 들어오며 고했다.

"대형, 별채 주변에 제압당해 있던 자들을 포함해서 마존맹이 모두 물러갔습니다."

철대산이 소려를 한 번 돌아보고 나서 덤덤한 표정으로 말했다.

"의외로군. 자식이 죽었는데도 그냥 물러갔다는 말인가?"

마존맹주를 두고 하는 말이었다.

그때 왕윤이 나직이 말했다.

"그라면 충분히 그럴 수 있는 인물이오. 허허허! 자신이 천명을 받았다고 생각하기에 소위 대의(大義)를 위해서 친인들의 목숨에 대한 원한쯤은 가볍게 접고 후일을 기약하며 돌아설 수 있는 것이오."

"천명? 허어! 대의라……."

왕윤이 다소 쓰게 웃으며 철대산의 말을 받았다.

"허허! 우리와는 다른 가치관을 가지고 있는 사람인 게요."

철대산이 가만히 왕윤의 말을 되뇌었다.

"우리……."

왕윤이 가볍게 소리 내어 웃었다.

"후훗, 그렇소. 나 또한 이제 대의보다는 내 주위의 사람들을 더욱 소중하게 여기는 소의(小義)를 신봉하는 사람이 되었소. 그러니 철 공과 더불어 우리라고 해도 되지 않겠소?"

철대산이 가만히 왕윤의 눈을 마주하고 있다가 문득 크게 소리 내어 웃었다.

"하하하하! 이거 잘되었다고 해야 할지 아니면 안되었다고 해야 할지 혼란스럽기는 하나, 어쨌든 '우리'라는 그 말이 듣기에 좋은 것은 사실이오."

왕윤이 빙그레 웃는 얼굴로 천천히 눈길을 돌려 소려와 복립, 그리고 단거와 필보 등을 차례로 바라보았다.

그 눈길에 대해 소려와 복립 등이 어려워하면서도 다소곳한 눈빛을 마주하자 왕윤이 가만히 고개를 끄덕였다.

"나는 이제 고려로, 아니, 조선이라 해도 좋겠군. 어쨌든 내 나라로 돌아갈 것이오. 그리고 그 땅의 주인으로서 살아가려 하오."

좌중의 누구도 왕윤의 그 말에 대해 입을 열지 않았다. 다만 묵묵히 왕윤의 다음 말을 기다렸다.

왕윤이 나직한 웃음으로 말을 이었다.

"허허허! 달리 생각하지 마시오. 나는 이제 내 나라 백성의 주인으로서가 아니라 다만 그들 중의 한 사람으로서, 내 나라의 산과 강과 들의 주인으로서 그렇게 살아가려 하는 것이니까. 철 공이 일왕을 꺾고 군림천하 하는 모습을 보고 떠나려는 생각도 하였으나, 하하하! 만약 그 모습을 본다면 어렵게 결심한 나의 마음이 다시 흔들릴까 두려운 까닭에 이 아침으로 바로 떠나기로 했소."

"전하!"

복립이 그 한마디를 입 밖에 내놓고 뒷말을 잇지 못하였다.

왕윤이 빙긋이 웃었다.

"고맙네, 복립. 그리고 철 공과 여러분들. 부디 뜻하는 바를 이루시기를 기원하겠소."

그리고 왕윤은 미련없이 몸을 일으켰다.

갑작스러운 일이었지만, 왕윤의 결심은 이미 확고한 듯하여 누구도 쉽사리 어떤 만류의 말을 하지 못했다.

왕윤이 단거와 필보, 그리고 복립에게로 다가가 차례로 그들의 손을 잡으며 말없는 작별을 고했다.

그리고 그는 마침내 소려의 앞에 섰으나, 한동안이나 망설인 끝에도 결국 한마디도 꺼내지 못하고서 가볍게 고개만 끄덕여 보이고는 몸을 돌렸다.

곽유가 철대산에게 고개를 숙여 보이고 왕윤의 뒤를 따랐다.

그때 철대산이 왕윤의 등 뒤로 마지막 인사를 건넸다.

"잘 가시오, 친구! 고려에 가서 손 노대를 만나거든 안부나 좀 전해 주시오."

왕윤이 잠시 걸음을 멈추었다

"하하하! 그리 넓지 않은 강산이니 부운처럼 떠돌다 보면 반가운 인연들과 마주칠 날도 있지 않겠는가. 잘 있게, 친구."

다시 걸음을 옮기는 왕윤의 등 뒤로 소려가 가만히 고개를 숙였다.

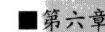

■第六章

일피 대 일왕

저녁 무렵.

불륭객잔 별채의 지붕에 깃발 하나가 내걸렸다.

미풍에 유유히 살랑이는 깃발에는 굵게 몇 글자가 새겨져 있었다.

명일(明日) **오시**(午時). 소림사 산문 앞. **결**(決) 천하제일인. **일괴** 대(對)

일왕.

한 시진 후.

마존맹이 전격적으로 퇴각한 후 감히 그 누구도 근접할 엄두를 못

내고 있던 별채의 주위로 서서히 일단의 무리들이 운집하고 있었다.

점차 시간이 지날수록 무리들의 수는 엄청난 규모로 불어났는데, 그

냥 무작정으로 모여드는 것이 아니라 보이지 않는 가운데 그들 중에는

엄정한 질서가 엿보였다.

뿐만이 아니었다.

날이 저물고 난 다음부터 소림사의 산문 앞으로도 그 숫자를 헤아리기 어려울 정도의 수많은 군웅들이 결집하기 시작했다.

원래 소림사로 통하는 대로와 산문 앞의 넓은 광장 지역은 백여 명의 무승(武僧)이 수시로 순찰을 돌며 무림인들의 접근을 통제해 왔는데, 지금 몰려드는 군웅들의 규모라는 것은 감히 제지해 볼 엄두를 내지 못할 정도였다.

그 엄청난 수도 수러니와 그들이 나름대로의 일사불란한 질서와 지휘 체계를 갖추고 있었고, 더구나 그들의 앞에 시위하듯 버티고 선 삼백의 기마대는 가히 폭발적인 위세를 내뿜고 있었다.

군웅들은 마치 내일의 일왕일괴의 대결을 위한 비무 장소를 미리 확보라도 한다는 듯, 공터의 한가운데 오십여 장을 비워둔 채 그 주위로 여러 겹의 원진을 형성하며 자리를 채워 나갔다.

그러는 중에도 군웅들의 수는 점점 더 불어나 밤이 좀 더 깊어 해시(亥時)가 되었을 무렵에는 자그마치 일만을 육박하는 규모로 늘어났다.

그들 모두는 바로 백두회에 속하는 군웅들이었다.

바야흐로 백두회가 소림으로 총집결하고 있는 것이었다.

사람이 모이는 곳에는 더 많은 사람이 모이게 되는 법이다.

그동안 소림 무승들의 통제로 소림 산문 삼백 장 이내로는 근접을 하지 못하고 있던 무림인들이 앞을 다퉈 몰려들었다.

시간이 갈수록 등봉현 주변 지역에 분산되어 있던 군웅들이 한꺼번에 몰려들면서 그 수가 자그마치 수십 만에 이르렀다.

비록 미리 위치를 점하고 진형을 짜놓은 백두회도들의 외곽으로밖에는 자리를 잡지 못하였지만 인근의 공터와 나지막한 언덕, 그리고 야산의 완만한 등성이까지 사람이 들어설 수 있는 곳이라면 그 어디를 막론하고 사람으로 가득 채워져 소림사 주변은 그야말로 인산인해를 이루었다.

그로 인해 소림사 창건 이래 지금까지 엄숙하고 경건한 고요에만 익숙해 있던 소실봉은 온밤 내내 터질 듯한 흥분과 긴장으로 들썩거렸다.

밤이 깊었다.

세상의 관심이 온통 집중되어 있는 또 한 곳 불릉객잔 별채.

그러나 그곳은 정작 고즈넉한 밤의 정적에 온전히 묻혀 있었다.

별채의 작은 방 하나.

철대산과 복립이 마주 앉아 있었다.

"명하신 대로 미리 안배해 두었던 인력들과 동원 가능한 회의 모든 전력을 집결시켰습니다. 반경 삼백 리 내의 인력들이 이미 당도하였고, 내일 오시까지는 반경 오백 리 내의 인력들까지 속속 집결할 것입니다. 그러나 대형! 이 일은 자칫……."

철대산이 빙긋한 웃음으로 복립의 말을 잘랐다.

"후훗, 나는 처음에 하지 말라고 했어. 그럼에도 불구하고 인력을 안배해 놓은 것은 어디까지나 자네의 독단이었다고."

"그건 다만 만약의 경우를 대비하기 위해서……."

"이봐, 복립. 이미 쏘아진 화살이야. 그냥 자네가 생각했던 그 만약의 경우가 지금 도래한 것이라고 편하게 생각하라고."

"하지만……."

"허허! 지금 자네가 영 자네답지 못하다는 거 알고 있나?"

"으음!"

잠시 후 복립이 한결 가라앉은 목소리로 말했다.

"대형께서는 소림에서 모든 일을 마무리 지을 작정이십니까?"

"음, 소림을 이 세계에서의 나의 최종 종착지로 삼으려고 하네. 그리고 운이 좋다면, 나는 원래의 내가 있던 세계로 돌아갈 수 있겠지."

복립이 침중하게 낯빛을 굳히고 있다가 문득 의미없는 웃음을 그려 내며 말했다.

"허허허. 대형의 그 이상한 말씀이 이제 더 이상 낯설게 들리지는 않지만, 그러나 저는 여전히 이해할 수 없습니다."

철대산이 짧게 따라 웃으며 답했다.

"훗! 처음부터 이해할 수 있는 성질의 일이 아니었네. 그냥 내가 하는 말을 인정하면 되는 거겠지."

복립이 다시 침중한 안색으로 돌아갔다.

"그럼 그 이후에는… 그 이후에 저희들은 어떻게 해야 합니까?"

철대산이 한동안 대답하지 못하다가, 이윽고 천천히 입을 열었다.

"아무래도 그 답은 자네가 찾아야 할 것 같군."

복립이 강한 어조로 말을 받았다.

"저는 답을 찾을 수 없습니다. 대형이 계시지 않는다면, 지금까지 우리가 이루어놓은 모든 것들은 한순간에 사상누각으로 변하고 말 것입니다."

철대산이 짐짓 가볍게 웃어 보였다.

"훗, 자네는 스스로의 능력을 너무 과소평가하고 있군. 자네와 태백산맥이라면 내가 없다 하더라도 능히 백두회를 강호의 전설로 만들어갈 수 있을 거야."

복립은 대답하지 않았다.

"나는 일왕과의 대결 후 좀 더 큰 도전을 생각하고 있네."

복립의 표정이 잔뜩 굳어들었다.

"무엇을 생각하고 계시는지 알고 있습니다. 그리고 대형의 결심을 바꿀 수 없다는 것도 알고 있지만, 그러나 그 도전은 결코 가능하지 않습니다."

"하하하! 자네도 알다시피 이 세계에서 내가 겪어왔던 많은 일들이 처음에는 다 가능하지 않았던 일들이었네. 그러나 언제나 나로서는 달리 선택의 여지가 없는 상황들의 연속이었고, 그것은 이번에도 마찬가지일세. 흠! 나는 그 가능하지 않은 도전에서 두 가지 결과를 기대하네. 그 하나는 물론 내가 원래의 나의 세계로 돌아가는 것이네. 그리고 두 번째는 백두회의 일천한 전통과 역사를 대신하여 흔들리지 않는 근간이 되어줄 하나의 신화와 전설이 만들어지기를 기대하네."

"대형……!"

복립의 얼굴에 엷은 홍조를 띤 열기가 돋아나고 있었다.

철대산이 짐짓 급하게 손을 저어 복립의 말을 가로막았다.

"아아! 그러나 세상에 공짜는 없는 법이야. 자네들도 지금부터 준비하고 노력하지 않으면 안 된다는 말이지. 그래서인데 말이야, 이 참에 백두회의 직제를 좀 바꾸는 게 좋겠어."

"……?"

복립이 자신의 할 말을 다 못한 답답함에다가 철대산이 새롭게 꺼낸 말에 대한 의문이 겹쳐 묘한 표정이 되고 말았다.

철대산이 짓궂은 장난이라도 걸듯이 빙글빙글 웃으며 말을 이었다.

"흠! 사람의 명예욕에는 끝이 없다고 하더니만, 내가 말이야. 자리 욕심이 좀 생겼어."

"······?"

복립이 아직도 딱히 할 말을 찾지 못하여 눈만 끔뻑거리고 있는 중에 복립의 반응 따위는 별 관심이 없다는 듯 철대산의 말이 계속 이어졌다.

"누구에게 물어봤더니, 회주보다 높은 게 태상회주(太上會主)라며? 흐흣! 그래서 말인데, 지금부터 태상회주 노릇 좀 해보자고. 흠! 그리고 말이야, 공석이 되는 회주 자리는 소려에게 맡기는 것으로 하지."

"대형!'

복립이 반은 놀라고 반은 어이가 없다는 표정으로 버럭 소리를 질렀다.

그러나 철대산은 여전히 빙글거리는 표정을 거두지 않았다.

"왜? 무슨 문제가 있나? 설마 내가 태상회주 자리에 오르겠다는 데 무슨 불만이야 없을 거라고 믿고, 그러면 소려가 회주 자리에 앉는 데 대해 불만이 있다 이 건가?"

"으음······!'

복립이 마침내 답답한 신음 소리를 내고 말았다.

"하하하! 비록 여자이긴 하지만 소려가 백두회의 회주로서 결코 손색이 없다는 것은 자네가 가장 잘 알 텐데? 암공을 꺾은 이후로 독후(毒后) 일독(一毒)의 명성은 이미 천하를 쩌렁하게 울리고 있지 않은가? 자네도 들었잖아? 일괴일독일왕일존(一怪一毒一王一尊)이라는 소리 말이야."

복립의 안색은 이제 더할 수 없이 침중하게 가라앉아 있었다.

'아아! 대형은 벌써부터 우리와의 이별을 서두르고 있었구나!'

새로운 하루가 밝았다.

아침 일찍부터 흑풍사신대의 일개 대대 백여 기의 기마가 불릉객잔 별채 앞에 대기하였다.

사시(巳時) 말(末).

별채로부터 십수 개에 이르는 오색의 대형 깃발이 옮겨져 나와 흑풍 사신대의 기마 위로 전달되었다.

그리고 깃발을 든 기마들이 선두에 서고 그 뒤로 철대산과 태백산맥 의 인물들을 호위하여 전체 백여 기의 기마가 소림을 향하여 행진하였 다.

기마대의 뒤로 수천의 백두회 휘하 인력들이 천천히 따라 이동하였 다.

기마 위로 우뚝 솟은 깃발들이 살랑이는 바람에 느긋하게 나부꼈다.

흰색 바탕의 깃발에는 진청색 글씨가 선명하였다.

대백두회(大百頭會).

태백산맥(太白山脈).

연청색 바탕의 깃발에는 검은 글씨가 수놓아져 있었다.

대백두회(大百頭會) -흑회(黑會).

대백두회(大百頭會) 소도련(小刀聯).

대백두회(大百頭會) 녹림십팔채(綠林十八寨).

그리고 회색 바탕의 깃발에 붉은 글씨가 휘날리고 있었다.

대마교(大魔敎).

그리고 두 개의 유난히 크게 돋보이는 붉은 바탕의 깃발에는 황금빛 일필휘지의 글씨체가 웅장한 기세를 뽐내고 있었다.

백두회주(百頭會主).
백두회 태상회주(百頭會 太上會主).

소림사 산문 앞.
인산인해로 가득한 군웅들 속에 마련된 방원 오십여 장의 공터에 철대산과 태백산맥, 그리고 오색의 깃발을 든 십수 기의 기마가 자리하고 있었다.

멀리 야트막한 언덕과 야산의 산등성이까지를 포함하면 가히 수십만에 이르는 군웅들이 결집하여 있었는데, 그들 모두가 마치 보이지 않는 무엇인가에 억눌려 있기라도 한 듯 작은 소란 하나 피워내지 못하고 있었다.

다만 그 한가운데에 있는 철대산과 태백산맥의 인물들만은 자못 여유로운 모습들이어서 마치 그들은 오늘 이 자리의 주인공이 아니라 구경꾼이라도 되는 듯하였다.

그때 소림사의 거대한 산문이 조용히 열리며 일단의 인물들이 바깥으로 걸어 나왔다.

그들을 보고 소림의 산문에서부터 공터 전체를 차지하고 있는 백두 회도들은 조용한데, 오히려 산문으로부터 한참이나 떨어진 군웅들 속에서 작은 소란이 일기 시작하더니 점차로 크게 번져 나갔다.

"소림 장문 현각 대사다!"

"십팔나한이다!"

육십대의 노승과 그를 호위하는 열여덟 명의 비범한 모습의 오십대 승려들이었다.

마침 마교의 흑풍사신대가 산문에서 공터로 나오는 길을 가로막듯이 배치되어 있던 터라 승려들은 곧 걸음을 멈출 수밖에 없었다.

십팔나한 중의 아홉이 앞으로 나섰다.

당금 소림의 십팔나한이라는 이름 자체만으로도 그 무엇과도 비할 수 없는 무게와 위엄이 되겠지만, 그 앞에 선 기마대는 그런 무게와 위엄이 도통 통하지 않는 무리였다.

그리고 그중에서도 그들의 대주인 진강은 원래부터 두려움이라는 것이 무엇인지를 모르는 자였다.

"무엄하오. 물러서시오!"

십팔나한 중의 하나가 은근히 사자후 공력을 실어 외쳤으나, 진강은 들은 척도 하지 않았다.

진강의 시선은 처음부터 줄곧 철대산에게로만 향해 있었다.

아무리 수십 년 좌선수행을 한 고승이라 할지라도 예기치 못한 상황에서까지 감정이 흔들리지 않기란 어려운 법이다.

더욱이 십팔나한이 본래 선승(禪僧)이라기보다는 무승(武僧)이고, 게다가 수십만의 군웅들이 자신들의 일거수일투족에까지 초미의 관심을 집중하고 있는 중이 아니던가.

방금 소리쳤던 무승의 얼굴이 일순 시뻘겋게 달아오르면서, 마침내는 참지 못하고 진강을 향해 일장을 뻗어내려는 찰나였다.

　진강이 문득 타고 있던 말의 배를 차며 뒤로 두 걸음을 물러나게 하였다.

　진강의 눈길이 여전히 머무는 그곳에서 철대산이 빙그레 웃으며 고개를 끄덕이고 있었다.

　이어 진강의 손짓을 따라 삼백 기의 흑풍사신대가 길을 틔웠다.

　그러나 십팔나한들의 얼굴은 만족스럽게 변하지 않고 더욱 붉어져 가고 있었다.

　흑풍사신대가 틔운 길이 결코 넓지 않아서, 그 길로는 십팔나한이 산문에서 나올 때의 진형을 유지하며 나아가기가 불가능하였기 때문이다.

　십팔나한으로서는 참으로 난감한 상황이 아닐 수 없었다.

　막상 싸우고자 한다면 모르되, 그렇지도 않은 조심스러운 상황에서 차라리 앞을 막은 것이 사람이라면 어깨라도 밀치며 나아가겠지만, 말을 밀치고 나아갈 수도 없는 노릇이 아니겠는가.

　그때 미미하게 안색을 굳힌 현각 대사가 선뜻 걸음을 옮겨 앞장을 섰다.

　그렇게 되자 십팔나한 또한 세 사람씩 열을 지어 현각 대사의 뒤를 따를 수밖에 없었다.

　현각 대사와 철대산이 마주 섰다.

　현각 대사는 애써 평정을 유지하려는 것 같았으나, 그의 안색에는 이미 감추기 어려운 불쾌함과 노기가 은은히 서려 있었다.

"소림은 신성한 불법 도량이오. 싸움과 살업(殺業)을 일삼는 무리들로 인해 그 청정이 더럽혀지는 것은 용납될 수 없소. 한데도 이처럼 대규모의 군웅들을 선동하고 있는 시주의 의도가 대체 무엇이오? 혹, 강호에 떠돌고 있는 천마묵환에 대한 낭설을 진정으로 믿고서 헛된 욕심을 부려보고자 하는 것이오?"

현각 대사의 말은 차분하고 나지막하였으나 순후한 경지에 오른 사자후의 공력을 의도적으로 목소리에 담아서 자신의 말이 멀리까지 전해지도록 하고 있었다.

철대산이 담담한 기색으로 듣고 있다가 현각 대사의 말에 대해 부정도 긍정도, 또한 변명도 아닌 뜻밖의 말을 내놓았다.

"소림이 천마묵환을 가지지 않았다는 것은 내가 보장할 수 있소."

철대산의 말 역시 그만의 방법으로 내력이 주입되어 있었기에 조금 요란하기는 하였지만 오히려 현각 대사의 말보다 더욱 멀리까지 전달이 되었다.

당장에 군웅들의 웅성거림이 물결처럼 사방으로 번져 나갔다.

현각 대사의 안색 역시 일변하였다.

철대산의 지금 발언은 지극히 위험한 발언이었다. 물론 철대산 본인에게.

자칫 철대산 자신이 천마묵환의 소재를 알고 있다는 말로도 들릴 수 있는 것이니 말이다.

조금은 혼란스럽다는 표정을 감추지 않고 현각 대사가 다시 물었다.

"그렇다면 철 회주가 이곳에 온 이유는 무엇이오?"

철대산에 대한 현각 대사의 호칭과 말투가 다소 바뀌었다.

그러나 철대산의 대답은 여전히 거침이 없었다.

"벌써부터 공개적으로 말하여 온 바 있지만, 당금 천하의 진정한 천하제일인을 가리기 위해 일왕과 승부를 결하기 위해서요."

"허허! 다만 그런 이유 때문이라면 이렇듯 수만에 달하는 수하들을 대동하고, 또한 군웅들을 선동할 일은 아니었지 않았겠소?"

철대산이 나직이 소리 내어 웃었다.

그러나 그의 웃음소리에는 여전히 극고의 내력이 담겨 있었기에 수백 장 너머까지 또렷하게 전달이 되었다.

"하하하하! 대사의 말씀이 맞소. 본인 또한 등봉현과 소실봉뿐만이 아니라 숭산 일대가 전부 다 소림의 영역이라 들었기에, 원래는 단출하게 일행을 꾸려서 온 바 있소. 그러나 이틀 전에 마존맹의 야습을 겪고 나서는 생각이 많이 달라졌소이다. 우리 일행은 열이 채 안 되는데, 자그마치 천여 명이 넘는 마존맹 살수들의 공격을 밤새 받았으나, 바로 지근(至近) 거리의 소림은 아는 체를 하지 않았소이다. 하하하! 덕분에 강호에서는 아무리 좋은 뜻이라도 역시 힘이 있고 난 다음에야 통한다는 진리를 새삼 깨달았던 것이오."

현각 대사가 잠시 미간을 좁혔으나 이내 차가운 어투로 입을 열었다.

"철 회주가 승부를 결하고자 하는 일왕은 소림의 제자외다. 만약 본 장문이 승부를 허락하지 않는다면 어떻게 하시겠소?"

철대산이 서슴없이 대답했다.

"어떻게 해서라도 내 뜻을 관철시킬 의지가 없었다면 처음부터 이 많은 사람들을 이렇듯 번거롭게 만들지는 않았을 것이오."

현각 대사가 안색을 굳히고 무겁게 물었다.

"그 말은 소림에 무력을 행사할 수도 있다는 뜻이오?"

일순 사방이 갑작스러운 긴장에 휩싸이며 조용하게 침묵이 깔렸다.

모든 군웅들이 철대산의 입에서 어떤 대답이 나오기를 기대하면서도, 다른 한편으로는 아무리 일괴라 해도 감히 함부로는 그 대답을 내놓지 못하리라 확신하였다.

그러나 일괴 철대산의 입에서 그 대답은 너무도 쉽게, 그리고 간단하게 나오고 말았다.

"물론이오."

그 한마디에 장내에는 말 그대로 일촉즉발의 긴장이 엄습했다.

그러나 곧 그 억눌린 긴장이 폭발이라도 해버린 듯 거대한 함성이 터져 나왔다.

"와아아아아!"

공터 주변을 꽉 채우고 있던 백두회의 수만 회도(會徒)들로부터 터져 나온 함성이었다.

그 거대한 함성이 장내의 긴장을 일시에 걷잡을 수 없는 흥분으로 바꾸어 버렸다.

군웅들의 속성이라는 것은 어쩌면 정상적이고 예측 가능한 상황을 기대하기보다는, 오히려 극적인 상황과 장면을 기대하는 것이던가.

한 번 터져 나온 함성은 곧이어 전염이라도 되듯이 수십만 군웅들의 함성으로 번져 나가고 있었다.

현각 대사의 얼굴이 금세 당황으로 물들었다.

그가 제아무리 수양이 높은 고승이라고 하더라도 일개인으로서 수십만의 함성 가운데 있다는 것은, 더구나 그들의 지지를 받는 것이 아니라 다분히 재촉을 받는 입장에 있다는 것은 참으로 견디기 어려운 노릇이 아니겠는가.

그때였다.

산문 안으로부터 한 중년 사내가 걸어 나오고 있었다.

중년 사내는 자신의 존재를 부각시키는 어떠한 행위도 없이 다만 천천히 걸어 나오고 있을 뿐이었는데도, 이상하게도 군웅들의 시선은 그에게로 쏠리고 있었다.

그리고 급기야는 태풍처럼 일고 있던 함성들조차 차츰 잦아들기 시작하는 것이었다.

군웅들 속에서는 확연히 다른 분위기의 술렁임이 일기 시작하였고, 그 술렁임은 삽시간에 또 다른 함성으로 번져 나갔다.

"와아아! 일왕이다!"

"소림권왕(少林拳王)이 나왔다!"

외모와 풍채로 보자면 그저 평범하여 특별히 묘사할 것도 없는 그 중년 사내가 바로 천하십강의 수위에 올라 있으며, 강호인들로부터 명실상부한 천하제일인으로 인정받고 있는 일왕, 바로 그 인물이었다.

일괴가 근래에 혜성처럼 나타나 사람들의 관심과 흥미를 끌고 있는 존재라면, 일왕은 무림에서 오래전부터 부동의 일대 영웅으로 군림하고 있는 존재였다.

스스로 정도(正道)를 걷는다고 생각하는 인물들은 물론이고, 비록 사마외도(邪魔外道)의 인물들이라 해도 일왕이라는 존재에 대해서는 어느 정도 존경과 존중의 염을 가지고 있었다.

그래서 그는 일왕인 것이고, 또한 무림의 영웅인 것이다.

군웅들은 지금 어쩌면 서로 상반되는 두 가지의 마음을 동시에 가지고 있는지도 몰랐다.

그 하나는 현재의 영웅인 일왕을 누르고 새로운 영웅이 탄생하기를 바라는 마음.

그리고 또 다른 하나의 마음은 자신들의 오랜 영웅이자 신화인 무적불패(無敵不敗)의 천하제일인인 일왕의 위용을 다시 한 번 만천하에 떨쳐 주기를 바라는 마음.

그러한 양면의 마음이 가슴을 뜨겁게 달구고 있기에 군웅들은 지금 억제하기 어려운 긴장과 흥분에 휩싸여 있는 것이다.

"소림의 제자는 도전을 거부하지 않는다."

무겁고 중후한 일왕의 목소리가 노화순청에 이른 사자후로 시전되며 천지 사방으로 울려 퍼졌다.

현각 대사의 미간이 설핏 좁아졌다가 다시 펴졌다.

현각 대사는 흑풍사신대가 열어주는 길을 따라 천천히 걸어오고 있는 일왕을 착잡한 눈빛으로 응시하고 있었다.

이윽고 일왕이 곁으로 다가와 서자 현각 대사가 나직이 입을 열었다.

"그리 오랜 세월에 걸쳐 말하였건만, 사제의 그 구애받지 않는 성품은 조금도 바뀌지를 않은 것 같네."

일왕이 현각 대사에게 말없이 고개만 숙여 보였다.

현각 대사가 내키지 않지만 어쩔 수 없다는 표정으로 말을 뱉었다.

"사제의 생각이 이미 굳어졌다면 어쩔 수 없는 일이겠지. 그러나 이 대결은 어디까지나 사제의 개인적인 명예에 관련된 것이고, 또한 소림의 산문 바깥에서 벌어지는 대결이라는 것을 미리 염두에 두도록 하게."

그리고 현각 대사는 천천히 몸을 돌려 산문을 향해 걸음을 옮겼다.

그 뒤를 십팔나한이 묵묵히 따랐다.

현각과 십팔나한의 모습이 산문 안으로 사라질 때까지 담담한 시선으로 바라보고 있던 일왕의 안색에 한순간 엷은 그림자가 진다 싶었지만, 그것은 바로 곁에서도 알아보지 못할 정도의 극히 찰나적이고 미미한 변화였다.

철대산과 일왕이 서로를 바라보며 마주 섰다.

서로를 응시하는 그들의 눈빛에서는 여느 강호의 승부처럼 서로를 탐색하는 긴박감이나 치열함 같은 것은 보이지 않았다.

그저 물끄러미 상대를 향해 눈길을 던져 놓고 있는 것만 같았다.

문득 철대산이 빙긋한 미소를 지으며 툭 던지듯이 말을 건넸다.

"조건을 하나 걸어도 되겠소?"

일왕은 표정의 변화 없이 담담한 목소리를 냈다.

"내가 귀하를 잘못 본 것인가? 만약 순수한 무를 겨루기 위함이 아니었다면 나는 이 승부에 응하지 않겠네."

철대산의 미소가 묘한 여운을 끌며 짙어졌다.

"아마도 당신은 그렇게 하지 못할 것이오, 절대로."

일왕의 눈썹이 꿈틀하고 움직였다.

"소문으로 듣던 대로 과연 제멋대로군."

일왕의 목소리에 은은한 노기가 비쳤다.

그러나 철대산은 전혀 개의치 않는 모양으로 오히려 나직하게 소리 내어 웃었다.

"후후, 괜히 일괴(一怪)겠소?"

"으음!"

일왕의 양미(兩眉)가 서서히 역팔자(逆八字)를 그려갈 때, 철대산이 마치 소곤거리듯이 말을 흘렸다.

"천마묵환이 내게 있소."

순간 일왕이 자신도 모르게 흠칫하며 반사적으로 되물었다.

"사실인가?"

그리고 그때부터 철대산의 기세는 일변하였다.

입가에 드리운 엷은 미소는 그대로인데, 마치 다른 사람을 보는 듯 깊숙한 눈빛과 오연(傲然)한 기세를 뿜어내는 것이었다.

맑으나 묵직한 중량감이 실린 목소리로 철대산이 느릿하게 말했다.

"비록 행동에 구애를 받지 않는다 해도 거짓을 말하지는 않는다."

일왕은 일시 할 말이 없어졌다.

"어떻게 할 것인가?"

재차 묻는 철대산의 말에 일왕이 잠시간 더 철대산의 깊숙한 눈빛을 바라보다가 대답을 내놓았다.

"좋다. 당신의 말을 믿기로 하지. 비록 세상의 풍문과 평판이란 것이 대개는 부풀려지고 왜곡되기 쉽다 하나, 어떤 면에서든 천하제일이라는 소리를 듣게 되었다면 그 풍문의 주인공에게는 분명 그럴 만한 능력과 가치가 있을 것이니까."

철대산이 표정을 한결 가볍게 바꾸며 마치 농을 건네는 것처럼 말했다.

"나를 믿어달라고까지 말한 적은 없는데?"

일왕이 조금은 어이없다는 기색이 되어 가만히 철대산을 바라보았다.

아무리 일괴의 명성이 세상을 놀라게 하고 있다 해도 이제 갓 삼십이나 되었을 나이에 불과한 청년인데, 상대는 어느 순간부터 자신과 아주 자연스럽게 평대를 하고 있었다.

강호에서의 명성의 고하를 떠나 일왕 자신은 이미 오십 줄에 접어든 나이인데 말이다.

그런데 묘한 것은, 그러한 상대의 오만과 무례가 그다지 크게 거슬리지 않는다는 것이었다.

그런 생각 때문이었는지 일왕의 입가에 언뜻 희미한 미소가 걸렸다.

"그 조건이라는 것을 먼저 들어보기로 하지."

철대산은 이제 다시 완전한 본래의 모습으로 돌아가 있었다.

그가 빙글거리며 말했다.

"후훗! 세상에서는 일왕이 무적불패의 천하제일인이라고 하고 또 불가능이 없는 위대한 영웅이라고도 하지만, 내가 보기에 그건 아무래도 잘못 전해진 부분이 많은 것 같군. 허허허! 무공에서는 과연 무적불패이고 천하제일인지 모르겠지만, 당신은 아직까지 세상 살아가는 이치에 있어서는 시정의 잡배들보다도 못한 점이 있는 것 같아 보이니 말이야."

분명 조롱기가 담긴 말이었으나, 일왕은 화를 내는 대신 문득 엉뚱한 생각 하나를 떠올리고 있었다.

그것은 바로 말 중간에 철대산이 짐짓 자연스럽게 흘려낸 웃음소리에 대한 것이었다.

'허허허? 허허! 이젠 아주 웃음소리마저 평대로 맞추자는 건가?'

그때 철대산은 싱글거리며 말을 잇고 있었다.

"나는 당신이 도저히 거절할 수 없는 조건을 가지고 있지. 아아! 물론 당신이 거절할 수 없다는 의미가 꼭 당신이 욕심 많다는 의미는 아니야. 그러나 당신에게 기보에 대한 욕심이 없다고 해도, 아마도 당신의 사문인 소림의 입장과 또 이리저리 관련되는 여러 인맥들의 입장 때문에라도 당신은 감히 내 조건을 거절하지 못할 것이라는 의미지. 자! 패가 이쯤 되었다면 카드는 당신이 먼저 오픈해야 되는 거 아닐까?"

'패? 카드? 오픈?'

생소하기만 한 그 단어들의 뜻이 무엇인지 일왕은 짐작도 할 수 없었으나, 그건 아무래도 좋았다. 이미 뜻은 통하였으니까.

"좋다. 천륜과 인륜에 위배되지만 않는 것이라면."

철대산이 습관처럼 다시 빙긋이 웃으며 고개를 끄덕이는 것을 보고 이번에는 일왕이 물었다.

"그런데 당신은 나를 믿을 수 있나? 내가 승부에서 패했을 때 당신의 그 조건을 반드시 지킬 것이라는 믿음이 있는가?"

당연히 그래야 하는 것처럼 철대산이 다시 웃었다.

"후훗! 당신은 이미 나를 믿는다고 하지 않았던가? 같은 이유로 나도 당신을 믿어. 누가 뭐라 해도 당신은 일왕이니까."

일순 일왕의 입가에 확연한 미소가 떠오르고 있었다.

스스로 의도하지 않았음에도 자신도 모르게 입가로 빙그레 떠오르는 미소였다.

당혹스러움이 담겨 있었지만, 한편으로는 묘한 기꺼움 또한 녹아 있는 그런 미소였다.

"그럼 시작해 볼까?"

좀체 지워지지 않는 입가의 미소를 숨기기라도 하듯, 일왕이 그렇게 한마디를 던지고는 몸을 돌렸다.

그리고 철대산과의 거리를 벌리며 천천히 걸어갔다.

두 사람 사이의 거리는 십여 장쯤 되었다.

그런데 아무리 절대고수들 간의 승부에서 거리는 문제되지 않는다고 하지만, 오류 장 정도가 아니라 십여 장에 이르게 되면 좀 지나치게 멀다고 해야만 했다.

그러나 그 거리를 벌린 사람이 다름 아닌 일왕이니 지켜보는 수많은 군웅들이야 의문과 호기심이 넘치기는 하였으나, 그저 쥐 죽은 듯한 정적으로 상황의 전개를 기다릴 수밖에 없는 노릇이었다.

심지어는 철대산마저도 궁금하기는 마찬가지였다.

물론 그의 유일한 신법인 총알탄을 전력으로 발휘한다면 십 장 밖이라 해도 그의 공격 사정권을 벗어났다고는 할 수 없었다.

총알탄으로 빛살처럼 쏘아 나가는 탄력을 빌어 온몸 어디로 건 부딪치는 자체가 바로 공격이었으니까.

그러나 지금은 아무래도 다짜고짜 총알탄을 발휘할 그런 상황은 아니었다.

승부도 나름의 품격이라는 게 있는 법이고, 지금의 이 싸움이야말로 천하제일인을 가리는 싸움이니 그 모양새를 아주 무시할 일은 아닌 것이다.

철대산이 승부의 품격을 생각하고 있을 때, 정작으로 조바심을 내고 있는 것은 바로 복립과 위천이었다.

그들이 지금까지 보아왔던 철대산의 승부들에서 철대산이 가장 강력한 위력을 발휘한 것은 바로 삼왕(三王)과 함께할 때였다.

그런데 지금 철대산은 상대인 일왕이 공수(空手)라 하여 그 또한 삼왕으로 유리함을 취할 의사가 전혀 없는 듯했다.

그러나 복립이 보기에 지금의 상황은 결코 그래서 될 게 아니었다.

일왕과의 승부인 것이다.

일왕이 이때껏 병기를 사용한 적이 없고, 장권으로만 천하제일인의 위치에 올랐다는 것은 그의 또 다른 별호가 소림권왕이라는 것만 봐도 알 일이었다.

그런데 철대산이 스스로는 병기에 강점이 있음에도 불구하고 일왕에 맞추어 빈 몸으로 상대를 하겠다는 것은 도무지 이치에 맞지를 않는 것이다.

위천은 벌써부터 삼왕이 들어 있는 등 뒤의 가죽 주머니를 벗겨 들고, 안절부절못하며 철대산과 복립의 눈치를 번갈아 살피고 있었다.

복립이 이마를 한껏 찌푸리고 한동안 갈등하다가, 결국은 가만히 고개를 가로젓고 말았다.

모든 것은 철대산이 알아서 할 일이었다.

아무리 복립이라 해도, 또 태백산맥의 그 누구라 해도 철대산의 참모습과 능력에 대해 완전히 아는 사람은 없었다.

철대산이 스스로의 의지로 빈손으로 일왕과 겨루기로 결정한 것이고, 이미 승부는 시작이 되었다.

이제는 천하의 그 누구도 그들의 승부에 관여할 수 없었다.

두 손을 편안하게 늘어뜨린 자세로 전방의 일왕을 주시하고 있던 철대산의 눈썹이 문득 꿈틀하였다.

귓가로 일왕의 목소리가 들려왔기 때문이다.

일왕은 십여 장 바깥에서 묵묵히 서 있기만 하였는데, 그의 목소리가 철대산의 바로 귓전에서 속삭이는 듯 들려왔다.

"내가 익힌 무공은 다양하다 할 수 있으나, 제대로 익힌 것은 오로지 백보신권(百步神拳) 하나요. 다른 무공들은 다만 백보신권을 완성하기 위해서 익혔을 뿐이라는 뜻이오."

승부의 상대로서 존중을 한다는 의미인지, 일왕의 어투가 바뀌어 있었다.

그런데 백보신권이라면, 그 이름 그대로 백 보 밖의 바위를 권경(拳勁)으로 부술 수 있다는 권법이다.

역대 소림의 고수들 가운데 그 이름대로의 위력을 실제로 보여준 경우는 없었지만, 어쨌든 소림칠십이종 절기 중 하나라는 사실만으로도 최고의 절기로 무림에 회자되고 있는 절학이다.

그러나 철대산은 지금 백보신권에 대한 것보다는 전혀 다른 엉뚱한 문제에 직면하고 있었다.

일왕이 이같이 고상한(?) 수법으로 말을 전해왔는데 자신은 어떻게 대답을 할까 하는 문제였다.

목소리에 내력을 싣는 것쯤이야 그도 이제는 익숙하게 할 수 있었지만 그 방법으로는 그냥 소리가 멀리까지 퍼지거나 할 뿐이니, 지금 일왕이 시전하는 수법에 비하면 격이 너무 떨어지는 것이 되지를 않겠는가.

'제길! 이런 경우가 있을 줄 알았으면 진작에 전음이라도 좀 배워놓을걸.'

철대산의 내심에서 그런 투덜거림이 있으리라는 것은 감히 상상조차도 못한 일왕은 철대산의 묵묵함을 아마도 조금은 다른 방향으로 해석한 모양이었다.

이어지는 일왕의 목소리가 보다 부드러워졌다.

"내가 미리 거리를 벌려 선 것은 나의 유리함을 취하려 하기보다는, 당신에게 공평한 조건을 주기 위해서요. 나의 백보신권은 이미 거리의 가깝고 먼 것에 제한을 받지 않소. 또한 변화와 은밀함을 임의로 취할 수 있으니, 가까운 거리에서라면 자칫 당신이 수긍하기 어려운 결과가 나올 수도 있음이오. 내가 수련한 백보신권의 근본은 원래가 그 강맹한 위력에 있는 것이라 나는 초식상의 현묘(玄妙)함보다는 오로지 그 위력으로 당신과 승부를 겨룰 생각이오. 만약 당신의 생각이 나와 다르다면 당신은 얼마든지 당신이 원하는 방식을 취해도 좋소."

철대산이 더 이상 고민(?)에 빠져 있지 못하고 내력을 실어 외쳤다.

"좋소! 사실은 나도 언제나 고상한 대결을 꿈꾸어온 사람이오."

일왕이 문득 입매를 일그러뜨렸다. 솟아나는 웃음을 억지로 참는 것이리라.

그러나 일왕의 얼굴은 이내 신중하게 변했다.

"이제부터 나는 변화를 배제하고 오로지 진실한 위력으로만 세 번의 주먹을 떨쳐 낼 것이오. 만약 당신이 회피하지 않고 정면으로 그 세 번의 주먹을 다 받아내고도 두 발로 서 있을 수 있다면 나는 깨끗하게 나의 패배를 인정하겠소."

일왕이 두 발을 적당히 벌린 편안한 자세에서 가볍게 말아 쥔 우권(右拳)을 느릿하게 앞으로 밀어내었다.

'뭘 하려는 건가?'

일왕이 스스로 선언했던 세 번의 주먹 중 그 첫 번째 주먹을 출수하는 데도 철대산은 그저 생각없이 바라보고만 있었다.

십 장이나 떨어진 곳에서 무슨 대단한 경력을 동반하는 것도 아니고,

그저 손짓하듯이 가볍게 뻗어내는 주먹에 철대산뿐만이 아니라 그 누가 조금의 경계심이라도 가질 것인가.

그러다가 철대산은 문득 자신의 몸 삼 척(三尺) 전방 부근에서 급작스럽게 형성되어 돌연 쇄도해 오는 한 무더기의 강력한 경력을 느꼈다.

"헛!"

경악의 헛바람을 토해내었지만 이미 방비를 취하기에는 너무 늦어 있었다.

철대산 자신의 의지와는 상관없이 그의 가슴이 불쑥 앞으로 나아가며 이미 몸에 다다른 경력을 맞아갔다.

같은 순간 그의 체내에서는 외력의 느낌에 반응하여 기핵이 찰나적으로 활성화되며 형용할 수 없는 속도로 진기가 온몸을 휘돌았다.

그 모두가 철대산의 의지와는 상관없이 거의 본능적이다시피 이루어진 일이었다.

쾅!

한순간 철대산은 가슴으로 전해지는 화끈한 충격을 실감하며 자신의 몸이 뒤로 쭈욱 미끄러져 나가는 것을 느꼈다.

다행인 것은 그 긴박한 와중에도 몸이 십사동세의 이치에 따라 반응한 덕분에 충격을 최대한 완충시키며 자세를 흩뜨리지 않았다는 것이다.

만약 그렇지 않았다면 그는 한순간에 중심을 잃고 뒤로 튕겨져 바닥에 나뒹굴고 말 뻔하였다.

그리고 그렇게 되었다면, 그가 비록 상처를 입지 않았다고 해도 이미 일왕과 승부의 내용을 정하였던 바, 그는 패배를 부인할 수 없게 되었을 것이다.

"제기랄!"

철대산의 입에서 자신도 모르게 큰 소리의 투덜거림이 새어 나왔다.

충돌의 순간에 풀썩 일어나는 흙먼지 속에서 쭈욱 밀려 나가는 철대
산의 신형을 눈이 찢어져라 응시하면서 복립의 어깨가 두어 차례나 움
찔거렸다.

위천은 한 발을 앞으로 내디뎠다가 다시 물리며 애꿎은 가죽 주머니
를 쥐어짜듯 꽉 움켜쥐었다.

단거의 입에서는 자신도 모르게 한마디 투덜거림이 새어 나왔다.

"제기랄!"

다만 소려는 자신의 품에 안기다시피 하여서 초조함에 떨고 있는 기
완의 어깨를 가만히 감싸고서 비교적 차분한 눈빛으로 철대산의 모습
에 시선을 고정시키고 있었다.

그리고 그때쯤 군웅들의 반응이 터져 나오고 있었다.

산문 앞 공터 내, 백두회도들에게서는 극도의 놀람과 염려, 그리고
우려가 가득 담긴 탄식 소리가 울렸다.

"우우우!"

반대로 그 바깥의 평지와 언덕, 그리고 야산의 산등성이까지를 가득
채운 군웅들에게서는 환호가 터져 나왔다.

"와아아아아!"

그리고 한동안 이어지넌 온갖 종류의 탄식과 환호 소리들이 어느 한
순간에 거짓말처럼 멈추었다.

일왕의 두 번째 주먹이 서서히 뻗어나가고 있었던 것이다.

일왕은 같은 자세에서 이번에는 조금 더 크고 강한 동작으로 주먹을 질러내고 있었다.

우우웅!

거대한 경력이 허공을 떨어 울리는 웅혼한 소리는 정적 철대산의 바로 일 장 앞 공간에서부터 생겨났다.

이어,

콰르릉!

공터 내에 있는 사람이라면 고막이 울릴 정도로 거창한 폭음이 터졌다.

그와 동시에 철대산의 주위로 자욱한 먼지가 숫구쳐 올라 그의 신형을 어렴풋하게 가려 버렸다.

철대산은 처음과 달리 이번에는 일왕이 만들어내는 기의 응축 과정을 느낄 수 있었다.

그러나 이번에도 그의 대응 방법은 처음과 그다지 다르지 않았다.

다만 처음과 다른 것이 있다면 그가 스스로의 의지로 자신의 어깨를 일왕의 백보신권이 만들어낸 그 거대한 경력에 맞부딪쳐 갔다는 것이었다.

그 격돌의 결과로 철대산은 이번에도 뒤로 일 장을 밀려 나갔다.

그러나 살짝 찡그린 그의 얼굴에 놀란 빛은 없었으며 다만 뭔가 미진한 듯한, 그리고 아쉬운 듯한 빛이 떠올라 있었다.

일왕의 양미(兩眉)가 역팔자 형상을 만들고 있었다.

이제 이 승부에서 그에게는 단 한 번의 주먹이 남았을 뿐이다.

어떤 자세에서든 마음이 가는 대로 펼쳐 낼 수 있는 백보신권이었지만, 그는 지금 굳이 백보신권을 처음 배울 때처럼 정식으로 자세를 취하고 있었다.

자신의 공격 시점과 과정을 보여주겠다는 생각이었는데, 그것이 상대인 철대산을 배려해서인지 혹은 이 승부를 지켜보고 있는 수많은 군웅들의 시선을 의식해서인지는 그 스스로 생각해도 그리 명쾌하지를 못하였다.

어쨌든 덕분에 군웅들은 상당히 실감나는 승부를 관전하고 있는 중이었다.

보통 고수들의 승부라면 웬만큼 안력이 뛰어나지 않고서는 뭐가 어떻게 되는지도 모르는 순간에 끝나 버리는 게 대부분인데, 지금 이 당대 최고 고수들의 승부는 그래도 격돌이 언제 어떻게 시작되는지와 그 결과를 확연히 볼 수 있으니 말이다.

일왕의 자세가 바뀌었다.

양발을 앞뒤로 넓게 벌리고, 앞에 나가 있는 발은 무릎을 굽혔고 뒤쪽 발은 무릎을 펴 꼿꼿이 세웠다.

소위 궁전식(弓箭式)의 형이다.

일왕의 주위로 돌연 대기의 기운이 몰려들고 있었다.

아니, 그렇게 느껴졌다.

우우우웅!

웅혼하기 이를 데 없는 울림소리와 함께 일왕을 중심으로 한 주변 사오 장의 공기가 은은한 진동을 일으켰다.

그리고 곧 일왕의 바로 앞으로 어린아이 머리통만한 기의 결집체가 형성되었다.

기의 결집체는 천천히 철대산을 향해 나아가기 시작하였다.

주변 바닥으로부터 뿌옇게 먼지가 휘말려 올라오면서 기의 결집체 뒤로 꼬리처럼 달라붙었다.

그러고 보니 그 전체적인 형상이 마치 한 마리의 거대한 황룡(黃龍)을 보는 듯하였다.

기(氣)의 덩어리로 이루어진 한 마리 거대한 황룡이 유유히 행공(行空)하고 있었다.

아아! 한 인간의 능력으로 이루어낸 그 장관이라니!

가히 전대미문(前代未聞)의 기사(奇事)라 하지 않을 수 없었다.

권법의 경지를 두고 흔히 권풍(拳風)과 권경(拳勁)을 논하며, 나아가 그 궁극의 경지를 권강(拳罡)이라 하지만, 그 어떤 수사로도 지금 일왕이 펼쳐 내는 경지를 제대로 표현할 수는 없었다.

군웅들은 가슴 떨리는 경악과 경이에 숨소리조차 죽이고, 오로지 두 눈만 부릅떠 그 일대의 장관을 지켜보았다.

쒀아아아아아앙!

철대산이 만들어낸 소리였다.

바로 총알탄이다.

이번에 그는 기다리지 않았다.

일왕의 세 번째 주먹이 엄청난 기의 결집을 이루어서 앞으로 밀려나오는 것을 보고 철대산은 총알탄으로 마주 쏘아나갔다.

군웅들은 거대한 황룡과 희미한 그림자 하나가 정면으로 충돌하는 것을 볼 수 있었다.

번쩍!

우르릉! 쾅!

천둥벼락이라도 치는 듯 충돌의 지점에서 섬광과 소음이 일었다.

그리고 갑자기 생겨난 한줄기 거센 경력의 소용돌이가 사방의 흙먼지를 마구 빨아들이며 공터 중간의 사방 이십여 장을 온통 희뿌연 먼지로 가려 버렸다.

그리고 보이지 않는 그 속에서 다시 한 번 익숙한 소리가 들렸다.

쒸아아앙!

그나마 가까이에 있던 군웅들은 그 소리의 결과를 짐작하기 위해 귀로 온 신경을 기울였다.

그러나 더 이상의 어떤 소리도 들려오지 않았다.

이제 가까이에 있든 멀리 있든 모든 군웅들은 먼지가 가라앉기만을 기다릴 수밖에 없었다.

시야를 가리고 있던 먼지구름이 서서히 가라앉으면서 군웅들은 격전장의 상황을 일목요연하게 볼 수 있었다.

일괴 철대산은 원래 일왕이 서 있던 자리를 차지하고 있었다.

그리고 일왕은 원래의 자리로부터 근 이 장여 뒤로 물러나 있었다.

두 절대자는 먼지가 걷히고 군웅들의 뜨거운 시선이 자신들에게 집중되어 있다는 것을 아는지 모르는지 그저 묵묵히 서로를 주시하고만 있었다.

문득 철대산이 느릿한 걸음을 일왕에게로 다가섰다.

철대산이 다가서는 모습을 망연한 눈길로 바라보고 있던 일왕이 곁에까지 다가와 선 철대산에게 짧게 말했다.

"졌소."

철대산이 잠시 일왕과 눈을 맞추고 있다가 입을 열었다.

"허허! 천하의 일왕이 겨우 주먹 세 번을 뻗고 나서 졌다고 한다면 과연 여기 모인 수많은 군웅들 중 누가 그것을 믿겠소?"

일왕의 입가로 쓴웃음이 번졌다.

"무인이란 일권 일장에도 최후의 힘까지를 담을 수 있어야 하는 것이오. 나는 이미 나의 최선을 다했소."

그때 철대산은 일왕의 입가로 희미하게 비치는 선혈의 흔적을 보았다.

일왕은 가볍지 않은 내상을 입은 것이고, 그는 지금 억지로 토혈을 참고 있는 중이었다.

"음……."

일왕에게서 들릴 듯 말 듯 희미한 신음 소리가 새어 나오며, 그의 무릎이 금방이라도 꺾일 듯 미약하게 떨리고 있었다.

그때 갑자기 철대산이 제자리에 털썩 주저앉았다.

일왕이 일시 의아한 표정이 되었으나, 곧 철대산의 의도를 깨달았던지 쓴웃음을 머금으며 조심스레 바닥에 앉았다.

싱글거리는 철대산을 잠시 바라보고 있다가 일왕이 담담하게 입을 열었다.

"한 가지만 묻겠소. 당신은 조금 전에 전력을 다하지 않은 것이오?"

철대산이 웃는 표정 그대로 말을 받았다.

"허허허! 언제 나에게 전력을 다할 기회나 줬소? 당신의 첫 번째 주먹은 사실 뭐가 뭔지도 모르는 상태에서 그냥 얻어맞았고, 두 번째 주먹은 한 대 더 맞아보자 하는 오기가 생겨서 맞았고, 이제 세 번째에 제대로 힘을 한 번 써보려 했더니, 허허! 그냥 졌다고 해버리는데 내가 언제 힘을 써볼 수 있었겠소?"

철대산의 말에 한동안이나 망연한 표정이 되어 있던 일왕이 한순간

대소를 터뜨려 내었다.

"으하하하하!"

허무와 허탈이 짙게 녹아 있는 대소였다.

일왕이 이어 혼잣말처럼 중얼거렸다.

"아아, 사부께서 누누이 말씀하시기를 무의 도에는 끝이 없다 하셨으되, 미욱한 제자는 더 이상 나아갈 길이 없다고만 한탄하였다. 허허! 이제야… 이제야 그 말씀의 깊은 뜻을 알겠구나."

탄식하며 중얼거리는 일왕의 얼굴에 비치는 기색은 비통함이나 억울함이라기보다는 차라리 통쾌함이었다.

자신이 나아간 데까지가 세상의 끝이라 안주하고 있던 사람이 어느 순간 자신이 보고 있는 끝이 진정한 끝이 아니라 다만 하나의 벽이었을 뿐이며, 그 벽 너머에 또 다른 넓은 신천지가 펼쳐져 있다는 것을 깨달았을 때의 그런 심정일까.

군웅들은 지금의 상황이 어떻게 되어가고 있는지를 알지 못하였다.

그들은 애초에 일왕과 일괴가 단 세 번의 주먹으로 승부를 결하기로 한 사실조차 알지 못했다.

그리고 일왕과 일괴가 세 번의 주먹을 나눈 후에 마침내는 둘이 같이 바닥에 주저앉아 있는 이유에 대해서도 당연히 알지 못하였다.

그러나 한동안의 시간이 흐른 후, 보다 가까이에서 두 절대자의 승부를 지켜보고 있던 자들 중 안력이 뛰어나다는 몇몇 인물이 일왕의 입가로 희미하게 비친 선혈의 흔적을 보았다.

처음에는 서서히, 그러나 이윽고는 거대한 격동과 흥분이 걷잡을 수 없이 군웅들 속으로 번져 나갔다.

마침내 수십만 군웅들이 일제히 토해내는 환호 소리, 탄식 소리, 그리고 제각기 외쳐 내는 고함 소리 등이 한데 합쳐져 근방의 온 천지를 떨어 울리는 거대한 함성으로 화해갔다.

"와와와!"

"와아아아!"

고함 소리는 끝없이 이어졌고, 그 함성들은 숭산의 골짜기 골짜기마다 흘러 들어가 몇 겹의 메아리로 되돌아왔다.

철대산은 일대 승부의 승자답지 않게 군웅들의 환호에 대해 오히려 잔뜩 얼굴을 찌푸리고 있었다.

그는 아직 일왕과의 얘기를 다 끝내지 못했고, 더구나 그가 지금부터 해야 할 얘기는 적어도 그 자신에게는 더할 수 없이 중요한 얘기이기 때문이었다.

한동안을 기다려도 군웅들의 환호성이 잦아들지를 않자 철대산이 앉은 채로 오른손을 허공으로 번쩍 치켜들었다.

이제 그만 함성을 멈추게 할 요량이었으리라.

그러나 철대산의 그런 시도는 오히려 역효과를 불러왔다.

군웅들의 함성이 잦아들기는커녕 마치 타오르는 불길에 기름을 끼얹듯이 한순간 천지가 떠나갈 듯 폭발적인 함성이 일어났다.

"우와아아아!!"

철대산의 얼굴이 확 구겨졌다.

"이런 제길!"

그 엄청난 소리의 향연 속에서도 일왕은 오로지 철대산의 변화무쌍한 표정 변화에만 물끄러미 빠져 있었다.

그가 보기에 일괴라는 인물은 전혀 다른 세상에서 오기라도 한 듯, 지닌 바 무공뿐만이 아니라 하는 언행 모두가 낯설고 어색하기 그지없었다.

그러나 그 낯설고 어색함은 접할수록 어느새 밉지 않은, 묘한 끌림으로 다가오고 있었다.

일왕의 눈이 가늘어졌다. 자신도 모르게 어색한 미소를 만들어내고 있는 것이다.

그때 철대산이 치켜들었던 오른손을 누군가를 향해 흔들었다.

복립에게 보내는 신호였다.

벅찬 격동으로 달려온 복립은 한쪽 귀를 막고, 나머지 한쪽 귀에 청력을 집중했다.

철대산이 그의 귀 바짝 가까이에 입을 들이대고 소리를 지르고 있었지만, 군웅들의 함성 소리가 천지를 뒤흔드는 터라 집중하지 않으면 무슨 말인지 알아듣기가 어려웠다.

"……알았어?"

"예?"

"좀 조용히 하도록…… 보라고!"

두세 번 말을 되풀이하여 철대산의 얼굴에 짜증이 서릴 무렵 복립은 겨우 철대산의 말하는 요지가 무엇인지를 파악할 수 있었다.

요는 시끄러운 주변을 좀 조용하게 만들라는 얘기였다.

물론 어떤 방법을 동원하여 그렇게 만들어야 할지는 순전히 복립이 고민해야 할 문제였다.

그러나 복립은 별로 고민하는 기색이 아니었다.

다만 진강에게 다가가 역시 그의 귀에다 대고 몇 마디 소리를 질렀을 뿐이다.

이번에는 진강이 바쁘게 움직였다.

말을 몰아 여기저기를 다니면서 뭔가를 챙기는 듯하더니, 이윽고 수신호로 십수 명의 기수(旗手)들을 앞으로 불러내었다.

그리고 한동안 기수들은 자신들이 들고 있던 깃발들을 내려 무엇인가 작업을 하였다.

잠시 후,

진강을 선두로 하여 십수 명의 기수들이 저마다 깃발을 높이 쳐들고 공터의 한가운데 이십 장 반경을 속보로 행진하기 시작했다.

따가닥!

따가닥!

난데없는 기마의 행진에 군웅들의 눈은 자연히 기수들이 들고 있는 깃발로 집중되었다.

물론 기존의 글자가 아닌 그 뒷면에 새롭게 쓰여진 글자로.

열 몇 개의 깃발에는 한결같이 똑같은 두 글자가 큼지막하게 쓰여져 있었다.

정숙(靜肅)!

깃발의 효과는 곧 나타났다.

가까운 곳의 군웅들은 깃발의 글자를 보고, 그리고 좀 더 멀어 깃발의 글씨가 보이지 않았던 군웅들은 앞으로부터 전달되어 오는 말을 듣고.

얼마 지나지 않아 거짓말처럼 사방이 조용해졌다.

겨우 깃발 몇 개로 수십만 군웅들을 일시에 정숙시켜(?) 버린 일 또

한 혹시 전대미문이란 말에 어울리는 것은 아닐까?

철대산과 일왕의 밀담(?)이 계속되었다.

비록 수십만 군웅들이 지켜보는 가운데서 이루어지는 대화이기는 하나, 무릎이 맞닿을 정도로 가까이 붙어 앉아 그나마도 나직나직한 소리로 이어가는 대화이니 밀담이라고 해도 이상할 것은 없었다.

두 사람의 표정은 사뭇 굳어 있었고, 철대산의 목소리에는 힘이 들어가 있었다.

"다시 말하지만, 소림의 백팔나한대진과 대결하고 싶다는 나의 뜻을 소림의 최고 결정권자에게 전해주시오."

일왕의 안색은 뚜렷하게 표시가 날 정도로 창백해져 있었으나, 강한 눈빛으로 완강하게 고개를 가로저었다.

"그럴 수 없소. 지난 강호의 역사 동안 대나한진이 실제로 펼쳐진 바는 한 번도 없었소. 그 이유가 무엇 때문이라고 생각하시오."

"나는 지금 당신의 조언을 구하고 있는 게 아니오. 다만 내 말을 소림 수뇌부에다 전해달라는 부탁을 하고 있는 것이오."

철대산이 손을 저어 일왕의 말을 끊으려 하였으나 일왕은 조금도 물러설 기미를 보이지 않고 자신의 말을 이어갔다.

"어느 시대, 어떤 절대자이든 간에 단신으로 도전하여 소림의 소나한진을 격파했던 경우는 지금까지 없었소. 하물며 대나한진의 경우라면… 당신이 아무리 강하다 해도 신이 아닌 이상 결코 대나한진을 상대할 수는 없는 일이오."

"대나한진 역시 신이 아니긴 마찬가지요. 결코 절대(絶對)가 될 수는 없다는 말이오. 그리고 이건 어디까지나 내 문제이니, 만약 당신이 지금 내 걱정을 하는 것이라면 나는 그 호의를 정중히 사양하겠소."

일왕이 나직이 한숨을 불어내며 다시 입을 열었다.

"대나한진이 어느 한 사람을 상대로 펼쳐진다는 것은 소림의 체면으로서도 있을 수 없는 일이오. 무슨 사유인지는 모르겠으나, 만약 당신의 능력을 시험해 보려 하는 것이라면 차라리 소나한진과 부딪쳐 보는 쪽을 택하시오. 장담하건대 소나한진만으로도 당신은 충분히 당신의 현재 경지를 확인할 수 있을 것이고, 나 또한 좋은 의미로 그 승부가 이루어질 수 있도록 노력해 보겠소."

일왕의 표정과 목소리에 자못 진정이 배어 있었기에 철대산이 문득 빙그레 웃어 보였다.

그리고 차분한 표정으로 말을 꺼냈다.

"당신의 말이 나를 위한 배려에서 하는 것이라는 것을 믿을 수 있소. 그러나 나에게는 피할 수 없는 절대적인 이유가 있는 것이니, 나는 반드시 대나한진을 상대하여야만 하오. 만약 거부한다면… 나는 내가 가진 모든 수단과 방법을 다 동원할 것이고, 사실 나는 이미 확실한 수단을 가지고 있기도 하오."

"확실한 수단?"

"허허허, 내게 천마묵환이 있다는 사실을 잊었소?"

일왕이 침중한 신음 소리를 흘렸다.

"으음!"

철대산이 다소 딱딱하게 표정을 굳혔다.

"가시오. 가서 전해주시오. 이 일괴가 천마묵환을 걸고 소림의 대나한진에 도전하겠다고."

일왕이 무거운 표정으로 말을 받았다.

"그 도전은 아마도 받아들여지지 않을 것이오. 오히려 천마묵환이 당신에게 있다는 사실로 인해 당신은 지극히 곤란한 상황에 처하게 될 것이오."

"곤란한 상황?"

철대산의 짧은 반문에 일왕이 나직하니 한숨을 내쉬었다.

"휴우! 세상의 이치란, 때로는 옳고 그름이 상황에 따라 변질되기도 하고, 또 상황에 맞추어 새롭게 정의되기도 하는 법이오."

철대산이 문득 흔쾌하게 웃었다.

"하하하! 정도의 표상이라 할 수 있는 일왕의 입에서 그런 얘기가 나오다니 뜻밖이오."

"으음! 진심으로 당신의 입장에서 하는 말이오. 만약 이제라도 당신이 조용히 물러난다면 나는 천마묵환에 대해서 영원히 함구하겠소. 물론 이것은 우리 둘 간에 이미 약조했던 승부의 조건과는 별개의 얘기요."

철대산이 잠시 묵묵한 모습으로 일왕의 눈을 응시하였다.

그리고는 곧 빙그레 웃으며 부드럽게 말을 내놓았다.

"오늘 내가 당신을 만나게 된 것은, 아마도 내가 이 세상에 와서 만난 몇 안 되는 행운들 중 하나라는 생각이 드오. 그러나 나의 생각은 변하지 않소. 다시 말하지만, 만약 소림이 나의 요구를 거부한다면 나는 내가 쓸 수 있는 모든 무력을 총동원해서라도 반드시 뜻을 관철시키고 말 것이오."

"으음!"

"가시오. 가서 나의 도전을 전하시오. 그리고 한 가지 더, 지금 이곳에 백두회의 전력이 모두 집결해 있다는 사실도 함께 전하시오. 하하

하! 내 장담하건대, 소림은 반드시 나의 도전을 받아들이게 될 것이
오."

일왕이 문득 눈빛을 굳히며 무거운 목소리를 뱉어냈다.

"당신은 소림을 함부로 저울질하지 마시오."

철대산이 여전히 웃는 얼굴로 말을 받았다.

"나는 천마묵환이 내게 있다는 사실을 비밀로 하고 싶은 생각이 전
혀 없소. 만약 시간이 좀 더 흘러 그것이 더 이상 비밀이 아니게 된다
면 그때 소림은 아마도 스스로 선택할 기회조차 갖지 못하게 될 것이
오."

일왕의 안색이 잠시 만에 두세 차례나 변하였다.

그리고 마침내 그가 힘겹게 몸을 일으켜 세웠다.

"좋소. 내 돌아가 당신의 말을 그대로 전하겠소.

■第七章

백팔나한대진(百八羅漢大陣), 그리고 귀환(歸還)

일왕이 소림의 공식 입장을 가지고 왔다.

"소림은 당신의 도전을 받아들이기로 했소. 시간은 명일 오시, 장소
는 소림사 경내요."

지극히 간단 명료하게 말을 전한 후 일왕은 무심한 눈길로 철대산을
빤히 주시하였다.

그런데 일왕의 입이 전혀 움직이지도 않는데, 철대산의 귀로 그의
목소리가 가늘게 계속 전해졌다.

불문 전음신공의 정화 혜광심어(慧光心語)였다.

"당신의 장담이 결국 통했소. 천마묵환에 대한 얘기는 소림 원로회
의를 거쳐 무림맹 수뇌부에까지 전달되었고, 무림맹의 긴급회의 결과
당신의 도전을 수락하는 것으로 결정되었소. 해주고 싶은 얘기는 무림
맹의 수뇌부가 소림에 당신의 척살을 건의했다는 것이오. 당신과 백두

회의 존재가 이미 무림에 암적인 존재로 부각되었다는 판단과 더욱이 당신이 중화인(中華人)이 아닌 이민족(異民族) 태생이라는 강호의 풍문이 결정적으로 작용했소."

문득 철대산이 혼잣말로 중얼거렸다.

"후훗, 그렇군. 그러나 솔직히는 물욕(物慾) 때문이겠지."

일왕의 전음이 이어졌다.

"당신이 너무 강한 존재이기 때문이기도 하오. 이미 천하에 당신을 당적할 인물이 없는데, 이제 천마묵환에 안배되어 있다는 천마의 무학까지 잇게 된다면… 강호의 원로들은 그것을 두려워하는 것이오."

잠시 여유를 두었다가 일왕의 전음이 계속되었다.

"나한대진은 전대와 당대의 십팔나한들로 구성되오. 십팔나한은 항마(降魔)를 위해 키워진 존재들이니, 원래부터 살계(殺戒)에는 크게 구속받지 않는 예외적인 존재들이오. 그러니 당신은… 당신은 부디 조심하시오."

철대산이 빙그레 미소 지으며 고개를 끄덕였다.

그런 철대산을 따라 일왕의 입가에도 미소가 만들어질 듯 말 듯 애매한 표정이다가, 돌연 일왕은 몸을 돌려 세웠다.

산문을 향해 돌아가는 일왕의 걸음걸이는 몹시도 무거워 보였다.

잠시 후 흑풍사신대의 기수(旗手) 하나가 몇 줄의 글귀가 새로 쓰여진 깃발을 높이 들고 말을 몰아 공터 주위를 한 바퀴 돌았다.

백두회 태상회주 대(對) 소림백팔나한대진 대결.

명일 오시.

소림사 경내.

이어 삼백의 흑풍사신대 전체가 대열을 이루어 공터를 가로질러 대로(大路)로 나섰다.

대로와 인근을 빽빽이 메우고 있던 군웅들이 조금씩 틈을 벌려 그들이 지나갈 길을 열었다.

불릉객잔 별채.

철대산은 태백산맥을 소집한 자리에서 자신의 처지와 입장을 가능한 상세하고도 차분하게 설명하였다.

그러나 철대산의 긴 얘기가 다 끝났어도 그의 말을 제대로 이해한 사람은 아무도 없었다.

아니, 철대산의 처지라는 것은 원래부터 이해될 수 있는 성질의 것이 아니었다.

다만 모두가 확실히 받아들인 사실 한 가지는, 철대산이 지금 이별을 고하고 있다는 것이었다.

그가 말하는 이별은 아마도 영원한 이별일 것이며, 또한 그것은 철대산이 한결같이 염원해 오던 어떤 소원을 이루기 위해서는 달리 선택의 여지가 없는 이별일 것이었다.

"나는 이 마지막 승부에서 죽거나 혹은 나의 세계로 돌아갈 것이다. 분명한 것은 승부의 결과가 어떻게 나오든 우리가 다시 만날 수 없다는 것이다."

모두는 일시 할 말을 잃었다.

사실 그동안에도 막연한 예정과 같은 어떤 불안이 늘 있어오긴 했지만, 이제 막상 그 불안이 눈앞의 현실로 다가오자 머리 속은 하얗게 비워지는 듯했고 가슴은 울렁거려 그저 망연하기만 하였다.

서로가 아무 말을 못하고 침묵만 지키고 있는 시간이 얼마나 지났을까?

짙은 허탈감에 이제는 정신마저 허황해지는 것을 느끼며 복립이 시선을 소려에게로 향했다.

그럴 수도 있을 것이라 막연히 짐작한 바 있었으나, 설마 정말로 닥치지는 않으리라 믿었던 이 이별에 대해 누구보다도 상처받고 슬퍼할 사람은 바로 소려, 그녀였다.

이 이별에 대한 결정은 그녀가 해주어야만 했다.

거부하든 혹은 받아들이든.

그래야만 다른 사람들 모두가 그 결정에 대해 용납할 수 있게 될 테니까.

소려는 입가에 희미한 미소 한 조각을 띄워놓았다.

태연하게 보이려 애쓰지만 차마 태연하지 못해 시리게 번지고 마는 미소였다.

담담한 그녀의 목소리에 잔잔한 떨림이 배어 있었다.

"당신이 그토록 원해왔고 지금도 원하는 길이라면… 남은 사람들 걱정은 마세요. 사람의 인생이란 어떤 이유로든 살아갈 수밖에 없는 이유가 또 생기게 되어 있는 것이니까요. 그러나……."

소려가 문득 기완의 얼굴을 돌아본 다음에 애써 목소리에 힘을 주어 다시 말을 이었다.

"약속해 주세요. 만약 언젠가 다시 돌아올 수 있다면, 그때는 당신을 기다리는 사람들의 마음을 결코 아프게 만들지 않겠다고."

다음날 오전, 철대산 일행은 불릉객잔의 별채를 나서서 다시 소림으로 향했다.

대로와 인근 사방에 몰려 기다리고 있던 수많은 군웅들이 마치 거대한 물결의 움직임처럼 출렁이며 일행의 행보를 따라 함께 움직였다.

그런데 너무나 엄청난 규모의 행렬에 묻혀 알아보는 사람이 없었지만, 지금 철대산의 일행에는 새로운 일행이 한 사람 늘어 있었다.

커다란 백우선(白羽扇)으로 눈 아래 얼굴 전체와 가슴까지를 가리고 있었으나 신비스러운 윤기가 흐르는 은색의 수염과 장발이 예사롭지 않은 모습인데, 가끔씩 번갯불처럼 번쩍이는 눈빛의 날카로움과 전신에서 은근히 뻗어 나오는 기세는 장중하기까지 하였다.

그러나 그럼에도 불구하고 노인은 곁에 선 새로운 천하제일인 일괴의 후광에 가려지고, 또 더할 수 없이 들뜨고 산만한 주변의 분위기 때문에 그리 주목받지 못하고 있었다.

소림의 산문 입구에는 일왕과 현각 대사가 마중을 나와 있었는데, 일왕은 굳은 표정으로 시선을 내내 바닥으로만 향하고 있었다.

"이 산문을 넘기 전에 두 가지 조건을 추가하려 하오."

철대산이 불쑥 내뱉는 말에 현각 대사의 눈살이 미미하게 찌푸려지는데, 그때 누군가에 의해 철대산의 말이 다시 한 번 되풀이되고 있었다.

"이 산문을 넘기 전에 두 가지 조건을 추가하려 하오."

그런데 그 말은 기이한 떨림을 가지고 있어, 나지막한 소리임에도 불구하고 사방 천지로 끝없이 울려 퍼지는 것이었다.

"이건… 공령초혼밀어(空靈招魂密語)? 그렇다면 시주는……?"

현각 대사가 안색을 급변시키며 철대산의 곁에 선 노인을 바라보왔다.

현각 대사 역시도 온 신경을 철대산의 일신에만 집중시키고 있느라 미처 노인의 존재에 대해서는 주의를 기울이지 못하고 있던 터였다.

노인이 천천히 백우선을 내렸고, 부채에 가려졌던 결코 평범치 않은 그의 얼굴이 드러났다.

"으음! 일존?"

그랬다.

그는 바로 일존 임환(林桓)이었다.

일존이 현각 대사를 향해 느긋하게 웃어 보였다.

"허허허! 노부에 대해서는 신경 쓰지 마시게. 노부는 다만 이 친구… 백두회 태상회주의 말을 군웅들에게 널리 전달해 주는 역할만 맡았을 뿐이니까."

갑작스러운 일존의 등장과 또 그가 하는 말의 진의에 대해 현각 대사의 경악이 미처 가라앉기도 전에 철대산의 말이 이어졌다.

그리고 그의 한마디 한마디가 끝날 때마다 당연하다는 듯이 일존의 공령초혼밀어가 자연스럽게 뒤따랐다.

"첫 번째는 나와 함께 소림으로 들어갈 아측(我側)의 인원에 관한 것이오. 백두회 백 인, 그 외 이곳에 모인 군웅들 중에서 백 인, 도합 이백 인의 공증인이 이번 승부를 지켜볼 수 있게 해주시오."

일존의 공령초혼밀어에 의해 철대산의 말이 전해지자 당장에 군웅들 사이에서 웅성거림이 일어났다.

현각 대사가 흠칫 표정을 굳히며 답했다.

"이백은 너무 많소. 우리 측에서는 구파일방의 장문인들과 장로급들만 참관할 것이며, 그들을 다 합해도 겨우 수십에 불과하오."

철대산이 느긋하게 반박했다.

"결코 많지 않소. 당신네들 무림맹이라고 해봐야 기껏 수백에 불과한 숫자인데 그중에 수십이면 우리 백두회는 못 잡아도 수만, 거기에 수십만에 이르는 군웅들을 감안한다면 이백의 숫자는 오히려 턱없이 모자란다고 해야 할 것이오."

현각 대사가 완강한 목소리로 응대했다.

"도저히 수긍할 수 없는 산정법이오."

그러나 철대산은 현각 대사의 반응에는 아랑곳없이 자신의 말을 계속해 나갔다.

"두 번째는 오늘 만약 백팔나한대진으로 나를 굴복시킬 수 없다면, 어제의 승부에서 일왕이 나에게 했던 한 가지 약속을 지키는 데 있어 소림과 관련된 그 누구도 사문의 이름이나 혹은 다른 명분을 들어 간섭하는 일이 없을 것이라는 것을 약속해 주시오."

현각 대사가 불현듯 등 뒤의 일왕을 돌아보았다.

그리고는 심히 불편한 심기를 그대로 드러내며 목소리를 높였다.

"이미 승부에 대한 모든 것이 결정되고 난 다음인데, 시주가 지금에 와서 이처럼 다른 조건들을 잇달아 내건다는 것은 강호 도의로 봐서도 용납될 수 없는 일이오."

철대산이 소리 내어 웃었다. 그리고 일존은 그 웃음소리마저 그대로 흉내 내었다.

"하하하핫! 지금의 상황에서 나는 충분히 그럴 만한 자격이 있다고 생각하오. 왜냐하면 내가 승부에 건 물건이 바로 천마……."

철대산과 거의 동시에 일존의 말이 거기까지 이르렀을 때, 현각 대사가 벼락같이 외쳤다.

"시주!"

철대산이 말을 멈추며 빙그레 웃는 눈으로 현각 대사를 가만히 응시하였다.

현각 대사가 그런 철대산을 잠시 노려보다가 어쩔 수 없다는 듯 입을 열었다.

"좋소. 첫 번째 조건은 일단 수락하겠소. 그러나 두 번째 조건은 먼저 그 상세한 내용을 들어보고 나서 결정할 사안이니 일단은 본 사 경내로 들어가서 다시 거론하도록 합시다."

철대산이 여전히 웃는 얼굴로 말을 받았다.

"그리 복잡한 내용이랄 것도 없소. 추후에 일왕이 여기 이 여인, 백두회의 신임 회주가 하는 부탁을 세 번까지는 무조건 들어준다는 약속이오. 물론 이것은 어디까지나 만약을 가정한 것이니, 그녀는 아마도 한 가지도 부탁도 하지 않을 확률이 클 것이오. 또한 그녀가 부탁을 하는 경우라 해도 일왕이 스스로 판단하여 천륜과 인륜에 어긋난다고 여긴다면 들어주지 않아도 좋소."

현각 대사가 퍼뜩 생각을 정리한 연후에 날카로운 눈빛을 일왕에게 두고서 말했다.

"일왕이 비록 본 사(本寺)의 속가제자라고는 하나, 이 일에 대해서는 그 스스로의 의지로 수락한 것이니 나중의 일 또한 그 스스로의 의사와 판단에 따라야 한다고 생각하오."

철대산이 다소 과장되게 기꺼운 표정을 지으며 현각 대사를 향해 포권을 취해 보였다.

"고맙소. 역시 소림의 장문인께서는 하해와 같은 마음을 가지고 계시는군요. 이제 여기 모인 수많은 군웅들이 오늘의 이 약속들을 기억

할 것이니, 나는 이제 안심하고 승부에 임하도록 하겠소."

한순간 현각 대사의 안색이 당혹스럽게 변했다.

그는 철대산의 두 번째 조건에 대해 분명한 답을 주지 않은 것이나, 철대산이 그 뜻을 호도(糊塗)하여 군웅들에게 공표함으로써 현각 대사 자신으로서는 이제 도저히 상황을 번복할 수 없도록 만들어 버린 것이다.

소림의 넓은 연무장 한가운데에 백여덟 승려가 제각기 위치를 점하고 우뚝 서 있었다.

그들을 지켜보고 있는 연무장 외곽의 삼백여 인물의 눈빛마다에 경외의 염이 가득하였다.

백여덟 승려, 그들이야말로 소림 최고 고수라 할 수 있는 당대와 전대의 십팔나한들이며, 그들이 지금 이루고 있는 진이야말로 소림의 전통과 신화를 대표하는 바로 백팔나한대진인 것이다.

철대산이 조금의 머뭇거림도 없이 그대로 나한대진의 속으로 걸어 들어가려 하자, 문득 위천이 큰 걸음으로 나와 철대산의 앞을 막아섰다.

그리고 가죽 주머니에서 삼왕을 꺼내 든 위천이 철대산의 앞으로 불쑥 내밀었다.

가지고 들어가라는 무언(無言)의 강력한 시위였다.

그때 복립이 위천의 곁으로 와서 섰는데, 그의 표정은 지금 잔뜩 굳어 있었다.

"대형! 이번만은 대형이 가진 모든 힘을 다 사용해야만 합니다."

철대산이 빙그레 웃으며 가만히 고개를 가로저었다.

그리고 잔뜩 경직되어 있는 위천의 어깨를 가볍게 한 번 툭 건드려 주고는 그대로 걸음을 옮겨갔다.

그의 뒤로 복립의 나직한 탄식 소리가 들렸다.

"아아."

나한대진이 회전하고 있었다.

위이이이잉!

중인들의 눈에 백여덟 나한의 모습은 이미 희미하게만 비치고 있었다.

대신 나한대진은 지금 하나의 거대한 벽을 형성하며 회전하고 있었다.

벽이 형성하고 있는 공간의 안쪽으로는 엄청난 압력이 생성되었다.

그 가운데에 철대산이 우뚝 서 있었다.

그는 나한대진 가운데에 처음 자리잡은 이후부터 지금까지 시종 같은 자세를 흩뜨리지 않았다.

시간이 갈수록 철대산의 몸을 압박하는 압력은 거대해져 갔다.

온몸이 마치 거대한 바윗덩어리에라도 눌린 듯한 느낌이다.

'좋다. 그러나 아직은 부족하다.'

철대산은 본격적으로 내부의 기핵을 활성화시켰다.

드디어 그의 전신으로부터 외부의 압력에 대응하는 반력이 뿜어져 나오기 시작하였다. 그리고 상대적으로 그를 구속하고 압박하는 힘은 더욱 커져 갔다.

작용과 반작용의 법칙이다.

철대산이 강하게 반발할수록 나한대진의 경력 역시 배가되어 강력해졌다.

어느 순간부터 철대산의 주변으로 기묘한 소리가 터져 나오기 시작하였다.

파바바방!

무언가 끊임없이 연속적으로 부딪치는 소리였다.

나한대진의 압력은 더욱 거세어져 갔고, 그에 맞춰 철대산의 전신에서도 이때까지 한 번도 발휘해 본 적이 없는 역도의 내력이 뿜어져 나왔다.

파파파파팡!

경력 간의 충돌로 인한 소음은 관전하는 중인들의 고막을 울릴 만큼 더욱 크고 날카로워져 갔다.

그때 나한대진의 진형에 변화가 생겼다.

회전 벽에서 한 조의 십팔나한이 마치 돌아가는 실타래에서 실이 풀려 나오듯 철대산을 향해 일렬로 배열을 하였다.

한순간 맨 앞에 선 승려가 팔을 쭈욱 뻗어 일권(一拳)을 때려냈다.

우르릉!

나한대진의 회전 소음과 철대산의 몸 주변에서 일어나고 있던 모든 소음들을 누르고 선명한 우뢰음이 들렸다.

연이어 나한대진의 공간 안쪽이 거대한 경력들로 마구 소용돌이쳤다.

십팔나한 한 조의 내공이 합해져 일시에 뿜어지는 경력이었다.

온몸을 조여오는 엄청난 압력에 몸을 움직이기도 어려웠지만, 애초부터 피할 생각 같은 것은 조금도 없었던 철대산이다.

콰아아앙!

상당한 여운을 동반하며 거창한 폭음 소리가 연무장 전체를 뒤흔들었다.

일시 먼지구름이 풀썩 하고 일었지만 공간 내의 거대한 압력 때문인지 넓게 퍼져 나가지는 못하고 이내 가라앉았다.

나한대진은 다시 원래의 회전 벽 형태로 돌아가 있었다.

철대산 역시 외견상 큰 변화 없이 원래의 위치에 우뚝 서 있었다.

십팔나한 한 조의 합력(合力)은 철대산의 예상을 뛰어넘는 것이었고, 철대산이 강호에서 겪은 그 어떤 힘이나 충격보다도 훨씬 더 강력하였다.

철대산의 안색에 은은한 홍조가 감돌고 있었다.

충격 때문이라기보다는 치밀어 오르는 흥분과 기대 때문이었다.

'으음! 좋다. 기대 이상이다!'

나한대진은 계속하여 철대산에게 부딪쳐 왔다.

진형의 변화는 단조로웠다.

처음과 마찬가지로 회전 벽에서 한 조의 십팔나한이 일렬로 풀려 나와서는 맨 앞의 나한이 경력을 때려내는 형식이었다.

그러나 매번 경력을 때려낼 때마다 그 위력은 엄청난 차이로 강력해지고 있었다.

콰쾅!

경력을 향해 일권을 마주칠 때마다 철대산은 마치 거대한 쇠망치로 전신을 두들겨 맞는 듯한 극한의 충격을 받아야 했다.

매번 격돌 시마다 폐와 장기(臟器)들이 충격을 견디지 못하고 이내 터져 버리고 말 것 같은 느낌까지 오고 있었다.

그러나 속으로 비명을 지르면서도 철대산은 웃었다.

'크윽! 좋다! 조금만 더… 제기랄! 이러다 정말로 멋진 최후를 맞을지도 모르겠군.'

나한대진은 거의 마지막을 향해 치달아가고 있었다.

그 마지막은 결국 파멸일 수밖에 없으리라.

쿠아아앙!

아마도 다섯 번째의 격돌인 것 같았다.

견디기 힘든 충격에 철대산의 입이 벌어졌다.

그러면서도 그는 웃지 않으면 안 될 절박한 이유라도 있는 사람처럼 피식거리며 웃었다.

더 이상 견딜 수 없겠다는 생각에 이르렀을 때, 그의 내부에서 극적인 변화가 일어나고 있었던 것이다.

어떤 변화일지 스스로도 짐작 못했던 것이었지만, 그러나 도박하는 심정으로, 그저 간절히 기도하는 심정으로 기다리고 있었던 바로 그 변화였다.

쿠오오오오!

아아! 무너지고 있다.

그의 내부에 존재하던 모든 벽과 경계들이 허물어져 내리고 있었다.

기핵이 무너지고 있었다.

아니, 기핵이 마침내 그 마지막 경계를 허물고 폭발하고 있었다.

바로 그때 나한대진이 다시금 변화를 일으키고 있었다.

과우우우웅!

나한대진의 공간 자체가 무너져 버릴 듯 괴이한 울음소리를 토해내며 일그러지고 있었다.

그 엄청난 역도의 여파는 진형에서 오십여 장이나 떨어져 관전하고 있던 사람들에게까지 미쳤다.

사람들이 급히 이십여 장을 다시 뒤로 물러섰다.

철대산은 본능적으로 느낄 수 있었다.

'아아! 나한대진 최후의 힘이다!'

그러나 철대산의 내부에서 일어나고 있는 기핵의 폭발도 이미 절정에 달하고 있었으므로, 그 또한 더 이상은 견디기 어려운 지경에 이르러 있는 중이었다.

"으와아아앗!"

철대산이 한 소리 공간을 찢어발기는 거대한 부르짖음을 토해낼 때, 마침내 그의 내부에서는 기핵의 마지막 폭발이 화려하게 일어났다.

콰르르르릉!

기핵의 그 무궁무진한 힘이 일시에 터져 나가며, 백팔나한의 하나로 결집된 힘과 그대로 격돌하고 말았다.

쿠오오오오오!

폭발은 거대하지 않았다.

거대무비한 두 힘이 부딪치는 중심부가 일순 진공 상태로 변하면서 오히려 주변의 넘치는 힘들을 모조리 빨아들였다.

그리고 마침내는 철대산의 육신까지도 항거할 수 없는 괴력으로 빨아들이고 말았다.

그리고 한순간, 그 진공의 공간 안에서 거대한 빛무리가 일었다.

번쩍!

의식의 끈을 놓기 직전에 마지막으로 철대산은 그 찬란한 빛무리를 볼 수 있었다.

'아아! 빛의 문이다! 아아! 공간의 나락이다. 저 나락의 안쪽으로 가면 나는 이제 드디어 본래의 나로 회귀하는 것인가?'

나한대진은 무너졌다.

백팔나한 중 서 있는 사람은 없었다.

모두가 피를 토하고 있었다.

그들 모두가 최소한 몇 개월에서 몇 년간은 요양해야 할 엄중한 내상들을 입었다.

그러나 마치 신(神)과도 같은 불가사의한 거대 능력으로 나한대진의 마지막 힘을 무너뜨린 일괴 철대산의 존재는 흔적도 없이 사라져 버렸다.

현각 대사가 사자후로 일갈을 토해냈다.

"나한대진의 승리다!"

그러나 바로 그의 곁에서 또 하나의 목소리가 바로 뒤따라서 더욱 우렁찬 사자후로 부르짖었다.

"아닙니다! 일괴의 승리입니다!"

일왕이었다.

그는 지금 자신의 사문인 소림의 장문인이 선언한 말에 대해 정면으로 반박한 것이다.

현각 대사는 물론 장내의 모든 사람들이 제작기 다른 의미의 눈빛으로 일왕을 주시하였다.

그러나 일왕은 우뚝 서서 머리 위쪽 먼 허공으로 눈길을 주고 있었다.

잠시간의 정적이 있었다.

실제는 그리 오랜 시간이 아니었으나 모두에게는 길게만 느껴지는 정적이었다.

돌연 백여 명 백두회의 인물들 가운데서 우렁찬 함성이 일었다.

"와아! 이겼다! 백팔나한대진이 무너졌다!"

그 함성은 바로 바깥으로 이어졌다.

소림의 산문 바깥에서 오로지 두 귀로만 온 신경을 집중시켜 승부의 결과를 기다리고 있던 수만 백두회도의 함성이 잇달아 터져 나왔다.

"우와아아아! 백팔나한대진이 무너졌다!"

백두회도들의 함성은 곧 만세 소리로 바뀌었다.

"태상회주 만세!"

"백두회 만세!"

그리고 그들의 만세 소리는 곧이어 수십만 군웅의 거대한 환호로 번져 갔다.

소려는 오래도록 텅 빈 허공을 바라보고 있었다.

철대산이 결코 돌아오지 않을 것이란 건 알고 있었다.

철대산이 그토록 염원하던 그의 본래 세상으로 가버렸다는 것도 알고 있었다.

그러나 저 텅 빈 허공 어딘가에서 금방이라도 그 특유의 싱긋한 웃음을 배어 물고 그가 나타날 것만 같았다.

마침내 그녀의 두 눈에서 또르르 눈물방울이 뺨을 타고 굴러 내렸다.

第八章

익숙하고도 낯선 시작

익숙하고도 낯선 시작

그는 경북 예천의 산길을 오르고 있었다.

그는 지금 음력 시월을 맞아 묘사를 지내기 위해 중조부의 산소로 가고 있는 중이었다.

어젯밤에 오랜만에 만난 사촌 동생들과의 술자리에서 요령 부리지 않고 주는 대로 받아 마신 소주 덕분에 산중턱의 묘소까지 오르는 내내 머리가 깨어지는 듯이 아팠다.

아침도 한술 뜨는 듯 마는 듯했으니 속 쓰림도 두통과 함께 당연히 찾아오는 단골손님이었다.

어제 고속도로에서 만났던 그 지독했던 폭우가 마치 거짓말이기라도 한 것처럼 한촌(寒村) 산기슭에 비치는 늦가을의 햇살은 너무나 눈부셨다.

오솔길가에 서 있는 한 그루 감나무에는 아무도 손대지 않은 조막감들이 홍시가 되어 그대로 매달려 있고, 까치 몇 마리가 오랜만에 찾아오는 인적에도 놀라지 않고 태연하게 그들만의 포식을 즐기고 있었다.

코끝을 싸하게 스쳐 가는 차고 맑은 공기는 더부룩한 그의 폐부에 잠깐 동안 생기를 불어넣었지만, 역시 사십대의 한물간 몸뚱이에다 간밤의 폭음(暴飮)으로 인한 뒤끝으로 그는 이내 눈앞이 어질어질해지는 현기증을 느껴야만 했다.

"형, 괜찮아요?"

불안정한 걸음걸이의 그가 못내 불안해 보였던지 뒤에서 따라오던 사촌 동생이 그의 손에서 돗자리를 받아 들며 걱정스럽게 묻는다.

"응? 응! 괜찮아. 요즘 운동을 좀 게을리했더니… 이것도 등산이라고 조금 힘드네."

"하하하! 형도 이제 나이가 있잖수. 헬스도 좀 다니고 하세요. 우리 사무실 부장님도 보니까 자기 몸 관리에 아주 열심이더라."

"후훗! 그렇지? 그러고 보니 너도 벌써 삼십대 중반이지? 남 말할 때가 아닐걸?"

사촌 동생의 웃음 섞인 걱정에 그 역시 농담을 섞어 반 건성으로 대답하고는 먼저 가라고 길을 비켜주었다.

그런데 가벼운 발걸음으로 몇 걸음을 앞서 가던 사촌 동생이 땅바닥에서 무엇인가를 줍는 듯하더니 이내 혼잣말을 중얼거리며 그것을 멀리 내던지는 모양이었다.

"이게 뭐야? 거참, 요즘은 첩첩산중에까지 이런 고철류(古鐵類)가 굴러다닌다니까. 이거 무슨 팔찌 같은데, 아주 녹이 제대로 슬었네."

휘익!

동생의 팔매질에 하나의 물체가 허공으로 날아올라 오솔길 옆의 밭

고랑을 열서너 개쯤 날아가더니 이랑 어디쯤으로 모습을 감추었다.

채앵!

녀석의 말처럼 아마도 금속성일 그 물체는 떨어지면서 어디 돌멩이에라도 부딪쳤나 보다. 제법 맑은 소리가 잠깐 동안의 여운을 남기며 울리는 것을 보니.

'짜식! 그냥 곱게 지나쳐 갈 일이지, 뭐 한다고 괜한 팔매질을 하냐? 저 지랄 같은 성격은 애를 둘씩이나 둔 아버지가 되어서도 하나도 안 바뀌었다니까?

피식 웃으며 그는 눈이 시리도록 청명하기만 한 하늘을 한참 동안이나 올려다보고 서 있었다.

『終』

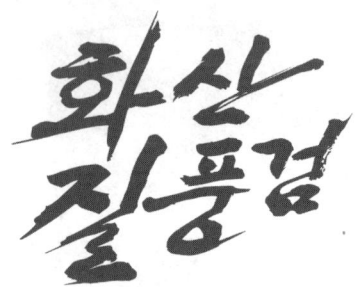